美學與翻譯研究

董務剛 編著

崧燁文化

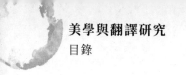

目錄

前言

翻譯研究與很多學科都有著密切的聯繫,其中與哲學、美學、語言學的關係應該說最為緊密。從哲學、美學、語言學、文藝理論等的角度探討了翻譯學的建構問題。從他學科吸取理論營養來豐富和充實自己學科的研究,這種跨學科、跨理論的研究方法對譯學建構無疑是非常有益的。然而,誠如楊自儉先生所說的那樣,「雖然有許多文章都強調要重視從相關學科中吸收新的理論與方法,但大都只是提提而已,很少有人從哲學、文化學、心理學、社會學、美學、認知科學等學科中借來新的理論與方法進行系統研究,發現新的問題,開拓新的研究領域」[1]。近些年來,不少學者對這種跨學科的研究有所重視,如討論美學對翻譯研究的重要意義,有不少學者都曾撰文作過一定的探討。但時至今日,有些領域,中國外的學界似乎仍未進行深入、細緻的研究,還有些領域,學者們雖有所觸及,但研究得不夠完整、系統,未能形成一個較為完整的理論體系。故此,從美學角度來討論翻譯研究問題,探究其對翻譯學建構的意義,仍有著很大的必要性。

本書共六章,這是筆者自《翻譯學的建構研究》一書出版以來對美學、翻譯理論作進一步的學習和研究的結果。在第一章中,本書探討了中國古代闡釋學理論與翻譯研究的關係。闡釋學為美學的組成部分,中國古代闡釋學應該是中國古代美學、文藝學的重要的組成部分。闡釋學與翻譯研究的關係甚為密切,這是人所皆知的,因為翻譯研究要涉及到對藝術文本的理解與闡釋的問題,而闡釋學即是一門理解和解釋的藝術。但很長時期以來,尤其是在西方語言哲學理論引進到中國學界,並對中國的文藝研究、語言研究,以及社科學研究究產生重要影響以來,人們一提到闡釋學,即會想起發源於德國的伽達默爾闡釋學(德文稱 Hermeneutik,英文稱 hermeneutics)。近十多年來,在翻譯研究領域,學者們從伽達默爾闡釋學角度對翻譯理論和翻譯實踐中的問題進行了較為廣泛、深入的探討,有些研究,雖然非常微觀,但卻解決了翻譯研究領域中一直懸而未決,長期爭論不休的問題,如我發表的「從哲學解釋學理論看優勢競賽論」一文,便是應用伽達默爾闡釋學理論來論證許淵沖先生優勢競賽論的合理性的一個範例,該文為許淵沖的這一翻

譯理論尋找到了它的哲學基礎。應該說，近些年來，學者們在這方面的研究突破了傳統翻譯研究的思維模式和方法，為翻譯研究注入了新鮮的活力和方法，為翻譯研究指明了新的前進方向。闡釋學作為一種學術理論的確起源於德國文化傳統，也發展於這一文化傳統，但在中國文化傳統中也存在著一系列有關文本理解和闡釋的真知灼見，這些閃光的思想和理論散見於中國卷帙浩繁的經史子集四部典籍中，「完全可以和西方由聖經詮釋發展起來的闡釋學傳統相媲美」[2]。周裕鍇先生透過對中國古代哲人的一些睿思雋語的精湛研究，認為「中國古代自有一套內在具足的闡釋學理論和誕生於中國古代文化土壤的闡釋學傳統」[2:3]。他的專著《中國古代闡釋學研究》是他在這方面研究的重要結晶。本書第一章「中國古代闡釋學理論與翻譯研究」主要吸取了周裕鍇先生對中國古代闡釋學理論進行研究所提出的一些重要觀點以及中國古代哲人就文本理解和闡釋所發表的重要論見，並應用這些觀點和論見來探討譯學建構的問題。在這一章中，我從六個方面來探討這一問題：

一、先秦諸子百家有關「名」與「實」及其關係的論說對翻譯研究的指導性；

二、孟子、孔子的闡釋學觀與翻譯研究；

三、《詩經》原典意義的政治詮釋法對翻譯研究的負面效應及東漢經學大師對之的反動於翻譯研究的意義；

四、董仲舒「詩無達詁」理論與翻譯研究；

五、魏晉的名理學對翻譯研究的意義；

六、宋人的闡釋學思想與譯學研究。

在第一節中，中國先秦諸子在名與實關係的問題上發表了一些重要主張，他們所提出的名與實必須是一致的觀點啟示譯者，譯文必須忠實地再現原文。及至老子、莊子時，他們對名實對應的傳統進行瞭解構，這一解構張揚了譯者闡釋文本所應有的主體性、主動性。但莊子對名實一致性的解構也包含著否定語言具有認知功能這一因素。莊子的這一觀點無疑會造就出一大批翻譯懶漢。因此，這一觀念在譯學研究中是應予以批判的。莊子的另一思想，「得

意忘言」觀與中國傳統美學中重內容、輕形式的觀點是密切相關的，譯學研究中，我們可以依據翻譯的類別進行適度的汲納。及至清乾嘉年間，「得意忘言」觀遭到了乾嘉學者的否定，依據乾嘉學者的觀點，要闡釋書面文本，首先得理解語言文字，因此，譯學研究中，我們應對莊子的觀點加以批評和揚棄，我們應認識到，內容是蘊涵於形式之中的。翻譯時，若要譯出原文的內容，則藝術形式亦應譯出。翻譯文藝作品應將內容和形式結合起來考慮。莊子等人重內容、輕形式，乃至否定形式的觀點於翻譯研究是不足取的。在第二節中，孟子的「不以文害辭」的觀點啟示譯者在翻譯文學作品時，不可泥於其局部意義，不可斷章取義，譯前譯前應瞭解作家、作品的背景資料，通讀整部文本，然後才能進行逐詞逐句的翻譯。孟子的「不以辭害志」的觀點啟示譯者在翻譯詩歌文本時，不能泥於詩歌語言的表層意義，要能透過表層，進入深層，把握內涵。依據孟子的「以意逆志」說，譯者可依憑自己的測度來考察作者的創作意圖，這一觀點會放任闡釋者主體意識的膨脹擴張，於翻譯研究不足取。孟子的「以意逆志」說的理論缺陷被其著名的「知人論世」說所彌補。這一論說揭示了理解的循環過程，從這一過程，我們可以得知，孟子是強調瞭解作者的背景情況及作者所處的時代環境在理解和闡釋文本過程中的重要性的。這一過程啟迪譯者要將理解作者及其所生活的時代同理解作品文本結合起來，二者應是有機統一的。孟子的「《小弁》之怨，親親也。親，仁也」的觀點啟示譯者在譯時要瞭解話語言說對象所指是誰，他與言說者之間的關係如何，這樣可傳譯出話語言說者的思想感情、內容和神韻。孔子的「不知言，無以知人也」，及「聽其言而觀其行」也揭示了理解的循環過程，這一過程啟迪譯者要瞭解作者的人生觀，必須首先考察文本的內容、風格，而要探討文本的內容、風格，又必須首先瞭解作者。孔子的「察言觀色」對口頭翻譯也很有意義。除了能以「理解的循環」法進行闡釋的文本外，還有像喻性文本。象喻性文本的語言具有模糊性、不確定性、變動性的特點，譯者譯時應充分發揮自己的主觀能動性，不能援用「理解的循環」方法譯之。在第三節中，《毛詩》學者將孔子的「《詩》可以怨」的功能無限止地強化，從而將「比興」視為「美刺」，這樣的思維模式制約了他們對原文意義的正確理解，譯者若以此種思維模式去解讀源語文本，則原文的優

美的藝術意境會遭到破壞，原文多方面的認識功能也不能得以再現。東漢古文經學大師對《詩經》原典意義的政治詮釋法進行了反動，這一反動啟迪譯者在翻譯時應堅持忠實標準，力圖再現源語文本的美學含蘊，政治道德意義，不能因後者而捨棄前者。在第四節中，根據董仲舒的「詩無達詁」理論，任何文學文本都沒有單一的、恆定不變的意義，它具有一定的通達性。董仲舒的理論啟迪譯者在理解闡釋原文文本時，應把握原文的不確定性、模糊性、無限衍義性的特點，在翻譯時，以再現原文的文學性為旨歸，譯作應同原作一樣為讀者留下多種闡釋的機會。在第五節中，魏晉的名理學所倡導的辨名析理「側重於探求事物的規律及與其他事物的關係問題，側重於運用判斷和推理」[2：138]。辨名析理對於譯學研究者研究翻譯的規律，運用綜合比較、判斷推理、歸納總結等方法探討翻譯學與其它學科之間的內在聯繫，同時討論翻譯作為一門獨立學科所具有的典型特徵是具有重要意義的。在第六節中，宋儒從禪宗中所吸取的懷疑精神啟示譯學研究者應提倡疑古精神，絕不盲從權威。在翻譯實踐方面，我們應提倡和鼓勵復譯。懷疑精神在翻譯實踐研究方面可以體現為對不同的譯本進行對比研究，並作出反應。宋人解經的第二種闡釋傾向與「詩言志」的精神一致，於譯學研究來說它強調了翻譯標準中「忠實」的重要性。強調忠實固然重要，但要實現「心同，志斯同矣」並非易事，因此翻譯研究中應允許譯者們對同一問題存在著認識上的差異性。為了實現「心」和「志」的一致，宋人在闡釋學思路上遵循本事→本意→本義的模式。譯者譯前對「本事」進行分析，對「本意」做些探討，這非常必要，但不應一味執著於斯，譯者譯時應依據文本語言的表層意義和深層內涵，調動主動性，挖掘語言符號中所隱藏的意義。宋人曾提出「以才學為詩」的主張，這使任何一個讀者都難以做到「以意逆志」，這也為譯者從事翻譯工作提出了一些必要條件。傳統的「以意逆志」法受到了「活參」理論的反撥。「活參」闡釋學觀與接受美學理論同聲相應，為譯者調動自身的主動性，致力於發掘文本的潛在意義，造成了重要作用。在肯定「活參」理論積極作用的同時，要防止全面擴大「詩無達詁」的效用。在翻譯活動這一結構中，正確處理好世界、作家、作品、讀者（譯者）、譯文讀者之間的關係，努力使翻譯活動在主體對象化和對象主體化的交互運動中進行。譯者應從自己的存在體

驗出發來領會文本的意義，捕捉作者對世界的感受與反應。譯者應努力與作者實現「視域的融合」，從而獲得對作品意義的深切理解。

中國古代闡釋學理論對翻譯研究的確具有極其重要的意義。我在從這一理論視角研究翻譯問題時，能注重借用一些西方美學理論來使研究更為深入，論述更為明確透徹。目前，中西方由於政治制度、意識形態方面的不同而使文化在很多方面存在著很大的差異性，但全球化又導致了中國與西方國家在文化和思想境遇方面存在著巨大的共同性。隨著全球化的加快和深入，這種境遇也在不斷的趨同。傑姆遜曾指出：「在一種全球性的境遇中，我們都關心理論的翻譯性這一事實表明，我們已經在運用理論，已經在跨越國界分享這些理論的條件。」[3] 境遇的趨同使我們不僅關注西方的當代理論，同時還關注西方的古代理論，並能努力探究這些理論與中國古代闡釋學理論在討論同一問題或類似問題上所存在的共同或相似之處。西方理論跨越國界，與中國古代闡釋學理論一道，釋解翻譯研究領域中的一些突出問題，形成了翻譯學構建中一道亮麗的風景線。

本書第二章討論了中國古代美學中的一些重要思想與翻譯研究的關係。該章第一節探討了超象表現觀與翻譯研究的關係。超象表現是文學文本中的藝術形象所具有的一個重要的審美特徵。「超以象外」要求藝術家在文藝創作時能有深遠的寄託，深刻的蘊含，讀者在閱讀欣賞時，應能超趨象表。翻譯時，譯者可採用意譯法，努力再現原文的深層意蘊。該章第二節探討了意境理論與翻譯研究的關係。意境為中國古代美學中的一個重要範疇。它與情感、形象、韻律等有著密切的聯繫，本節從意境與情感、意境與形象、意境與韻律三個方面來探討翻譯研究中如何傳達原文的藝術意境問題。要譯出意境，須譯出原文的思想情感、藝術形象及音律美。

本書第三章探討了美感論與翻譯研究的關係。美學是研究美的。說到美，自然也就觸及到美感的問題，那麼什麼是美感呢？美感是人在自己本質力量對象化於審美對象的過程之中，以及在這一本質力量於審美對象上得到自由顯現之後，人在心理上產生的一種滿足感、愉悅感，在精神上所得到的享受。美感是一種心理活動。本章主要根據蔣孔陽先生在《美學新論》中對美感的

研究所提出的一些重要論點，從美感的生理基礎，即語言對感官的刺激，美學中的感覺、直覺觀，知覺和表象觀，聯想與記憶觀，想像觀，思維與靈感觀，通感觀的角度探討翻譯研究問題，還將深入研究審美欣賞活動的心理特徵與翻譯研究的關係；美學中的幾大矛盾統一性，如個性與社會性的矛盾的統一、具象性與抽象性的矛盾的統一、自覺性與非自覺性的矛盾的統一、功利性與非功利性的矛盾的統一與翻譯活動的關係，最後還將探究翻譯活動中的美感教育與人的心理氣質和精神面貌。

應該說，本章的論述皆屬於美學的一個重要分支——文藝心理學的主要內容。尤其是直覺觀、想像觀、靈感觀等在文藝心理學中有著深入細緻的闡述和論證。那麼，我為什麼要從直覺觀、想像觀、靈感觀這一角度來討論翻譯研究問題呢？

我們知道，人類的翻譯活動是在自覺意識狀態下進行的。因自覺意識是人類在物質生產勞動的實踐中，透過對自然、社會及自身進行改造，並對之加以認識，還透過對自身接觸自然、深入社會而攝取到的豐富的直覺體驗進行反思、體察而逐漸形成和發展起來的。在這樣一種充滿理性精神的自覺意識狀態下，人類可以從事理性的、自覺的、需要邏輯思維活動的翻譯實踐。但翻譯是要創新的，因譯文不是原文簡單機械的複製品，而翻譯的創新又離不開人類的非自覺意識。根據陳傳才先生對人類的意識結構的研究，人的審美意識系統「可以分為三個層面：無意識、非自覺意識和自覺意識」[4]。作為無意識與自覺意識的中介，非自覺意識「繼承了原始意識的特徵，是一種現實的直覺、想像和靈感，以意象活動來把握世界。」[4:28] 非自覺意識中包含著人類豐富具體、鮮明生動的無意識內容，這些內容發自於人類的天性，經過漫長的物質生產勞動，逐漸從混沌曚昧的原始意識結構轉化積累而為無意識結構。它們在社會現實、時代生活提供的一定的可能條件下，能突破自覺意識所設置的舊有的模式和價值規範的桎梏，而建立起嶄新的自覺意識的模式和規範，而這種嶄新的模式和規範又會為翻譯創新提供條件和可能。由此可以看出，非自覺意識具有創新、進取、消解舊有結構和秩序的特點，這些特點是翻譯研究中所必不可少的。這些特點因受到以現實為依據的自覺意識的抑制，而會具有積極的意義。它們並非是非理性的。高爾基先生就曾反

對把直覺稱做無意識的東西^[4:29]。同樣，想像力也並非無意識的東西。想像力對於人們認識自然和社會，掌握世界，並對之進行不自覺的藝術加工，起著很重要的作用。馬克思在《摩爾根〈古代社會〉一書摘要》中說道：在野蠻時期的低級階段，「想像力，這個十分強烈地促進人類發展的偉大天賦，這時候已經開始創造出了還不是用文字來記載的神話、傳奇和傳說的文學，並且給予了人類以強大的影響」^[5]。一個能對人類的發展起著強烈的促進作用並曾創造出光輝燦爛、照耀千古的神話傳說文學的想像力——一種非自覺的藝術形式，它所起的作用無疑是人類的意識結構中最低層次的無意識所無法擔負的。其實，非自覺意識在審美感知中所起的促發審美主體創造性想像的作用，也就如同五官感覺的形成那樣，「是迄今為止全部世界歷史的產物」^[6]。這些非自覺意識乃是屬於「社會的人」的「本質客觀地展開的豐富性」，並能「確證自己是人的本質力量的感覺」^[6:87]的重要部分。因此，從文藝心理學所探討的直覺觀，想像觀，靈感觀等的內容的角度來討論翻譯研究，便顯得十分重要，因它們能揭示出翻譯研究在人的心理層面所呈現出的各式特點，這些特點能體現出人的本質力量的一些重要特徵，它們是具有理性精神的非自覺意識對翻譯研究的重要啟迪，也應成為翻譯學的一個重要的組成部分。

本章共十三節，第一節探討了語言對感官的刺激與翻譯中再現音形意美的重要性。自然界中的光、色、聲、形等形式因素會從生理上給人們以感官上的刺激，而美感是離不開這些形式因素的。文學是集形、音、意三美於一身的。翻譯時若不考慮這些形式因素，則譯文讀者的美感的生理基礎也就不復存在。譯者翻譯時應將形似和神似統一起來，這樣才能再現原詩的藝術美感。第二節討論了美學中的感覺、直覺觀對翻譯研究的啟迪。美學認為，美感的起點是感受，譯者須不斷地對原文文本的意義進行感受才能獲得美感，並創造性地復現美感。翻譯美感需理性思維，但翻譯美感也需要直覺。翻譯中，譯者鬚根據直覺所具有的不同特點，進行各具特色的捕捉。要培養直覺能力，譯者須博覽群書、勤於思考、深入生活，並努力從生活中獲得睿思哲理。第三節研究了美學中的知覺和表象觀於翻譯研究的啟迪。由知覺和表象對於客觀世界的感應所實現的心物之間的交流，便於翻譯研究者以理性的態

度進入源語文本，並吃透文本的精神內容。根據知覺和表象對於客觀世界的轉化所表現而為的完形作用，譯者對文藝作品應從完形上來把握，譯前應通讀原文文本，力求把握一部作品的整體意義、整體的風格特徵，然後再逐詞逐句地翻譯。譯者應將捕捉到的零散的美感形象統一到文本的整體意義當中去，應使局部消融於整體當中。根據知覺和表象對於客觀世界的轉化所表現而為的選擇作用，譯學研究者在譯學構建中應對不同的學科、不同的理論進行積極的選擇，對各種觀點進行「簡化、抽象、分析、綜合、補足、糾正、比較」[7] 進而形成一定的概念。譯者對作品的選擇應是自由的，譯者應選擇適合的作品來翻譯，以產生良好的社會效應。根據知覺和表象對於客觀世界的轉化所表現而為的意向性，譯家翻譯時要尋繹並把握好作家的意向，以理解作品的美學意蘊。

第四節探討了美學有關聯想和記憶的論述對翻譯研究的意義。聯想分近似聯想、相似聯想、對比聯想。翻譯中運用近似聯想，可以有助於真切傳達原文的內涵、比喻意義。對於相似聯想，翻譯時一般可採取直譯法。相似聯想，在翻譯中有時可表現為跨文化聯想。翻譯時，可以目的語文化術語替代出發語文化術語，只要替代後兩種術語在內涵、風格、神韻上相似或大體相似，且各自的民族文化色彩並不濃，這樣的翻譯便可成立。對比聯想，在譯學研究中用得很普遍。有時為了說明某翻譯理論的正確性，譯學研究者可以從反面來論證；翻譯實踐中，譯者有時會利用正反譯法來譯出原文的內涵意義、美學意蘊，並能收到意想不到的接受效果。第五節研究了美學中的想像觀對翻譯研究的啟示。想像是心與物的一種交融，美感離不開想像。對作品中的想像，翻譯時一般可採用直譯法來處理。有時譯者應與作者一樣發揮藝術想像力，採用意譯法，以實現翻譯的目的。有時作家是透過托物喻意的方法，把眼前的一些生活情景和形象變成某種暗喻或象徵來實現想像的目的。譯者應透過對原文的美學意蘊的深刻理解及恰當的選詞來再現原文的藝術意境。想像是有理性和情感共同參與的活動，譯者譯時應合乎藝術形象的實際。有時作家會把陌生的事物與人們所熟悉的事物相比較，藉以突出陌生事物之奇絕和美豔，對於這中間所牽涉到的作家想像力的運用，譯者宜採用直譯法處理。總之，譯家應發揮藝術想像力，這樣，原文中的想像才能在譯文中得

以忠實再現。第六節探究了美學中有關思維與靈感的論述對翻譯研究的啟示。思維有助於人們理解審美對象中的美學訊息，培養審美感情。譯者應充分發揮思維的功能，深挖其中的美學含蘊，進行創造性的傳譯。要把握文藝作品中的美學神韻，需要思維的深化，譯家應發揚刻苦精神，反覆思考，再三重譯，以弄懂原文的深刻含義，拿出高質量的譯文。譯者在對原文的美感進行思維時，應化抽象為具體，努力再現其中的深邃情感。作家創作和譯家翻譯，其思維都會進入靈感階段。靈感源於生活，譯家應努力培植靈感，做到翻譯創新。第七節探討了通感與翻譯研究的關係。通感能使各種不同的感覺互相融通，從而整合出一種嶄新的藝術形象和玄妙新奇的精神境界。針對通感所具有的不同情形，翻譯時，一般都可採用直譯法，這樣可以真切、生動地傳譯出原文的美感。第八節討論了審美欣賞活動的心理特徵與翻譯研究的關係。審美主體面對審美對象所最初表現出來的心理活動形式是形象的直覺性，這是譯者進入翻譯過程進行審美欣賞所具有的一種心理特徵。下一步是注意力的高度集中。譯者應全身心地投入到審美對象中，以達到與其交融契合境界。譯者在感受審美對象時要注意其完整性，要從整體上去理解藝術形象，將全部的思想感情融化到審美對象上去，以創造性地復現原著的藝術形象。審美欣賞心理活動的最後一個心理特徵是「想像的生動性」，譯者應發揮藝術想像力，努力再現原文藝術形象的美感。第九節討論了翻譯研究中個性與社會性的矛盾的統一。根據一個具有個性的人在精神上必須具有獨立自主性這一特點，譯者在翻譯中也應體現出自己獨特的個性，不能人雲亦雲。根據個性在表現形式上應具有自由性這一特點，譯者在選擇作品翻譯時應按自己所習慣表現的風格來挑選合適的作品來翻譯。我們提倡翻譯中要弘揚譯者的個性，但個性須受到社會性的制約。譯者應將個性與社會性統一起來，這樣譯作才會擁有審美欣賞者。第十節研究翻譯研究中的具象性與抽象性的矛盾的統一。審美欣賞的心理活動包含具象性和抽象性的成分。抽象性與具象性相交相融，可加強審美的感受和美感。翻譯研究中，譯者要試圖捕捉具象性的形象身上所蘊含的抽象性的因素，在自己的內心把具象性的形象與抽象性的概念統一起來，使無生命的形象賦有生機。具象的東西之所以美，是與它的形式密不可分的。形式中蘊含著藝術的內在意蘊，譯者在對抽象化的藝術形式進行深

入研究的基礎上應努力譯出藝術內容的獨特美感。第十一節討論了翻譯研究中自覺性與非自覺性的矛盾的統一。人類的美感欣賞有非自覺的一面，但這一面是與自覺的一面統一在一起的。譯者應著力提高自己的審美自覺性，如譯一部作品前，應對作家及作品作一些探析，這對理解作品的美感是有積極意義的。第十二節探討了翻譯活動中功利性與非功利性的矛盾的統一。美感欣賞有非功利性的一面，也有它的功利性的一面。翻譯活動中，我們應倡導具有積極意義的功利性一面，而對其具有消極意義的功利性一面應加以抵制。

譯者應把功利性與非功利性的矛盾統一起來，做社會主義精神文明的建設者。第十三節研究了翻譯活動中的美感教育與人的心理氣質和精神面貌。美育對人的精神情操具有淨化作用。翻譯研究中的美感教育一方面體現在作品的選擇上，另一方面還體現在對譯者的要求上。另外，深度的審美體驗可使譯者獲得深度的美感教育。譯者注重人生經驗的積累，可使其獲得美感教育，也有助於其對文本的內容和風格的理解及對文本精神實質的審美體驗的深化。

本書第四章討論了符號論哲學對翻譯研究的意義。符號學為藝術心理學一個很重要的分支。我們討論從美學角度來建構翻譯學是不可能不觸及符號論哲學對翻譯研究的意義這一重要論題的。因此，本章將就這一問題做深入探討。本章第一節簡單地介紹了符號論哲學理論並論證了其對翻譯研究的啟示性。根據卡西爾的觀點，一切在某種形式上能為知覺揭示出意義的現象，皆可稱之為符號，人即是透過符號這一媒介來認識世界、交流思想的。卡西爾、蘇珊 . 朗格的哲學思想在很多方面都能為翻譯研究提供理論上的支撐。第二節討論了符號論哲學對科學符號與藝術符號的界定及科學文獻與文學文本的翻譯策略。科學的符號以客觀的方式描繪現實事物，準確地反映現實世界的真實性和內部規律，研究事物的效果和性質，而藝術是以藝術符號重構世界，進行藝術創造和發現事物形式的。它們之間的差異性使得科學文獻和文學文本在語言風格和文體方面具有了不同的特點，也使我們在翻譯時須採取相應的不同策略。第三節討論了符號論哲學對藝術形式中情感內容的強調與翻譯研究的關係。卡西爾和蘇珊 . 朗格都充分肯定藝術形式中所包蘊的情感內容。譯者須以理性的精神對待原文的藝術形式，努力體察蘊藏於藝術形

式中的情感內容。蘇珊.朗格的藝術符號觀將表現主義與形式主義綜合了起來，對於前些年盛行的解構主義翻譯觀有糾偏的作用。朗格批駁了克羅齊與柏格森的直覺非理性觀，其所倡導的理性的直覺觀對解構主義翻譯觀的偏狹性造成了糾正作用。第四節研究了符號論哲學對情感與理性關係的論說與翻譯過程的關係。卡西爾有關讀者須與藝術家合作的論點揭示出翻譯過程第一階段的主旨，即譯者須深入作家和作品，以深入理解作家和作品。譯者應善於從作品中走出，對藝術符號的情感內容進行理性的思考、再現和解釋，由此進入翻譯過程的第二階段。在這一階段，譯者應著力把握藝術品的意味。第五節討論了符號論哲學的藝術創造論對翻譯研究的意義。

卡西爾的藝術創造論與馬克思列寧的反映論有著相似的特質。它們啟迪譯者，翻譯藝術是創造的。第六節探討了蘇珊.朗格對藝術符號與藝術中使用的符號的區分於翻譯研究的意義。蘇珊.朗格對藝術符號與藝術中使用的符號的區分啟示譯者在譯前應對源語文本的意味有著透徹的瞭解和把握，對藝術符號的意義應成竹在胸，而那種對文本的意義採取割裂式的翻譯方法是無法再現源語文本的藝術符號的。

第五章討論了審美範疇論與翻譯研究的關係。第一節研究了崇高美與翻譯研究的關係。作家應具有崇高的思想，才能創作出風格崇高的作品。這對譯者也是適合的。譯者應追求高尚的東西，努力做人類靈魂的塑造者，這樣才能譯出精品。譯者要培養崇高的品質，須深入生活，作細緻的觀察，捕捉其中的美。這有助於他透徹地理解作品中的美。譯者觀察生活中的崇高美時，應細緻描繪自己的心理變化過程，這對提高其賞析文藝作品中的崇高美的能力大有裨益。譯家要培養崇高品質，須善於養氣。氣體現在文體風格上，譯家經常養氣，能理解文藝作品中的崇高風格。第二節探討了翻譯活動中「醜」的形象再現。文藝作品中除崇高的典型外，還有醜的典型。譯家要忠實地再現文藝作品中醜的藝術形象，須善於觀察深入生活，要熟悉、瞭解生活中的醜，並作研究，這對其理解和再現文藝作品中的「醜」大有益處。譯家要理解文藝作品中的醜的形象，要做到反思。譯家深入生活時，要能透過現象看本質，認清美醜，這對其解讀和再現文藝作品中的人物形象會很有幫助。另

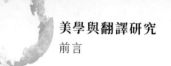

外，譯家要忠實地再現文藝作品中醜的藝術形象，還應同現實生活中的醜惡及自己潛意識中的醜的力量作鬥爭，做一個情操高尚的人。

第六章探討了文藝美學的「藝術真實觀」與翻譯研究的問題。本章的研究是對翻譯標準中忠實性原則的強調，是從防止譯者在翻譯研究中會產生依仗自己的心理感受而忽視源語作品及作家這樣的主觀唯心主義錯誤這一角度出發的。第一節探討了文藝美學的「藝術真實即藝術生命的敞亮」觀與翻譯研究的問題。文藝創作追求逼真地再現生活，及典型環境中的典型人物，翻譯藝術應追求逼真地再現源語作品。重譯者及譯作的審美接受者在閱讀某部作品的譯作時要帶著質疑的眼光，努力把被前譯者所歪曲和掩蓋了的東西發掘和揭示出來，並使之敞亮。胡經之先生的藝術真實觀用於翻譯中，即指翻譯藝術必須真實地反映譯家主體同作為客體的作家及作品之間的審美關係。譯家對作家及作品的理解、闡釋，對作家以及作品中的思想情感的體驗應是真實的。譯家與作為客體的作家及作品的審美關係應與歷史發展的必然要求相符合。文藝美學就藝術真實與科學真實根本差異的論述啟示譯學研究者，翻譯美學既是一門科學，又是一門藝術。第二節探討了文藝美學有關「藝術真實在於作家主體體驗評價的真實」與翻譯研究的關係問題。翻譯中，譯者應具備審美體驗的真情實感，以譯出真情、真思、真境。譯者不僅要深入文本世界，而且還要深入現實，體味人生百味，這樣，才能理解源語文本，並對之加以忠實的再現。另外，翻譯中，譯者應努力實現翻譯藝術意象的真實。第三節探討了文藝美學有關藝術作品的本體層次的論述與翻譯研究的問題。文藝作品包含四種層次結構，翻譯作品也必須相應地包含四個層次結構。譯作的四個層次是構成譯作的本體，譯作之所以具有真實性的原因就在於它能忠實生動地再現原作四個層次的藝術真實性。在第四節「小結」中，本章強調翻譯藝術要做到具有真實性，譯作必須滿足原作藝術真實性的要求和條件，譯家必須理解社會和人生。

本書運用中西方古代及現代當代的一些哲人就哲學、美學所發表的一些重要理論來研究譯學構建問題。研究中，尤其注重馬克思、恩格斯、列寧等人的一些重要的哲學美學思想對翻譯研究的啟迪。本書著力以馬克思的辨證唯物主義和歷史唯物主義作指導，吸納中西方哲學美學思想中那些具有理性

特色，洋溢著創新進取精神的思想理論的營養價值，結合翻譯理論研究、翻譯實踐及翻譯實踐研究中的一些重要問題，進行具體、詳細的闡述、分析和論證，以豐富和充實翻譯學這門古老而又年青的學科，力圖使翻譯學的建構始終在科學的道路上前進和發展。

參考文獻

[1] 楊自儉．譯學新探［M］．青島：青島出版社，2002：19．轉引自劉雲虹，許均．一部具有探索精神的譯學新著——《翻譯適應選擇論》評析［J］．北京：中國翻譯，2004，（6）：42．

[2] 周裕鍇．中國古代闡釋學研究［M］．上海：上海人民出版社，2006：1．

[3] 陶東風．社會理論視野中的文學與文化［M］．廣州：暨南大學出版社，2002：92．

[4] 陳傳才．當代審美實踐文學論［M］．廣州：暨南大學出版社，2002：28．

[5] 馬克思恩格斯論藝術．第2卷．北京：中國社會科學出版社，1982：5．

[6] 馬克思．1844年經濟學哲學手稿［M］．北京：人民出版社，2000：87．

[7] 阿恩海姆．視覺思維［M］．北京：光明日報出版社，1986：37．

第一章 中國古代闡釋學理論與翻譯研究

在中國浩如煙海的傳統文化典籍中，充溢著豐富的，有關言說和文本的理解與解釋的論述，這些論述宛如星光璀璨，為翻譯研究者們指示著建立翻譯學的方向。本章擬從中國古代闡釋學理論視角，從周裕錯於經、史、子、集四部典籍中所擷取的真知灼見，來探討譯學構建問題。

中國古代闡釋學理論是中國古代美學的一個重要的組成部分，它誕生和發展於中國傳統文化的土壤。與西方闡釋學相比，儘管中西方闡釋學理論在有關的觀點、論述方面存在著交叉重疊之處，但由於它們在歷史背景和文化精神方面的深刻差異，中國古代闡釋學理論自有其顯著突出的獨特之處。故此，有必要從中國古代闡釋學理論這一視角對翻譯研究進行管窺，以揭示出中國古代的聖人先哲們的闡釋學思想對譯學建構的重要意義。

▍一、先秦諸子百家有關「名」與「實」及其關係的論說對翻譯研究的指導性

中國先秦諸子在「名」與「實」及其關係問題上，提出了一些重要主張，對譯學研究頗有借鑑意義。什麼叫「名」？何謂「實」呢？根據《墨子．經說上》，「所以謂，名也；所謂，實也。」[1] 也就是說，「名」是一種語詞，它是用來表示事物意指什麼，而「實」是所意指的事實。《呂氏春秋．離謂》中指出：「言者以諭意也。言意相離，兇也。」[1:8] 一個人說出的話，都是為著表明一定的意思，闡發一定的道理，假如說出口的話與所表達的意義相分離，則會造成社會秩序的混亂、社會的失控。言與意的不一致便是名與實的乖離。因此，孔子所說的「必也正名乎」[1:8] 中的「正名」實質就是透過語詞的秩序化，言意之間的契合一致進而達到社會關係的和諧有序。在《論語．陽貨》中，孔子與其弟子有過這樣一段議論：「子曰：『予欲無言。』子貢曰：『子如不言，小子何述焉？』子曰：『天何言哉？四時行焉，百物

生焉。天何言哉？』」[1：19]孔子和弟子在這裡討論了道德和文化知識的傳授問題。孔子希望道德倫理、文化知識的傳授無須經過語言，它們能像天地、四時、萬物按其本然的規律運行那樣，一代又一代地傳承接遞下去，因為孔子擔心，語言在傳授知識、反映道德倫理方面會有失實之處，他「夢想沒有任何東西能夠阻隔在思想和思想的實現之間。」[2]孔子的夢想當然是不切實際的，但它卻真切地反映出孔子對名與實一致的希冀。透過「正名」而達致名實相諧，可促進社會的安定團結。孔子極其重視語言表達思想的功能，文字傳遞消息的價值。他曾說道：「不言誰知其志？言之無文，行而不遠。」[1：27]一個人不說話，則其思想觀念，無人能知，而說出口的話不以文字記載下來，則無法傳播。語言與社會的制度、倫理是相對應的。根據《荀子．正名》的解釋，若名與實混亂，則「貴賤不明，同異不別」[1：9]，這樣，社會的穩定便得不到保證。墨子在名與實的關係問題上，提出了嶄新的論說，他指出：「名實耦，合也。」[1：10]其意思是說，語言符號與現實世界是契合一致的，語言可以指稱世界、傳達文化知識，表達人們的思想觀念，語言在人們認識世界、把握世界、傳授經驗方面起著有效的作用。

根據上述諸思想家在名與實關係問題上的有關論述，我們可以得知，名，亦即語言符號，是必須反映實的，言與實必須是一致的；若不一致，則人與人之間的關係便會不和諧，乃至惡化，則社會秩序也會紊亂。這些論述與傳統翻譯研究中，譯文必須忠實地再現原文，譯者必須忠實地再現原作者在原文中所呈現的一切的翻譯觀念是一致的。傳統翻譯研究中，譯者認定，原文中有一恆定不變的意義，這意義是由作者賦予的，它蘊涵於原文的語言符號之中，並由語言符號體現出來。譯者翻譯時對原文的意義悉心鑽研，力求忠實傳譯，因譯者堅信，其譯文語言符號是能夠忠實地譯出原文的意義的。這一翻譯觀念認定，譯文語言符號與其所傳達的意義是對應的。原文的意義是客觀的，因表達它的源語語言符號具有唯一的、恆定不變的意義，譯者翻譯原文，因所用的語言符號與所傳達的意義是一一對應的。因此，譯文能忠實再現原文。據此，原文只能有一種亙古不變的闡釋。

然而及至莊子時，他提到「鄭人謂玉未理者曰璞，周人謂鼠未臘者曰璞，故形在於物，名在於人」[1：13]。「璞」這個語言符號，在鄭人看來，為「玉

未理者」，而周人則認為，屬於「鼠未臘者」。由此，我們可以推斷，「名」只是約定俗成的，它與「實」並非等同的關係。老子在《老子》開篇中說道：「道可道，非常道；名可名，非常名。」[1:15]可以用語言符號闡明的「道」，並非真正的、永恆持久的「道」，可以以語言符號指稱的「名」，並非真正的、恆久不變的「名」。「道」中蘊涵著博大精深、玄妙難測之理，這是以語詞和概念所難以表達的。因此，「書不盡言，言不盡意」[1:29]。由此，我們可以看出，「名」與「實」並非是對應的，「名」並非總能反映、體現、表達、說明「實」。老子、莊子對「名」的確定性提出了質疑，這一質疑反撥了「所以謂，名也；所謂，實也」的名實對應傳統，對孔子「必也正名乎」的呼求也可謂置若罔聞。老莊對「名」的這一消解對翻譯研究來說是有著極其重要的意義的。按名實對應的傳統觀，譯作只能是原作的機械複製品，譯者只能是作者的傳聲筒，他只能跟著作者亦步亦趨。這種闡釋模式似乎將譯者置於作者的附屬地位，譯者成了作者的「僕人」、「婢女」。而老莊的解構則將譯者從奴僕的地位上解放了出來，譯者對文本的閱讀不再是一種純語言學的釋解，因語言符號的意義是多義的，故而譯者可以依憑自己對原文文本意義的體驗、理解來翻譯。這裡我們可以看到譯者主觀能動性的發揮，譯者作為文本闡釋者所應具有的主體性、主動性的張揚。

我們在推崇莊子對名實一致性解構的同時，必須注意莊子是否定語言具有認知功能的。莊子對人類認識世界的三個層次進行了分析，他說道：「可以言論者，物之粗也；可以意致者，物之精也；言之所不能論，意之所不能察致者，不期精粗焉。」[1:22]這裡的「不期精粗」乃為一種「渾沌之道」[1:22]，它是語言所無法表述、論及，思維所無法望及的。莊子在探討「書」、「語」、「意」、「言」之間的關係時，說道：「世之所貴者，書也。書不過語，語有貴也。語之所貴者，意也，意有所隨。意之所隨者，不可以言傳也。」[1:32]莊子在這裡所論及的「意之所隨者」，是指人們的主觀所意識到的對象，人的內心所體驗到的東西，它是一種超越人的感性經驗境界，不可以語言來表達、傳遞的「道」。對於「道」的性質，《呂氏春秋》中有一則寓言，生動地做出瞭解釋：「鼎中之變，精妙微纖，口弗能言，志弗能喻，若射御之微，陰陽之化，四時之數。」[1:23]廚師烹飪所採用的各種技藝與方法，是

語言所無法表達，思維所難以企及的。它只可意會、不可言傳。這種技藝與方法即為「道」。莊子這種對語言表意功能的否定與古希臘哲學家高爾吉亞（Georgia』s）有關本體論和認識論的三原則有著異曲同工之妙。高爾吉亞認為：「無物存在，即使存在也無法認識它，即使可以認識它也無法把它告訴別人。」[1:25]法國作家雨果對人的心靈功能的描述也反映了他對語言表意功能的否定。他指出：

人類的遐想是沒有止境的。人常在退想中，不避艱險，分析研究並深入追求他自己想見了的妙境。我們幾乎可以這樣說：由於一種奇妙的作用，人類的遐想可以使宇宙驚奇；圍繞著這個神祕的世界能夠吐其所納，瞻望的人們也就很有被瞻望的可能。無論怎樣，在這個世界上確有一些人，能在夢想的視野的深處，清清楚楚地望見絕對真理的高度和無極山峰的驚心怵目的景象。[3]

雨果在這裡認為人類的遐想具有無比的豐富性，它縱橫馳騁，旁逸斜出，情寄八荒，不受宗教、道德、法律、風俗習慣的制約。人類的意識所體現的道，其內涵的豐富性可以說大於海洋，也大於無邊無際的宇宙。這種道要在言語媒介中找到形體的依託無疑是不可能的。莊子等人的觀點在翻譯研究領域中也是可以找到很多呼應者的。如很多人都認為，詩歌是不可譯的。美國詩人 Robert Frost 就持這樣的觀點：「Poetry is what gets lost in translation」[4]。其意思是說，「詩歌是翻譯所失去的」。他認為：「詩歌說一件事，而其意義超越了一件事——起碼是一件事。」[5]按他的觀點，要想忠實地傳譯詩歌的意義，是不可能的，因詩歌的意義與詩歌的語言所言說的是不一致的。還有很多譯者在翻譯時其潛意識中就潛存著根深蒂固的觀念，即「翻譯是不可能的」。這一觀念影響到他對原文風格，及至內容翻譯的處理上。請看這麼一段文字：

From the point of yonder rolling cloud I plunge into my past being，and revel there，as the sun — burnt Indian plunges headlong into the wave that wafts him to his native shore.The long — forgotten things，like 『sunken wrack，and sumless treasuries』，burst upon

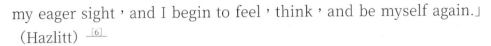

my eager sight，and I begin to feel，think，and be myself again.」（Hazlitt）[6]

這一段的最後一句「and I begin to feel，think，and be myself a－gain，雖然句式簡單，但要將之譯好，卻非易事。然而，只要悉心研究，此句仍是具有可譯性的。高健先生就此句的翻譯曾這樣說道：

如果我們只足照直地把它譯成『於是我開始去感受，思考，這樣就又成了我過去的自己了』意思上雖然沒有什麼錯誤，然而從風格上講總覺有些不太夠味，因為風格沒有譯出。但是這裡風格沒有譯出絕不是因為風格不能翻譯，而是因為譯者對風格的可譯性抱有懷疑，他們不相信風格是可譯的，於是對風格的處理不夠重視，這樣一來也就不能不影響到譯者對原文內容的鑽研。他們沒有體會到原文中的『feel』與『think』在那裡實際上都有『強烈地去感受』與『深入地去思考』的含意，而對原文含意的忽視也就影響了譯文的風格。[6：117]

再如，中國著名相聲演員馬季曾認為「翻譯『狗攆鴨子呱呱叫』殆不可能」[7]，然而，黃龍先生則指出：「雙關語之可譯性不容否定。」[7：593]他將上句譯為：「Chased by the dog，the ducks quack—crack」[7：593]。「crack」與「quack」音諧，且又具有「頂呱呱」、「第一流」的意思，此譯堪稱妙譯。

在莊子的哲學觀念中，「道」具有非理性、超思想的性質，它體現了中國人注重直觀感悟的思維方式。任何欲以言語的方式去體道，道皆是不可言語的。「天地有大美而不言」，大美之道是不可道的，若想以言稱道，其最佳結果也只能是「道隱於小成，言隱於榮華」，此時，道與言還是不可相交相合的。故而莊子指出：

大道不稱，大辯不言……孰知不言之辯，不道之道？若有能知，此之謂天府：注焉而不滿，酌焉而不竭，而不知其所由來，此之謂葆光。[8]

譯者閱讀原文時能感悟到的「道」，亦即蘊涵於原文字裡行間中的深刻涵義，是語言所不能表達再現的，它只能存於譯者審美忘言的感覺體驗中，

這種體驗要進入審美創造的外化過程，需借助於言語這箇中介，而意義一旦創生，便意味著一種死亡，因道是不可道的。莊子的思想對於翻譯研究來說，無疑會造就出一大批翻譯懶漢來。譯者翻譯時只需譯出語言的表層意義就可以了，原文中的深層內涵、言外之意、意外之旨則可置之度外，因為它們是語言所不能表述的。莊子的這一思想也否定了中西方文化具有對話交流的可能性，如按他的觀點，中西方人將永遠處於相互隔膜的狀態之中。

我們在翻譯研究中必須對莊子的思想進行批判。翻譯無疑是可能的，從古至今，各類學科的翻譯作品已可謂汗牛充棟。這一事實已無可辯駁地證明了這一點。中西方在語言文化上存在著差異，但這並不影響翻譯活動的進行。「人類的思維具有普遍性，因此，使用不同語言的人對客觀事物的反映能取得基本一致，在概念這一層次上就可能取得較為一致的對應」[9]。對於某些體裁的作品，如詩歌，要譯出原文的真義，可能並非易事，誠如陸機所言：

每自屬文，恆患意不稱物，文不逮意，蓋非知之難，能之難也。[8：95]

以言、文這樣指稱性的東西去實現實有的意識本體存在，以使二者達到同一，乃至相近，這誠非易事，但只要譯者具有「一名之立，旬月踟躕」[10]的刻苦精神，是沒有攻克不掉的翻譯堡壘的。

老子的「道可道，非常道」，莊子的「言不盡意」的理論實質是否定了語言表達思想的可能性，在此基礎上，莊子提出了「知者不言，言者不知」[1：33]的觀點。真正體悟到「道」的深刻內涵的人是沉思默想、不言語者，任何人若用言語來表述「道」的涵義其實是對道的戕害。莊子的這些理論無疑是旨在否定語言、取消語言。既然沒有了語言，那麼人與人之間如何溝通交流呢？為此，莊子提出了「得意忘言」觀：

荃者所以在魚，得魚而忘荃；蹄者所以在兔，得兔而忘蹄；言者所以在意，得意而忘言。[1：35]

語言與荃、蹄一樣，是一種工具，它是用來理解別人的思想觀念的。人與人之間交流的根本目的是為了理解對方的思想、感情，不是看對方使用了什麼樣的語言，語言使用得怎麼樣。因此，語言只是一種可有可無的符號，

一旦其意義為人所理解，則語言這種外殼、形式則是可以棄之不管的。莊子的「得意忘言」的觀點到東漢時被王弼繼承和發揚。王弼主張讀經典時，須「忘言得意」。「王弼註釋的目的不在於解決原文中疑難的字音、字義，而在於揭示出原文所包含的義理」[1：139]。他在解讀文本時，所密切關注的「是整個句子、甚至整個段落與全文之間的邏輯關係，從而彰顯出蘊藏於經典文本中形而上的『理之微者』」[1：139]。

莊子、王弼等人的觀點與中國傳統美學中重內容、輕形式這一特點是密切相關的。「形式」在中國美學中很少具有獨立自足的意義，它主要服務於審美主體的思想感情，文藝作品的內容精神。內容為主，形式為次，文藝作品形式上的完整是為了顯示和突出內容上的完善。人們所常說的「辭約而意豐」是指以簡約的言辭表達豐繁的意旨，「辭約」的意義在於它有利於「意豐」。「辭約」的目的是為了「意豐」。「中國美學當是『內容的美學』」[11]。在翻譯研究中，我們有時也會借鑑中國傳統美學中「形式為內容服務」的觀點，對莊子、王弼的闡釋觀加以一定的汲納。如翻譯中有編譯類。譯者譯時，只需將原文文本的中心大意譯出即可，不必拘泥於原文字詞句意的恰切傳達。還有的時候，譯者是為著傳播某一重要的思想觀念、介紹異域文化的價值觀念等而進行翻譯的，但譯者本人並不懂外語，其翻譯是透過別人解讀原文大意來進行的。中國的林紓就是這樣的翻譯家。這一類翻譯方法只注重傳譯原文的意旨、主要的情節內容，或上下文之間的邏輯聯繫等。但此類方法卻是不得以而為之的。我們可以設想一下，假如林紓是位懂外語的翻譯家，那他一定會譯出既暢達雅緻，又貼切忠實的譯品以饗讀者大眾的。一般而言，我們還是主張譯文既忠於原文，而本身又暢達流利。隋唐彥琮在長期的翻譯實踐中所提出的「八名」理論就代表著中國古代的譯學理論在這方面逐步走向規範化的道路。彥琮對譯者提出了「八備」的要求，其中的三、四、七、八條很值得我們借鑑。這四條如下：

……，荃曉三藏，義貫兩乘，不苦暗滯，其備三也；旁涉墳史，工級典詞，不過魯拙，其備四也；……要識梵言，乃閑正譯，不墜彼學，其備七也；薄閱蒼稚，粗諳篆隸，不昧此文，其備八也。[1：159—160]

在這四條中，彥琮觸及到了譯者所需具備的理解能力、表達能力以及對兩種語言的掌握水平的問題。具體地說，譯者需瞭解經、律、論三藏典籍，熟諳大、小兩乘佛教原理，如此，翻譯時，才能得心應手，遊刃有餘。譯者還須涉獵經史子集，懂得如何遣詞造句，如何使譯文文雅流暢。譯者還須認識、熟悉、精通梵語，透徹理解梵語原文文本。最後，譯者還須掌握《蒼頡》、《爾雅》之類的詞典，熟悉篆字隸書，懂得如何在正確理解原文的基礎上將之轉換為本土文字。具備了上述知識，譯者就可以保證翻譯過程中訊息傳達的準確性。在這方面，德國哲學家黑格爾在談到荷蘭畫家時所說的一番話對翻譯研究者很有啟發意義。黑格爾指出：

　　早期的荷蘭畫家對顏色的物理學就已進行過極深入的研究。樊．艾克、海姆林和斯柯萊爾都會把金銀的色澤以及寶石綢緞和羽毛的光彩摹仿得唯妙唯肖。這種運用顏色的魔術和魔力來產生極顯著的效果的巨匠本領現在已獲得一種獨立的價值。正如思考和領會的心靈用觀念來再現（反映）世界，現階段藝術的主要任務也在於用顏色和光影這些感性因素來對客觀世界的外在方面作主觀的再現——不管對象本身如何。[12]

　　黑格爾的意思是說，藝術家要想將客觀現實忠實地再現出來，反映並創造藝術的美，他就應當對審美對象的物質特性有著熟練的把握。這就如同畫家畫山一樣，他要再現一座山特有的美，就必須對該座山所固有的物性特徵有著精湛的把握。例如山的形狀、高度和長度、山上的樹木、岩石、道路，乃至廟宇樓閣等在畫家作畫時都應進入畫家的藝術視野，這些物質屬性經過畫家的仔細觀察、深入研究，妙手丹青的揮毫潑灑，然後呈現於觀眾面前。譯者翻譯也是如此。他要再現原著的美，需對原著的語言風格，作品的結構佈局，其中的人物形象、主題意義等熟諳於心，因這些因素是原著作為一部藝術作品所應具有的物質屬性。美是離不開物質屬性的。要唯妙唯肖地再現原著的美，就必須透徹地瞭解上述物質屬性，然後再進行忠實傳譯。

　　「得意忘言」觀到了清乾嘉年間，遭到了乾嘉學者的否定。乾嘉學者「以字考經，以經考字」[1：349]的治學原則使闡釋學的重心幾乎完全傾斜到語言文字上來。因為「得意忘言」觀忽視了這樣一個事實：「能夠理解的存在就

是語言」[13]。「語言並非只是一種生活在世界上的人類所擁有的裝備，相反，以語言為基礎、並在語言中得以表現的乃是：人擁有世界。對於人類來說，世界就是存在於那裡的世界……但世界的這種存在卻是透過語言被把握的」[13：10]。要闡釋書面文本，首先得研讀理解語言文字，真理、思想、觀念等只能在語言中被髮現。我們在翻譯研究中，應吸取彥琮的上述翻譯思想，對莊子、王弼的觀點加以批評和揚棄，這是因為原文文本的主題思想、社會意義、情節內容等是蘊涵於原文的語言形式之中的，語言是一個載體，它的風格、文體、修辭、字詞句章及其結構安排和韻律節奏等對它所承載的訊息內容是有框定規範作用的。形式之中包含著內容，所謂「一字而含無涯之味」說的就是這個道理。詩人的「立言本意」必須受制於詩歌的藝術形式。翻譯時若要譯出原文的內容，則制約該內容的藝術形式亦必須相應譯出。內容也會決定一部藝術作品採用什麼樣的藝術形式。如一首詩歌描繪了令人哀婉淒傷的事情，假如給它配以動聽悅耳的韻律，無疑是在糟蹋這首詩歌的藝術內容。這裡，我們且以 18 世紀美國詩人菲利普．弗瑞諾（Philip Freneau）所創作的兩首詩為例來進一步說明此問題。請看下面兩首詩：

（1）The Wild Honey Suckle

Fair flower，that dost so comely grow，

Hid in this silent，dull retreat，

Untouch』d thy hony』d blossoms blow，

Unseen thy little branches greet：

No roving foot shall crush thee here，

No busy hand provoke a tear.

By Nature』s self in white array』d，

She bade thee shun the vulgar eye，

And planted here the guardian shade，

And sent soft waters murmuring by；

Thus quietly thy summer goes ，

Thy days declining to repose.

Smit with those charms ， that must decay ，

I grieve to see your future doom ；

They died — nor were those flowers more gay ，

The flowers that did in Eden bloom ；

Unpitying frosts ， and Autumn』s power

Shall leave no vestige of this flower.

From morning suns and evening dews

At first thy little being came

If nothing once ， you nothing lose ，

For when you die you are the same ；

The space between ， is but an hour ，

The frail duration of a flower.[14]

(2) The Indian Burying Ground

In spite of all the learned have said

I still my old opinion keep ；

The posture ， that we give the dead ，

Points out the soul』s eternal sleep.

Not so the ancients of these lands —

The Indian ， when from life released ，

Again is seated with his friends ，

And shares again the joyous feast.

His imaged birds，and painted bowl，

And venison，for a journey dressed，

Bespeak the nature of the soul，

Activity，that knows no rest.

His bow，for action ready bent，

And arrows，with a head of stone，

Can only mean that life is spent，

And not the old ideas gone.

Thou，stranger，that shalt come this way，

No fraud upon the dead commit ─

Observe the swelling turf，and say

They do not lie，but here they sit.

Here still a lofty rock remains，

On which the curious eye may trace

　（Now wasted，half，by wearing rains）

The fancies of a ruder race.

Here still an aged elm aspires，

Beneath whose far ─ projecting shade

　（And which the shepherd still admires）

The children of the forest played ！

There oft a restless Indian queen

(Pale Shebah，with her braided hair)

And many a barbarous form is seen

To chide the man that lingers there.

By midnight moons，o』er moistening dews；

In habit for the chase arrayed，

The hunter still the deer pursues，

The hunter and the deer，a shade ！

And long shall timorous fancy see

The painted chief，and pointed spear，

And Reason』s self shall bow the knee

To shadows and delusions here.[14：17—19]

在「The Wild Honey Suckle」（《野地裡的金銀花》）中，詩歌各詩節的韻式儘管整齊劃一，但詩的節奏卻很不規範，行與行之間的節奏變化不等，且詩行長短不一。然而作者選用這種不協調的節奏來傳達詩歌的思想感情、主題內容則是非常恰當的。作者在詩中認為，生與死是自然不可更改、無法迴避的法則。世界上的萬事萬物有生就會有死，有盛也必定會有衰。花開花落、花榮花枯乃自然界的規律。每個人都會於將來的某天死去，這對花鳥蟲魚來說也是如此。本來鮮豔奪目、洋溢著勃勃生機的金銀花會枯萎衰竭、棄塵絕世，這不足為奇，人們也不必為之而傷感落淚。詩人說道：「If nothing once，you nothing lose，/For when you die you are the same；」意思是說：如果你本來就很渺小、微不足道，那麼在你行將死去之時，也不必覺得自己損失了什麼，不必為死亡而感到悔恨悲傷；你本來即來自於自然，死後回歸自然，質本潔來還潔去，生前與死後並無二致。詩人以金銀花為代言人，對自己生命短暫，無法長留人間似乎並無懊悔之意，但我們透過詩的字裡行間，及詩中不和諧的節奏，仍可感受到詩中所蘊含的孤寂、悲哀、淒楚之情。金銀花生於花草幽僻之處，素無遊人觀賞。夏日花旁的小

溪潺潺流去，周圍的樹木為她提供庇蔭，但秋天一到，秋霜無情，秋風無意，即使伊甸園中的鮮花也難逃厄運，更何況野地中的金銀花。花園、公園中的鮮花常有園丁的悉心照料，而金銀花野生野長，終生難以享受到人類文明所帶來的福祉。詩中情調哀惋，而這與詩的節奏是相協調一致的。若此處以諧和的節奏來傳達詩歌的思想內容，則所產生的藝術效果必然不倫不類。在弗瑞諾的另一首詩「The Indian Burying Ground」（《印第安人的埋葬地》）中，我們看到詩歌各詩節的韻式不僅整齊劃一，而且詩的節奏也很規範。這與詩的思想感情、主題意義也是一致的。詩人在詩中對印第安人不死不屈的精神進行了熱烈的讚頌，對印第安人死後的生活進行了大膽的想像。印第安人雖會死去，但其靈魂不死。他死後依然會與朋友們坐著享受豪華盛宴，品嚐美酒佳餚。他死後的生命依然會生機勃勃，就如那老榆樹一樣，枝繁葉茂，充滿著旺盛的生命力。印第安女王揮斥方遒，率領著印第安人於月夜狩獵。人們舉著長矛，穿著特製的衣服，追殺小鹿，誰敢怠慢，即遭女王的喝斥。詩歌感情充沛，想像豐富，印第安人月夜狩獵的情景在讀者面前呈現出一幅壯美的畫面，逼現出印第安人生命不息，戰鬥不止的大無畏精神。詩人在這首詩中所選用的音韻節奏與上述思想內容也是非常契合的。我們在翻譯上述兩首詩時也必須兼顧到藝術形式與藝術內容的有機統一問題，應遵循許淵沖先生所倡導的「音、形、意」美三原則，力圖譯出形式中的內容，和制約該內容的藝術形式。形式和內容一致，會產生藝術美感。賀拉斯在《詩藝》中，主張「不論作什麼，至少要作到統一、一致」[15]，強調「安排得巧妙」[15:100]「節制」[15:100]和「適合」[15:97]。亞里士多德在《形而上學》一書中，「強調形式是事物的本質，一種材料必須取得了某種形式之後，才能成為該事物」[12:六七]。他在《詩學》中又指出：「一個美的事物——一個活東西或一個由某些部分組成之物——不但它的各部分應有一定的安排，而且它的體積也應有一定的大小；因為美要倚靠體積與安排。」[15:62]蔣孔陽先生在《美學新論》中指出：「天下任何事物都是內容與形式的統一，形式本身也是內容的形式。沒有離開了內容而可以單獨存在的什麼純粹的、孤立的形式。」[12:七一]他還說道：「美不美，不在於某些形式因素的本身，而在於這些形式因素是怎樣為內容服務的？它們是怎樣強有力地表現出內容來的？」[12:七三]

「The Wild Honey Suckle」（《野地裡的金銀花》）中不和諧的音韻節奏，聽起來似乎不美，但用於該詩中，以傳達其特定的思想感情、主題內容則非常恰當，所產生的美感也非常動人。可見，形式與內容在詩歌中應是一致和統一的。

一首詩歌，如果我們將它的意義完好無損地傳譯出來，這固然是合理的，但合理的翻譯並不一定就是美的翻譯，因為構成詩歌的因素，除思想內容而外，還有它的語言、韻律、節奏、情調等形式因素，這些形式因素與它的內在的內容因素是嵌合無間、融為一體的。要忠實地再現原詩的美質，須將它的音、形等因素以恰當的方式傳譯出來，這樣的譯文才能做到既合理又美。歌德曾指出：「我們固然不能說，凡是合理的都是美的，但凡是美的確實都是合理的。」[12：八七] 歌德的觀點對於詩歌翻譯是極有指導意義的，它會使譯者以一種唯物主義、理性主義的態度來對待翻譯，在傳譯中力圖做到音、形、意美的完美結合。許淵沖先生翻譯陳毅的名詩《贛南遊擊詞》便是對上述歌德觀點的一種實踐，也是他的「三美」理論的一種貫徹和體現。原詩第一段是這樣的：「天將曉，隊員醒來早，露侵衣被夏猶寒，林間唧唧鳴知了。滿身沾野草」[16]。在這一段中，第一行三個字，第二、五行各五字，第三、四行各七字；詩的第一、二、四、五行押尾韻。「全詞由短到長，又由長而短，讀來長短交替，彷彿看見游擊隊員風餐露宿，神出鬼沒一般」[16：129]。全詞以音美、形美來傳達原詩的意美。在《中國文學》中，有譯者曾以散文體譯該段詞：

> Towards dawn
>
> Our men wake early；
>
> Dew － drenched clothes and bedding even in summer are cold；
>
> In the trees cicadas shrill；
>
> Grass clings to our uniforms. [16：130]

從傳達原詩的內容來說，譯詩是合理的。但譯詩詩行長短不一，各行之間不僅字數懸殊甚巨，且音節數差別太大；短行僅兩個字，三個音節，長行

有九個字，十四、五個音節；整個詩節節奏混亂無序。原詩中的音美、形美，以及以音美、形美來傳達的意美蕩然無存。我們來看一看許淵沖先生的譯文：

Towards daybreak，

Early our men awake.

Our bedding wet with dew，in summer we feel cold.

Among the trees cicadas shrill.

With grass our clothes bristle still. [16：130]

譯詩五行，韻式為 aabcc，與原詩相同。詩行長短變化與原詩相同，且節奏整齊規範。第三行中用首韻 /w/，增強了詩的音樂美感。

就傳達原詩的意義而言，譯詩做到了忠實貼切。譯詩不僅再現了原詩的美質，而且將意義傳譯得合情合理。阿奎那在談美的條件時指出：

美的條件有三：

第一，完整性或全備性，因為破碎殘缺的東西就是醜的；

第二，適當的勻稱與調和；

第三，光輝和色彩。 [15：149]

我認為，許譯完好地實現了美的這三個條件。

形式與內容的統一和美在形式的主張是異曲同工的。從古希臘一直到二十世紀的現代主義，一直都有人將美與形式聯繫在一起。主張美在形式的說法，是有其合理之處的。蔣孔陽先生認為，這「首先是因為人與現實的審美關係是透過感覺器官來建立的」 [12：七0]。人與詩歌的關係也是透過感覺器官確立起來的。人透過感覺器官來感知詩，必然離不開感性的形式。當我們感知一座山的美，往往是透過山的外形、山上蒼翠欲滴的樹木，以及那些奇巖怪石來感知的。我們感知一首詩的美質，一般是透過詩的語言、音樂節奏、詩行的排列組合來實現的。因此，美是離不開形式的，詩的內容是與詩的形式緊密結合、須臾不可分離的。文藝作品不僅要有好的內容，而且還要有優

美的藝術形式。翻譯文藝作品應該將內容和形式結合起來考慮。莊子、王弼那種重內容、輕形式，乃至否定形式的觀點於翻譯研究是不足取的。

■二、孟子、孔子的闡釋學觀與翻譯研究

　　按儒家的觀點，詩歌是用來表達詩人的意願、志向、理想的，即「詩言志」[1:36]。若擴展一下，文學文本是用來表達、體現作者之志的。從邏輯上來說，我們理解了文本的語言，似乎也就能理解作家的意志、作品的意義了。但這種「以言求志」的方式卻往往造成讀者對作品的誤讀，這是因為文學文本的語言不同於一般記述性、說明性、論證性的語言，作家的意圖、作品的深刻涵義常常並不表現於文本語言的表層結構中。那麼什麼才是理解和闡釋文學文本意義的最有效的方法呢？孟子在《孟子．萬章上》中提出的論點對我們很有借鑑意義。孟子說：「故說詩者，不以文害辭，不以辭害志。以意逆志，是為得之。」[1:38]「不以文害辭」意思就是不要只看片言隻語的意義，而不顧篇章整體的意義。換言之，理解詩歌要「『考其辭之終始』，注意整個文本的上下文，不要斷章取義」[1:41]。在翻譯中，我們在譯一首詩、一篇文章，或一部作品時，不能拘泥於其局部意義。譯前，譯者要對作家的背景資料，如他的人生觀、價值觀、審美觀，他慣常探討的主題思想、經常使用的創作技巧和風格，以及他創作該文本時的時代歷史背景，文本的主題、藝術風格、情節內容、人物形象等有所瞭解和把握。在此基礎上，他須通讀整部文本，對其所描繪和探討的內容能諳熟於心，然後才能從頭至尾一詞一句地進行翻譯。翻譯時，對於一些意義模棱兩可的詞語或一些歧義句，要根據文本的上下文，整部文本的語境來理解。若採取斷章取義式的理解，則文本的意義和風格必然招致曲解和破壞。如在勞倫斯的《兒子與情人》中，有這麼一句：「He was a rather small and rather finely — made boy，with dark brown hair and light blue eyes.」[17]我們在兩種不同的譯本中看到了兩種不同的譯文：

　　新譯本：這孩子個頭不高，體格健壯，一頭深褐色的頭髮，一對淡藍色的眼睛。[18]

舊譯本：他是個相當矮小、纖弱的孩子，長著深棕色的頭髮，淡藍色的眼睛。[19]

原文中的「finely－made」，新譯本譯為「體格健壯」，這很值得商榷。之所以如此，是因為譯者未能結合文本的語境去理解和翻譯。譯者泥於該詞語經常使用的意義，將其理解為「well－made」，因而才會產生上譯。此詞若用來修飾「sportsman」，無疑，此譯是正確的，但書中的保羅並非運動員，另外，保羅的生活原形又是身體羸弱，一生患有肺病的勞倫斯，故而根據廣義上的語境需要，「finely－made」宜理解為「delicately－made」。舊譯「纖弱的」更恰當。新譯本的錯誤在於其譯者對作品中的人物形象、以及作者的背景情況不會太瞭解，採用了斷章取義式的理解方法，因而導致了誤譯。

至於「以辭言志」，清代語言學家段玉裁曾將其中的「辭」譯為「篇章」（text，他指出：「然則辭謂篇章也。……積文字而為篇章，積詞而為辭。」[1:40]該術語中的「志」，根據周裕鍇先生的觀點，其「本義無論是『止在心上』（如聞一多考證），還是『心之所之』（如《說文》原作『從心之聲』），都指主觀意向。」[1:40]用於文藝創作中，「志」指作者的志向，創作的意圖。由上可知，「以辭害志」意思是把文本的言詞義錯誤地理解成作家的本意（intention）。在文學文本，尤其是詩歌文本中，「辭」和「志」、語言和思想之間是錯位的，因為在各種文學體裁中，詩歌的文學性最強，詩人在詩中經常使用比喻、擬人、誇張等修辭手法，採用簡約凝練的語言寄託深刻偉大的思想。詩人的這種寄託常常是十分隱晦含蓄的，從詩的語言形式中很難讀解。孟子在《孟子.盡心下》中雲道：「言近而指遠者，善言也。」[1:41]詩歌就是一種「善言」的文體，在詩歌的篇章之義與詩人之志之間有「近」和「遠」之分。詩歌的篇章之義，即詩歌語言的表層意義，它是直接呈現於讀者面前，並易於被讀者所理解的，而詩人之志則是間接地呈現於讀者面前，涵於詩歌之中，需讀者探幽發微方能得其真義的。詩歌中的「辭」和「志」有時會脫節，比如周裕鍇先生在解讀《詩.大雅.雲漢》中「周徐黎民，靡有孑遺」[1:38]兩句詩時，這樣認為：「所言當然不是事實，而是文學描寫的藝術誇張，意義另有所在，所謂『志在憂旱，災民無子然遺脫旱災者，非

無民也』」[1：41]。上文所說的「不以辭害志」的意思就是要我們在理解詩人的思想觀念、創作意圖時，不要受詩歌語言的表層意義所束縛，要熟悉詩歌語言「言近而指遠」的特點，要理解詩中諷喻、誇張、比喻、暗示的意義，不要把詩歌文本當作科學文本或歷史文獻去解讀。魏晉時，陸機、劉勰等人發現文學作品具有「隱也者，文外之重旨也」，「隱之為體，義生文外」[1：122]的審美特徵，因此，他們將追求「思表纖旨，文外曲致」[1：122]視為作者和讀者共同努力的目標，儘管這一目標有時是「言所不追，筆固知止」[1：122]的，他們仍不肯懈怠。陸機、劉勰等人的闡釋觀無疑與上述孟子的闡釋思想異曲同工。孟子的這一觀點對翻譯研究也極富啟發意義。我們在翻譯詩歌文本時，不能拘泥於詩歌語言的表層意義，要能透過表層，進入深層，吃透內涵。我們要能把握詩歌語言所具有的暗示、諷喻意義，並能在翻譯中加以完好再現。翻譯應像文學創作那樣，「深挖事物的隱藏的本質，曲傳人物的未吐露的心理」[1：385]，這樣才能發揮翻譯藝術的創造性功能。這裡，我們且舉兩例來說明上述問題。

第一例為許淵沖先生翻譯唐朝詩人金昌緒《春怨》一詩。原詩是這樣的：

打起黃鶯兒，莫教枝上啼。啼時驚妾夢，不得到遼西。[20]

詩的內容淺顯易懂，一位閨中少婦打起了黃鶯兒，目的是不讓它在樹枝上啼鳴。少婦做著到遼西的美夢，而黃鶯的啼曉則會驚醒她的夢。無疑，這是一首懷念徵人的詩，詩中的「遼西」堪稱詩眼，點名了該詩的題旨。許淵沖先生這樣譯道：

Drive orioles off the tree；

Their songs awake poor me

From dreaming of my dear

Far off on the frontier.[21]

原詩中的「遼西」是中國地名，但用在該詩中，它已不再是一個普通的地名，聯繫該詩的內容，該詞已獲得深廣的時代內容和歷史內涵。從這一詩眼，我們可以體察到閨中少婦對遠在遼西服兵役的親人的懷念，也可領略

到原詩中暗含的、作者對其時兵役制的鞭撻。譯者沒有將「遼西」直譯為「Liaoxi」，而是採用淺化譯法，將之譯為「frontier」。這一譯法十分傳神，因它把詩中深刻的暗示再現了出來。

第二例為許淵沖先生翻譯崔道融的《春閨》一詩。原詩為：

欲剪宜春字，春寒入剪刀。遼陽在何處？莫忘寄征袍！[16：116]

這也是一首懷念徵人的詩，詩中主角為戍守邊疆的親人縫製戰袍。適值春寒料峭時分，親人的冷暖安危繫於主角的心上。詩中的「遼陽」與上文的「遼西」一樣，絕非普通的地名，末行的「寄征袍」烘托出它所具有的深刻的暗示意義，即指邊疆戰士駐紮防守、抗敵禦侮的要塞之地。許淵沖先生將全詩譯為：

I try to cut for him a cloak of spring，

But my scissors breathe the cold lingering.

Far，far away is his garrison town，

Is he not expecting a warrior』s gown？ [16：117]

譯者沒有採用直譯法譯地名「遼陽」，而是依然採用淺化譯法，將之譯為「garrison town」，即「駐防重鎮」，這一譯與下文的「征袍」（a warrior』s gown）相對應，突顯出「遼陽」這一地名所具有的暗示、比喻、象徵意義。同時，末行用疑問句式，這雖與原詩末行的句式不同，但卻能委婉地表達出原詩中蘊含的、主角對駐守邊疆、保家衛國的親人的拳拳關愛之情。

我們探討了孟子的「不以文害辭，不以辭害志」於翻譯研究的意義。在上文提及的孟子的言論中，還有一個重要的觀點，即「以意逆志」說值得翻譯研究者加以注意。「以意逆志」，根據周裕鍇先生的考證和研究，意思應為「應該採用設身處地的測度方法來考察作者的創作意圖，這樣才能獲得《詩》的本義」[1：45]。按照周先生的解讀，我們認為，孟子肯定作者的創作意圖為讀者闡釋的目標，但讀者實現這一目標的方法是依憑自己的測度，

即一種主觀的推測。不同的讀者可根據自己前理解結構中的知識構成，採用不同的測度方法，而每一位讀者的測度又都是正當合理的。孟子的這一觀點無疑開啟了一種「多元論的闡釋學」模式，這種模式放任了闡釋者主體意識的膨脹擴張，儘管它對調動譯者的主觀能動性具有一定的積極意義，但因它將文本的闡釋意義奠定在讀者的主觀推測基礎之上，無疑讀者闡釋所生成的意義會與作者之志之間存有很大的距離，有時甚或有霄壤之殊、天地之別，因此，這一觀點於翻譯研究無疑是不足取的。

綜上所述，孟子的「不以文害辭，不以辭害志」於翻譯研究有著重要的借鑑價值，但其「以意逆志」說則於翻譯研究有害無益。

孟子的「以意逆志」說的理論缺陷被其著名的「知人論世」[1：54]說所彌補。「知人」是指瞭解一個人的人格個性、思想情操、文化修養、審美愛好等。中國古代的美學家認為，作家藝術家的人格個性、思想情操、文化修養、審美愛好對其風格特徵是具有決定作用的，而他們的風格特徵又會真切生動地反映在文藝作品中，從而使人們在閱讀、理解、欣賞文藝作品的同時也能瞭解作者，實現知人。「知人」並不侷限於對作家藝術家本人的瞭解，任何一個作家、藝術家都生活在特定的歷史時期、地域環境中，會與他所處的時代、環境特點發生關係。在他的身上，人們會看到特定的歷史時代、地域環境所留下來的印痕。因此，要想「知人」，還必須「論世」。「論世」也就是必須瞭解一個作家、藝術家所處的特定時代和地域環境中社會、政治、經濟、文化狀況對其創作所產生的影響。孟子說道：

頌其詩，讀其書，不知其人，可乎？是以論其世也。[1：54]

孟子的意思是說，要知道文本所表達的志向、情感、意向性，必須首先瞭解文本的作者是什麼樣的人；如果不瞭解，定然是不行的。而要瞭解作者是什麼樣的人，則必須分析作者所處的生活環境和時代特點。換句話說，瞭解了時代和環境對作者的影響，就可以熟悉作者的人格、品性、思想觀念，而瞭解了作者的這些特點，也就能吃透文本中蘊涵著的作者的真實意圖。孟子的上述表述可以簡化為：

（知文）→知辭→知志→知人→（知世）→知人→知志→知辭→（知文）[1:54]。

從這一理解的循環過程，我們可以知道，孟子是極其強調瞭解作者的背景情況及作者所處的時代環境在理解和闡釋文本過程中的重要性的。對於翻譯來說，譯者要深切地理解文本內容就必須瞭解作者，認識作者，並考察作者所生活的時代和環境特點。上述「理解的循環」啟迪譯者要將理解作者及其所生活的時代同理解作品文本結合起來，這二者不是相互矛盾、相互對立，而應是有機統一的。譯者譯前要對與文本有關的史實進行考證，對作者所生活的時代特點進行認真研究，以便弄清作者的創作意圖，這對理解作品文本中所蘊藏的作者的真實意圖是極有幫助的。

在孟子與高子就《小弁》所展開的論戰中，孟子所提出的一些觀點應該說是其「知人論世」說的引申和發揮。《小弁》一詩對君父表達了激烈的怨恨之情，故而高子認為，「《小弁》，小人之詩也。」[1:53]而孟子則認為，「《小弁》之怨，親親也。親，仁也。」[1:53]詩人對君父的怨憤是出於對君父的愛，這種愛是親人之間的愛，乃是一種仁愛，詩人借此期望自己的親人能糾錯改過。親人有了過錯，就應表示自己的怨恨，在怨恨中可以寄託自己對親人的關懷、擔憂、焦慮。親人有了「過錯」，若不怨，則視親人為陌生人，是不誠不忠不孝的表現。孟子的觀點對翻譯研究是很有啟發意義的。翻譯文本對話內容時，我們要瞭解話語言說者的言說對象所指是誰，他與言說者之間的關係怎樣，這樣才能恰切地傳譯出言說者的思想感情，言說內容的風格神韻。如妻子抱怨丈夫、兒女嗔怪父母、情侶之間相互數落、父親訓斥兒子，言說者不是出於對對方的憎恨厭惡，而往往是出於對對方的愛戀、憂慮、擔心等，譯者譯時應準確地把握話語的感情色彩，風格神韻，並用自然道地的語言加以準確的再現，而要做到這一點，譯者需對詩中怨與不怨的感情色彩以及其強烈程度，「怨」中所包含的愛，愛中所包含的「怨」，細細體察，深切領會，務須做到恰如其分，「不以辭害志」。這裡，本章且舉一例。在《紅樓夢》第十九回中，當寶玉與黛玉在一起時，因見黛玉一直沉默無語，寶玉遂編造一則故事，以取悅她。故事中，小耗聲稱，他可搖身一變，而為香芋，並以分身法，偷運香芋，但在故事的結尾，小耗卻變為容貌俊美的小

姐，並取笑眾耗：「卻不知鹽課林老爺的小姐才是真正的香玉呢。」[22]這裡，小耗採用諧音雙關語，以香芋暗指香玉，即林黛玉，因上文中黛玉的衣袖中有幽香溢出，並吸引了賈寶玉。無疑，這是一則很有趣的笑話，但黛玉聽後，卻佯裝不悅，她「按著寶玉笑道：『我把你爛了嘴的！我就知道你是編我呢』[22:276]。楊獻益夫婦這樣譯道：「……pinched Pao－yu down.『You scoundrel！』she cried laughing.『I knew you were making fun of me』」[23]。譯者將「我把你爛了嘴的」譯為「You scoundrel」，從感情色彩、語氣情調上來說，譯文加重了原文譴責的成份，增添了痛斥、怒罵的因素。因此，這一譯文不符合書中寶黛之間青梅竹馬、兩小無猜、親密無間的關係，也不符合上下文的情境需要。管見以為，「我把你爛了嘴的」宜譯為「You talk rot」。「rot」既有「爛」之意，又有「胡說」之謂；同時，「talk rot」帶有口語色彩，在英俚中「rot」又有「嘲弄」[24]之意，與下文的「編我」相對應，故語氣、情調也逼肖原文。

孟子的「知人論世」說在孔子那兒找到了知音。孔子曾指出：「不知言，無以知人也。」[1:50]一個人的言辭可以反映一個人的人品，這樣，透過分析言辭，我們就可以瞭解此人的人品。孔子還指出：「聽其言而觀其行。」[1:50－51]意即我們可以透過觀察瞭解一個人的品質德行來判斷其言辭的性質。根據孔子的闡釋理論，讀者要想瞭解作者的人生觀、審美觀等，必須首先考察文本的內容、風格，而要研究探討文本的內容、風格特點，我們又必須首先瞭解作者。這一理解的循環觀啟示我們，作者的主體意向是完完整整地體現在文本中的。孟子也相信透過分析語言，能瞭解一個人的品質、情操、性格等。他指出：

诐辭知其所蔽，淫辭知其所陷，邪辭知其所離，遁辭知其所窮。[1:51]

讀者可以透過經驗邏輯分析來理解言辭，深挖言辭中所蘊含的精微大義，進而瞭解作者的人生觀、價值觀、審美觀等。人們透過研究語言，可以瞭解言說者、寫作者的思想觀念、人格品性。

另外，孔子所說的「察言而觀色」對口頭翻譯也是很有意義的。口頭交際中，「言辭」者往往是帶著一定的語氣、口吻和麵部表情進行言說的。譯

者要想準確貼切地譯出言說者的言辭內容，必須細細地觀察他的面部表情，動作情態，研究其口吻語氣，這樣才能理解言說內容的深刻含義，如言說者看到生活環境又髒又亂，說道「How ti － dy and clean it is ！」。言說時，言說者的嘴角眉梢，講話時的語氣、情調、神態等可能會明顯地帶有某種譏刺的神色，譯者需捕捉言說者面部表情這一特點，譯出言說內容的譏刺特點。

能夠以「理解的循環」方法進行闡釋的文本大多屬於那種文本作者的創作意圖非常明確，文本中的「志」與文本的「世」有著密切關聯的文本。那麼，對於那種文本作者無從考證，文本中的「志」和文本的「世」隱而不顯的文本，尤其是象喻性文本，譯者應如何闡釋呢？周裕鍇先生以《易》文本對此做了說明。《易》一名含有三層意義：「一是『簡易』是說其卦象以六畫之簡單符號象徵複雜的事理，其係辭以簡約的語言暗示事物運動的徵兆；二是『變易』是說其文本所指示之『象』所象徵之『道』不斷處於變動不居之中；三是『不易』，是說自然現像有其不變的客觀規律，人類社會有其不變的基本法則。」[1：64] 周先生接著指出：「這三義中以『變易』最為突出，是《易》這一文本區別於其他經典的最鮮明的特徵，以至於有的英譯本直接將其譯為『變易之書』（Book of Changes）。」[1：64] 由此得知，《易》是具有模糊性、不確定性、變動性的文本，其中所蘊涵的「道」只能是「仁者見之謂之仁，知者見之謂之知」，這很像人們在解讀莎士比亞筆下的哈姆雷特時所常說的那樣，有一千個讀者就會有一千個哈姆雷特。文學文本同《易》一樣，其意義也處於不斷的流動變化之中。明代唐音派認為：

夫詩比興雜錯，假物以神變者也。難言不測之妙，感物突發，流動情思。[1：391]

文學文本往往以欲說還休、欲言又止的模糊性語言營造出一種似真非真、似幻非幻的意境，「如空中之音，相中之色，水中之月，鏡中之像，言有盡而意無窮」[1：279—280]，給讀者留下充足的想像空間。鄭善夫曾指出：「詩之妙處，正在不必說到盡，不必寫到真，而其欲說欲寫者自宛然可想，雖可想而又不可道，斯得風人之旨。」[1：287－288] 胡應麟主張「詩貴清空」[1：288]；謝肇淛認為「詩境貴虛」[1：288]。所有這些論述都旨在說明詩歌語言的

文學特性。對於翻譯研究來說，譯者在譯前要首先判斷一下該文本屬何種類型的文本，其文本作者的背景資料是否可以考證，文本中的倫理意向及文本的歷史因素是否有資料可資參考研究，若答案是肯定的，譯者則可採取「理解的循環」方法來翻譯；若否定，則該文本可能屬於象喻性文本，譯者譯時應充分發揮自己的主觀能動性，創造性地闡發文本中所蘊涵的最高智慧，譯出文本的深義。對於象喻性文本，若以「理解的循環」方法譯之，無疑南轅北轍，因為此類文本中並無所謂確定的本義，對它的理解只能「神而明之存乎其人」，每一種特定的理解都有其合理性。

▌三、《詩經》原典意義的政治詮釋法對翻譯研究的負面效應及東漢經學大師對之的反動於翻譯研究的意義

　　譯者在闡釋源語文本時，會將自己在特定的歷史時期所形成的審美觀、人生觀帶入到文本的理解中，這是因為人是社會的人，他不可能不受他所處的社會條件、時代氛圍的影響和制約。但譯者在翻譯時應力避走向另一極端，即為了迎合社會的需要，表達自己的政治理想、或體現一種對現實的憂患意識，而故意曲解源語文本的本義，將源語文本中的美學價值曲解為純政治價值，而使譯語文本淪為庸俗的社會學文本。這在中國古代闡釋學史上也是有前車之鑒的。如《毛詩》經典闡釋者，針對漢代社會的一些政治病疾，如女寵外戚、賦稅徭役繁重，連年征戰等，在解讀《詩》時，將孔子所說的「《詩》可以怨」的功能無限止的強化，把很多有關婚戀、懷人之辭加以政治化的曲解，以致很多優美的愛情詩被解讀為「刺」。如《邶風．靜女》中，有「靜女其姝，俟我於城隅。愛而不見，搔首踟躕」[1：94]。這分明是寫情人幽會，優雅嫻靜的少女於城隅等待著詩中的「我」，可詩中的「我」久而不見，少女踟躕徘徊，翹首盼望。但《序》則解讀為「衛君無道，夫人無德」[1：94]，認為這對情人沒有道德，品質低下。《毛詩序》以抽象的政治、道德標準和倫理觀念來闡釋詩歌，指出，詩人應該「發乎情，止乎禮義」，在詮釋《關雎》這樣一首描寫優美的愛情詩時，將其解讀為「樂得淑女，以配君子，憂

在進賢，不淫其色；哀窈窕，思賢才，而無傷善之心焉」[25]。《毛詩》學者將「比興」視為「美刺」，以這樣的思維模式來理解原文，這無疑制約了他們對原文意義的正確理解，從而使《詩》中多方面的認識功能不能得以展示，他們這樣來理解原文，是為了使自己的釋義能服務於療救社會弊病、抨擊時世的政治需要。誠然，文學藝術具有反映現實生活、傳達政治倫理和道德觀念的功能，但它不是政治的婢女，道德觀念的奴僕，它的這種反映必須遵從文學藝術的規律。若為了政治的需要，而扼殺文學藝術的規律性，這是在糟蹋文藝，曲解文藝的本質。荀子曾「公然倡言情性是人的心理活動」[26]。文藝作品中，作者透過自己塑造的藝術形象表達自己的情性，或展現主人翁的心理活動，有時並不一定依循統治者所規定的路線，譯者在解讀文本時，也不能牽強附會，將文本中所描繪的一切生拉硬扯地與某種意識形態、價值觀念、政治理論等關聯扭結在一起。他／她應依照文藝發展的規律性，揭示出文本中的情感意蘊。文藝作品中情的表現形態是複雜多樣的。《禮記．樂記》在揭示情感複雜性時曾指出：

是故其哀心感者，其聲噍以殺；其樂心感者，其聲嘽以緩；其喜心感者，其聲發以散；其怒心感者，其聲粗以厲；其敬心感者，其聲直以廉；其愛心感者，其聲和以柔。」[26：91]

文藝作品既然能表現如此豐富、複雜的情感，譯者也只有忠實地再現它們，才能傳達出原文的藝術美感。譯者若以《毛詩》學者闡釋《詩經》的思維模式去解讀源語文本，會將原文優美的藝術意境破壞殆盡，將原文所描寫的一切均理解為「刺時閔亂」，從而徹底否定文學文本所應具有的抒情性及美學價值。

對《詩經》原典的意義進行政治詮釋的方法及至東漢遭到了古文經學大師們的反撥。在古文經學《毛詩故訓傳》中，我們看到作者極其注重詞句解釋的忠實性，對原文絕不作自由聯想式的發揮。《毛傳》「無論解釋名物制度，還是交待時代背景，都始終堅持著歷史主義的闡釋態度」[1：105]。他們解讀儒家經典，充分注意其嚴肅的學術性，對經典原文的意義，可謂孜孜以求。他們堅信，源語文本中「必定有一個無庸置疑的作品的本義存在」[1：106]，

這一意義是作者思想意識的集中體現，也「是他們訓詁追尋的目的之所在」
[1：106]，因此他們解讀文義時，可謂亦步亦趨，力圖忠實再現。先秦儒家「言
以足志，文以足言」[1：27]的觀念受到了古文經學家們的響應和支持。他們
堅信文字的權威性，對語言的表意功能也給予了充分的認可。如揚雄在《法
言．問神》中說道：

> 君子之言，幽必有驗乎明，遠必有驗乎近，大必有驗乎小，微必有驗乎
> 著。無驗而言之謂妄。君子妄乎？不妄。」[1：107]

揚雄認為，言說者的態度是真誠而非虛妄的，其幽、遠、大、微的思想
意識可以透過語言文字加以驗證，並為人們所認識明了。語言文字能表達人
們的思想意識，這是文字的功能；若要其不能表達，則是很難的。王充在《論
衡．自紀》中指出：

> 夫文由（猶）語也，或淺露分別，或深迂優稚，孰為辯者？故口言以明志；
> 言恐滅遺，故著之文字。文字與言同趣，何為猶當隱閉指意？」[1：107]

王充認為，書面語言應當同口頭語言一樣明白曉暢、通俗易懂。書面語
和口語均能十分明晰地表達出言說者的思想，人們不應當以「深迂優雅」的
語言來掩飾自己的思想感情。從揚雄、王充等人的闡釋思想來看，訓詁的目
的在於透過經書文字的詮釋揭示出古往聖人賢哲的旨意，顯然，他們繼承和
發揚了先秦儒家「言以足志，文以足言」、「言之無文，行而不遠」的傳統
闡釋觀念。東漢經學大師們對政治詮釋模式的反動啟迪我們譯者在翻譯時仍
應堅持忠實標準，應將自己的闡釋奠基在對原文的深刻理解基礎上，充分尊
重原文的藝術形式及思想內容，在發揮自己的主觀能動性的同時，要深切把
握原文藝術形式中所透露出來的各種美學訊息，並加以忠實再現。對於原文
作者及原文創作的時代歷史背景如有資料可資考證研究，則應細緻考察，深
入探討，力圖從考證研究的結果推導出作者主要的思想觀念。然後譯者須對
原文藝術形式中所包蘊的思想內容做深入探究，並探討作者的思想觀念及原
文的思想內容之間是否存在著有機的聯繫，透過這樣的工作，譯者可為忠實
再現源語文本的精神實質打下紮實的基礎。如原文作者及原文創作的時代歷
史背景無資料可資考證研究，譯者則應立足於源語文本，應從源語文本的語

言文字、藝術形式出發，深挖其中的美學含蘊，政治、道德意義。譯者翻譯源語文本時，不能因其政治、道德意義而捨棄其美學含蘊，這是因為文學的審美功能與其反映現實、揭露和批判現實的功能往往是密不可分的。胡經之、李健在評價屈原作品意義時，指出：「屈原作品的意義不在於他批判地描寫了楚國由興而衰的現實，而在於他以奇豔的手法創作了能夠打動人們情感的哀感頑豔的悲歌，以審美的態度考察了他自己和楚國的命運，這才是屈原為一代又一代所稱頌的原因。」[26：105]這一段論述對於譯者全方位地、忠實地譯出源語文本的意義是極有啟發意義的。再如，杜甫的很多詩均屬政治抒情詩，但詩人的政治理想、對社會現實的關懷往往是借助思鄉、天倫等情感表達出來的。如杜甫在《聞官軍收河南河北》中寫道：

劍外忽傳收薊北，初聞涕淚滿衣裳。卻看妻子愁何在，漫卷詩書喜欲狂！白日放歌須縱酒，青春作伴好還鄉。即從巴峽穿巫峽，便下襄陽向洛陽。」[27]

詩人思鄉情思中所凝鑄著的那種對安詳、寧靜、和平生活環境的期盼溢於言表，譯者譯時，應將其忠實生動地傳譯出來。

四、董仲舒「詩無達詁」理論與翻譯研究

西漢哲學家董仲舒提出了「詩無達詁」的理論，在《春秋繁露．精華》篇裡，他寫道：

難晉事者日：《春秋》之法，未踰年之君稱子，蓋人心之正也。至裡克殺奚齊，避此正辭而稱君之子，何也？日：所聞《詩》無達詁，《易》無達占，《春秋》無達辭，從變從義，而一以奉人。[26：354]

所謂「《詩》無達詁」，即是說，對《詩》的理解闡釋，仁者見仁，智者見智，有「一千個鑒賞者有一千個漢姆萊特」，人們難以達成一致共同的看法。若推及所有的文學作品，即指讀者對文藝作品的解讀是沒有固定的、一成不變的答案的。董仲舒還曾說道：

百物去其所與異，而從其所與同，故氣同則會，聲比則應。[8：105]

面對同樣的鑒賞對象，不同的鑒賞者會從中攝取與各自的審美趣味、審美愛好相融相諧的東西，以達到同聲相應、同氣相和，並產生一定的審美認識和審美經驗。而對那些與自己的審美旨趣不一致或大相逕庭的東西則會加以捨棄。因此，同樣的審美對象，面對不同的鑒賞者會在鑒賞者中產生不同的審美觀、不同的認知。這誠如威廉．詹姆士所說的：

意識永遠是對它的對象的一部分比其他部分更關切，並且意識在它的思想的全部時間裡，總是歡迎一部分，拒絕其他部分，……[28]。

孔子所說的「智者樂水，仁者樂山」說的也是這個道理，即不同的人面對自然景觀會喜歡其中不同的部分，這皆因各人的審美觀、鑒賞趣味不同。如李商隱的《錦瑟》，有人認為它表達了一種思念，有人則認為它表達了對亡者的悼念；有人從中讀出了愛情的真諦，而有人則認為它抒發了一種人生無常的寂寥情緒。應該說每一種解讀都有其合理性，這是因為文學作品的意義不是單薄的而是複雜多層的。作家利用隱喻、象徵等文學創作手段使其意義豐盈深邃。上文所言及的《毛詩》學者過於突出《詩經》的美刺教化之義，而致詩的本原意義受到歪曲。這種解讀法忽視了讀者個體化的思想與情感，先驗地設定《詩經》的本原意義，從而封閉了《詩經》文本的闡釋空間，這種闡釋方法無疑受到了董仲舒「詩無達詁」的強烈反動。根據董子的「詩無達詁」理論，任何文學文本都沒有單一的、恆定不變的意義，它具有一定的通達性。文學文本的真正價值就在於它能不斷地衍生、創造出新的意義，也只有在不斷的創新之中，文學文本才能獲得永恆的生命力。對《詩經》，讀者可做多義性的理解和闡釋。文學文本的意義存在著空白和未定點，在人們審美閱讀文本時，這些空白和未定點有待人們去充填。人們在試圖填補、充實文學文本意義的空白和未定點時，應努力發揮自己的主觀能動性，在審美接受允許的合理範圍之內，讀者可對文本的意義做出自己獨到的審美判斷。翻譯研究中，譯者在理解闡釋原文文本時，應牢牢把握原文文本意義的不確定性、模糊性、無限衍義性這些特點，在理解過程中應與作者或文本反覆對話，在譯文中應根據上述文本意義的特點為讀者留下一定的空白，這樣其他譯者和讀者在闡釋閱讀文本時就可獲得與作者或源語文本對話的可能性和理解闡釋源語文本的契機。根據伊塞爾的觀點，文學文本的不確定性和空白是

說明本文能被讀者接受的前提條件。他指出：「作品的意義不確定性和意義空白促使讀者去尋找作品的意義，從而賦予他參與作品意義構成的權利。」[29] 這些不確定性和意義空白是形成本文作為審美對象的基礎結構，亦即伊塞爾所言的「召喚結構」，它召喚著不同的讀者發揮藝術想像力和創造性，與文本對話，以自己前理解結構中的文化知識，經驗情感去填補這些空白，參與文本意義的構成。翻譯研究中，譯者應切忌封閉原文文本的闡釋空間，將自己的理解闡釋和盤托出，並一古腦兒地全部表現在該文的譯文文本中，因這樣一來，原文的開放性文本就會變為封閉性文本，原文的「召喚結構」就會被破壞，譯者的想像力和創造性也會被扼殺，其他譯者對原文文本的闡釋權利也會因此而被剝奪。下面我們舉例來說明此問題。有兩位譯者在翻譯李煜的《浪淘沙》中的「流水落花春去也，天上人間」[30] 時，分別提供了以下兩種不同的譯文：

(1) Spring has gone with the fallen petals

And the waters running.

What a world of difference

Between a prisoner and a king！[6：84]

(2) Flowing water never returns to its sources.

My country』s and mine is a hopeless，lost cause.

Fallen flowers cannot go back to their stock；

Chips off the mass revert not to the block.

One』s spring and youth has passed never to return.

One』s destiny is not of Heaven』s concern.[6：85]

關於這一詩句，《唐宋詞鑒賞集》第 78 頁給我們提供了以下幾種不同的解釋：

一種是說，春天逝去了，歸向何處呢？天上還是人間？（……）

一種是說，春天逝去比喻國破家亡，對照過去和現在的生活便不啻天上人間（……）；還有一種是說『流水落花春去也』形容離別的容易，『天上人間』則形容相見的難（……）。『天上人間』說的是人天的阻隔（見俞平伯，《讀詞偶得》）。[6：86 － 87]

　　最後作者還指出：

　　我認為『天上』是指夢中天堂般的帝王生活，『人間』則指醒來後回到的人間現實（……）。……夢境和現實，過去和現在，歡樂和悲哀，概括起來便是『天上人間』。[6：87]。

　　這些解釋告訴我們，原詩中蘊涵著豐富的意義，其意味是深長而久遠的。

　　我們看看上面兩位譯者對原文的翻譯。第（1）種翻譯說囚犯和君王真有霄壤之殊、天地之別。單就這一譯文而言，原文潛在的含義就沒有充分地再現出來。因為它表達得過於直露，失卻了原文的含蓄之美，而含蓄蘊笈是有模糊性、不確定性、無限衍義性等特點的，對於文學性較強的詩歌而言，它應是構成原文意義的一個重要組成部分。如果說第（1）種翻譯未能再現出原文的含蓄意義，那麼第（2）種翻譯則把原文的闡釋空間給全然封閉了。譯者把原文的 11 個字擴展成 6 句：流水永遠回不到它的源頭，我的國家和我個人的事業已毫無希望，全然失敗；落花不能回到樹上，大塊木頭削成了碎片再也不能恢復其原形；一個人的青春年華一去不返，一個人的命運上天也不會垂顧。譯者這樣不厭其煩地對原文進行長篇大論式的釋義，自認為譯出了原文的真義，但實際上它不僅破壞了原詩的韻味，而且還將原詩那「言有盡而意無窮」的特點，原詩所秉承的那種不確定性、模糊性、無限衍義性等特徵給徹底抹殺了。

　　從以上兩譯例的分析比較中，我們可以得出這樣的結論：文學翻譯中，譯者應努力達到這樣一個空間，「在此空間中，唯有對話才有可能，此空間即是屬於一切共同理解之內在的無限性」[31]。源語文本的多義性、曖昧性和朦朧性不可譯成單一確定的意義，否則譯者，作為審美闡釋者和評判者的主體地位，就將失去。文學文本，是一種凝固的形象，它表現為一種靜態的存在。但在文學文本的靜態形式中，包含著一種動態，即它自身所具有的延

展性、連續性、鮮活性、靈動性。翻譯時，譯者應力求再現出文學文本靜態形式中的動態美。譯作應以再現源語文本的文學性為旨歸，這樣譯作就能同原作一樣，給讀者提供多種闡釋的機會和無限廣闊的空間。以上就是董仲舒「詩無達詁」理論對翻譯研究的啟迪。

▎五、魏晉的名理學對翻譯研究的意義

名理學起源於東漢末年的名實法，側重於探討事物的概念和本質之間的關係，及至魏晉時期，名理學則主要著眼於辯名析理，即「側重於探求事物的規律及與其他事物的關係問題，側重於運用判斷和推理」[1：138]。郭像在註解《莊子》時就運用了「辯名析理」法，常採用「『×××故×××』的句式，這充分說明『辯名析理』已成為魏晉闡釋學的一個重要方法」[1：141]。周裕鍇先生在評價郭象註解《莊子》時，認為，他「相當成功地運用了『辯名析理』的方法，有定義，有判斷，有推理，或歸納，或演繹，結合原文提供的基本材料，令人信服地闡釋了莊子『逍遙游放』的思想」[1：141]。「辯名析理」對於翻譯研究、翻譯學的建構也是極有指導意義的。我們知道，翻譯已有 2000 多年的歷史，就譯論研究而言，如從公元 148 年的佛經譯論算起，也已有近 1800 多年的歷史了。但中國的傳統譯論研究因觀念封閉保守，方法論上侷限於借鑑傳統文藝美學的方法論，即側重主體的直覺了悟過程，而對客體則缺乏科學系統的論證分析，所以沒有建立起中國翻譯學的基本理論體系。翻譯是一門綜合性、跨語言、跨文化、跨社會、跨學科性很強的科學和藝術，我們要建構翻譯學的科學構架，就必須認清翻譯的學科性質。我們應從自然科學、哲學、文藝學、美學、語言學、心理學、人種學、社會學、邏輯學、符號學、訊息學等學科中吸取理論營養，要研究翻譯的規律，以及它與這些學科之間的內在聯繫，同時還要探討翻譯作為一門獨立學科所具有的典型特徵。如就語言學與其的關係而言，我們可以利用語言學的一些基本原理，如語義成分分析法、篇章結構分析法等來討論語際轉換的規律，同時還要闡發其不依附於語言學的獨立性；我們還可以利用語言的社會功能和運用機制來探討翻譯的社會功能及其作用機制。就文藝學、美學與其的關係而言，我們可以利用其中的一些原理來探討翻譯中的風格、意境、神韻等問題，

研究如何傳達原文的形美、意美，如是詩歌，還要探究如何再現原文的音美等。同時又要闡明它不依附於文藝學、美學的重要特徵。就數學與其的關係而言，我們可以利用模糊數學的有關理論來探討譯文評價問題，同時又要說明翻譯學獨立於數學。在從不同的學科來研究翻譯問題時，我們要對各種觀點、思想進行過濾、沉澱、分析、推斷、歸納、總結；去粗取精，去偽存真，以博采眾學科之長，為我所用。在以某一理論來研究譯學問題時，我們要在吸取其對譯學構建富有價值的因素的同時，看到它對譯學構建不利的方面。對於不利的因素，我們要加以批判；批判的同時，提出新觀點，並討論譯學概念的定義內涵，探討譯學建設的新途徑和新目標。最後，透過對各種理論觀點的批判和吸取，力圖建立起我們自己的翻譯理論體系。

蔣孔陽先生在談美學研究的方法時，曾指出：

目前，我們正處在一個古今巨變、中外匯合的時代，各種思想和潮流紛至杳來，我們面臨多種的機遇和選擇。這就決定了，我們不能固步自封，我們要把古今中外的成就，儘可能地綜合起來，加以比較，各取所長，相互補充，以為我所用。學者有界別，真理沒有界別，大師海涵，不應偏聽，而應兼收。綜合比較百家之長，乃能自出新意，自創新派。例如古代的哲學方法，長處是整體構思，思維宏觀；而缺點是缺乏實證，有時不免墮入玄虛。近代的科學方法可以救哲學方法之弊，但又不能代替哲學方法的玄覽圓通，博大精深。這樣，我們可以把古代的哲學方法與近代的科學方法，相互綜合起來，各取所長，創而為一種新的方法：既是微觀的，實證的；又足宏觀的，思辨的。古今的方法可以綜合，中外的方法也可以綜合。中國古代的美學方法，長於當前感受，靈思妙悟；而西方的美學方法，則長於邏輯分析，精密周到。我們也可以把它們綜合起來，尋求一種既有靈感又有分析的新的方法。此外，在同時代的各種方法之間，也可以經過綜合比較，加以選擇淘汰，適應新的形勢，重新加以組合建構，創造出新的美學方法。例如阿布拉姆斯在《鏡與燈》一書中，就對美學和文藝學研究的各種方法，進行了綜合的比較。他發現文學藝術可以分解為四種要素：作品、藝術家、世界、讀者。過去的美學文藝學方法，都只抓到其中的一種，偏向於從某一種要素出發來分析和評價文學藝術。這樣，就形成了四種不同傾向的美學理論和方法。這四種傾向的

理論和方法，都各有所見，各有所長，因而對美學的發展作出了某方面的貢獻。但是，由於它們各自只從某一種要素出發，必然只限於一隅，因而也必然各有所偏。這樣，為了補偏救弊，我們應當綜合各家之長，加以比較，然後創造出新的美學理論。」[12：五一]

蔣先生雖然是談美學研究的，但對翻譯研究也是極有借鑑意義的。我在《翻譯學的建構研究》[32]一書中所採取的方法與蔣先生的上述論述也是相侔相諧的。在用某種理論來研究翻譯問題時，我在吸取其對翻譯學建構具有積極意義的因素的同時，能對其中蘊含的消極意義的因素進行批判，或從另一種理論的角度來補偏救弊。研究理論問題，絕不走極端，絕不把問題絕對化、孤立化。我所採取的方法是多方面地、全面地看問題，有時則從正、反兩個方面來看，不站獨腳凳。對各種理論能進行綜合比較、判斷推理、歸納總結，探求它們之間的區別和聯繫，以創造出新的翻譯理論。

六、宋人的闡釋學思想與譯學研究

中國古代的闡釋學思想，及至宋代，呈現出三種全新的闡釋傾向：一、以理性的精神對「正義」的權威性及其所據「五經」文本的神聖性加以質疑，力圖重新認識並重新解釋經典文本的原初本義。二、不拘泥於對經典文本進行章句義疏式的繁瑣解讀，重視並肯定解釋者個人化的心靈體察和認知，透過對「言」的解讀，重新復現作者之志。三、在承認作者本意的前提下，提倡闡釋者以自由靈活的閱讀方法對文本的意義做多元化的理解和闡釋，並肯定其理解和闡釋的合理性與有效性[1：206]。本文下面將就上述三種闡釋傾向與翻譯研究的關係進行探討。

宋儒從禪宗中吸取了其懷疑精神，但摒棄了其非理性的解構傾向，以理性思辨為尺度對「正義」的權威性及其所據「五經」文本的神聖性加以質疑和批判。如程頤說：「學者要先會疑」。陸九淵說：「為學患無疑，疑則有進」，又指出：「小疑則小進，大疑則大進。」[1：208]歐陽修在疑古方面也顯示出勇敢堅毅的精神，「他幾乎對所有儒家經典持懷疑眼光」，「他在慶歷、嘉祐年間做《策問十二首》，大多以疑經為題，對當時的學風產生了很大影響」[1：209]。關於讀書方法，歐陽修主張：「篇章異句讀，解詁及箋傳。

是非自相攻，去取在勇斷。」[1：210]也就是說，讀者可對各種經典註疏進行對照比較，透過深入細緻的研究、富有邏輯性的判斷，發現哪一種註疏存有荒謬之處。在翻譯研究中，我們也必須提倡這種疑古精神，我們應破除迷信，實事求是，絕不盲從權威。對以往的一切翻譯觀念、翻譯標準等要加以懷疑，要將各種觀點放在一起進行甄別考察，研究它們之間的相似性和不同之處，考察哪一種觀點存有錯謬之處，哪一種觀點隨著時代的變化、語言的發展已不再符合實際的需要。對於前人的學說，我們既要吸取其中有益於翻譯研究健康發展的東西，又要勇於批判和揚棄其中的缺陷和不足。一個新的理論的誕生往往仰仗於對舊的傳統的理論進行批判和繼承，而這需要理論研究者具有勇敢的疑古精神。這在中西思想史上都是有例可援的。如馬克思的「美是人的本質力量的對象化」的觀點就是在對黑格爾的「美是理念的感性顯現」這一論點進行揚棄的基礎上發展起來的。按照黑格爾的觀點，所謂的「感性顯現」，即指理念的自我顯現。那麼理念為什麼要實現自己呢？黑格爾認為這是由人在實踐上的需要決定的。人有各種各樣的需要，有身體方面的；法律家庭方面的；宗教方面的；還有科學活動和知識方面的需要，包括精神和心靈的需要[33]。理念之所以要透過感性形象呈現自己，是因為美和藝術要透過實踐的方式，「要在直接呈現於他面前的外在事物之中實現他自己，而且就在這實踐過程中認識他自己」[33：39]。唯有如此，美和藝術才能滿足人們精神和心靈的需要。人透過實踐，透過對外在事物的改造活動，在外在事物上面，「刻下他自己內心生活的烙印，而且發現他自己的性格在這些外在事物中復現了」[33：39]。人的精神和心靈在實踐活動中實現了自己，認識了自己，並且創造了、欣賞了自己。至此，理念把自己呈現為感性的形象。馬克思在對黑格爾的這一理論研究中發現，黑格爾儘管強調實踐的重要性，但他將理念始終置於第一位，過分突出心靈在對象中的再現、理念的自我顯現，這明顯具有唯心主義的色彩。於是，他對這一理論進行了大膽的批判和改造，他將理念改造為人類的現實生活，這樣，「美是理念的感性顯現」也就成了作為主體的人在與客體對象發生實踐關係的過程中其自我創造，其自身的本質力量在外在現實中的對象化。這樣，馬克思的「美是人的本質力量的對象化」這一重要思想就在克服黑格爾唯心主義思想不足的基礎上呈現出歷史唯

物主義的思想光輝，這一觀點也成了馬克思主義美學觀的一塊重要基石。可見，馬克思若沒有這種挑戰權威、質疑前賢的精神，是創造不出這一對人類認識世界、改造世界，對譯者正確處理翻譯活動中主體與客體、主體性與客體性的關係具有指導意義的偉大學說的。在翻譯研究中，歷來各種觀點紛然迭出，作為研究者，應有宋儒及馬克思等人的質疑精神，這樣才能在批判的基礎上繼承，在繼承的基礎上批判，進而不斷地創造出新的理論出來。

在翻譯實踐方面，我們應提倡和鼓勵復譯，不將傳統的、某權威譯家的某譯本定於一尊；我們還應提倡對不同的譯本進行對比研究，深入比較、細緻分析各譯本在復現源語文本意義方面的優長和不足，以科學理性的態度、「吾愛吾師，吾尤愛真理」的精神追索翻譯研究中的至真、至理。對不同的譯本進行對比研究，是指把某譯本放在與其它譯本的關係中進行考察和探討。關係是美的本質，也是美之所以為美的根本原因。這一點，狄德羅在《關於美的根源及其本質的哲學探討》一文中已作過探究[12：九八]。狄德羅曾列出三種關係，其中的第二種即為「一種事物與其他事物的關係」[12：九九]。也就是說，要判斷一種事物是美，還是醜，要將它與其它事物聯繫起來考察。美不是孤立的，一事物到底美不美，要根據它與周圍事物所發生的關係才能斷定。在翻譯研究中，要判定某譯本的翻譯質量如何，必須將它與其它譯本放在一起進行對比，這樣才能得出合理的結論。這裡的「其它譯本」既可以是與該譯本同時代的，也可以是與該譯本不同時代的譯本。研究者們可以從不同的角度對不同的譯本進行研究，這樣才能揭示出該譯本在復現原著方面的得與失。狄德羅所說的第三種關係是「事物與人的關係」[12：九九]。這一關係被狄德羅稱之為「關係到我的美」。研究者根據自己對不同譯本的比較研究，最後可以對某譯本的翻譯質量提出質疑，也可以對某譯本在復現原著的人物形象、藝術風格等方面的優長表示認可。總之，宋儒的疑古精神，要在實踐中加以貫徹，我們須將一事物放在與它事物的關係中來進行研究。在翻譯實踐研究方面，懷疑精神可以透過對不同的譯本進行研究，然後作出反應來加以體現。它可為翻譯質量的提高造成促進作用。

宋人解經的第二種闡釋傾向可從儒家的「詩言志」中找到源頭。按照「詩言志」的觀點，詩歌中必然蘊涵著作者的思想觀念，既然「言」可以達「志」，

那麼「言」與「志」之間必然存在著同一性，讀者透過對詩歌語言的解讀，就可以重新復現作者的「志」。南宋姚勉指出：

> 心同，志斯同矣。是故以學詩者今日之意，逆作詩者昔日之志，吾意如此，則詩之志必如此矣。……夫唯置心於平易，則可以逆志矣。[1：219]

姚勉認為，讀者自己的思想境界與作者的思想境界是協同一致的，讀者只要根據自己的理解闡釋，就可以重現作者的創作意圖、思想觀念。讀者讀詩時，只要置心平易，即排除個人的私心雜念，心明如鏡，就可客觀地再現作者的本意。姚勉的闡釋學觀是希望讀者能突破古今人殊的時空距離，進而實現與詩人的本意合為一體。

宋人的闡釋學觀對於翻譯研究來說，強調了翻譯標準中「忠實」的重要性。譯者翻譯時要讓自己設身處地地進入作者的思想境界中去，體會作者的意圖與思想，尋繹、挖掘詩中之志，即文學作品的主題意義、思想風格等。譯者應能透過語言文字的表層進入作品文本的深層，把握文本的文義、情感、音調或語氣、意圖等，並加以忠實的再現。有時文學文本的意義具有多重性的特點，要重新複製並非易事，但只要譯者孜孜以求，對文義細加「玩味」，即認真揣摩、體驗、感受和懸想，理解與闡釋最終一定會與詩人的本意重合。

強調忠實地復現作者之志於翻譯研究固然十分重要，因翻譯是以實現不同文化之間的交流與溝通為最終目的的。當異域文化透過翻譯以其本真的面貌忠實地再現於本土文化面前，並為本土文化讀者所理解時，翻譯的根本目的也就實現了。但我們細細考察宋人的闡釋學觀，其中「心同，志斯同矣」強調了讀者之心與作者之志的交融契合，這在很多情況下是殊難實現的。根據德國哲學家海德格爾的觀點，超時空的純粹的先驗自我是不存在的，存在的只是拋在時空中不得不與他人同存共處的具體個人，即所謂的「此在」。「此在」之「此」（時間空間、社會歷史）是「人生存的基本結構機制」[34]。「此在」只要生存著，它就存於一個世界之中，因此，任何存在都不能脫離時間空間條件，也不能超越自身所處的歷史環境。因讀者與作者有時處於不同的歷史時期，受不同的時代環境的制約，因而對同一問題會有不同的理解和闡釋方式。有時，即使他們處於同一時代，因各人的人生經歷、教育背景

不同，對問題的認識也會存在著差異。如歐陽修就說過，即便是朋友之詩，要理解起來也非易事：

　　昔梅聖俞作詩，獨以吾為知音。吾亦自謂舉世之人知梅詩者莫吾若也。吾嘗問渠最得意處，渠誦數句，皆非吾賞者。以此知披圖所賞，未必得秉筆之人本意也。[1：251—252]

　　即便是「秉筆之人」的知音、詩友也無法把握領會其所作之詩的本意。有時，即使是同一個人，隨著其年齡、閱歷、環境和文化教養的改變，其對同一部作品的理解也會呈現出差異。如黃庭堅在不同時期讀陶淵明的一首詩，就有不同的感受：

　　血氣方剛時讀此詩，如嚼枯木。及綿歷世事，如決定無所用智，每觀此篇，如渴飲水，如欲寐得啜茗，如饑啖湯餅。今人亦有能同味者乎？但恐嚼不破耳。[1：252]

　　故而，「心」「志」相同只是一種理想的狀態，或是譯者努力奮鬥的目標，要真正實現確非易易。在翻譯中，若過於強調復現作者之志，將之視為翻譯的唯一的最終目的，那會扼殺譯者闡釋文本的能動性、積極性，這對翻譯創新是不利的。

　　宋人為了追求「心」和「志」的相諧一致，可謂煞費苦心，他們在詩歌的「本事」，即背景資料上悉心探究，因他們覺得「只揣摩本文是推衍不出作詩者的詩意的，而必須知道詩的背景」[1：238]。「孟棨相信，任何一個抒情性的文本，都有特定的歷史事件為其誘因。對於詩人而言，是情因事發；對於讀者而言，是義因事明」[1：237]。透過收集觸動詩人情懷的「本事」（background）就可洞悉詩人的「本意」（in－tention），而由瞭解詩人的「本意」即可掌握領會作品的「本義」

　　（meaning）。這種本事→本意→本義的闡釋學思路在宋代為很多學者所共識。有些學者甚至把本事與本意的關係推向了極端，認為「知道詩歌的『本事』就自然而然能理解詩歌的『本意』」，而「要真正理解詩中『本意』，就必須得瞭解激發詩歌產生的『本事』」[1：240]。換句話說，這些學者將「本

事」與「本意」看成了等同的關係。我們認為，宋人的這種闡釋學思路的確能為讀者理解文本意義提供指導性，也可為譯者闡釋文義提供客觀的依憑，即對作品的「本事」和「本意」的瞭解。宋人堅信，詩的「本意」是唯一的，因「本事」決定了「本意」，因此他們樂於對詩的「本義」進行不懈探尋。但我們知道，作家根據某一歷史事件進行創作時，所採取的不是照相式的機械複製方法，他對客觀事件的描繪摻雜了他在特定歷史時期所形成的人生觀、價值觀、審美觀等，因此詩人的「本意」與「本事」並不是同一的關係。而且，詩人的「本意」在以語言符號的形式呈現於文藝作品中時，因文學語言所具有的隱喻性、象徵性、多義性等特點，其本義，在讀者閱讀理解時，會與作者的本意存有一定的距離。這樣，譯者翻譯時，對作品的「本事」，詩人的「本意」就不宜過於迷信，固然，譯前對所掌握的「本事」進行分析，對「本意」做些探討是非常必要的，但若一味執著於斯，將之作為決定文本「本義」的唯一條件，無疑會束縛譯者的手腳，扼殺其主觀能動性。況且，文本的「本事」有時譯者也無從瞭解，有時其自身又具有不確定性，這抑或是因為後人的記載不同，抑或是因為作者本人對背景材料的記憶有錯，因此，譯者譯時依據文本語言的表層意義和深層內涵調動自己的主動性和積極性，努力發掘語言符號中所遮蔽隱藏的部分——「隱者、曲者、窈渺然其遠者」[35]，依然是最為重要的。

上文提及同一時代的不同讀者對同一問題的認識會存在著差異性，故而實現「心」「志」相同是一種很難企及的理想狀態，這是從讀者主體的主體性方面來說的，其實，從作品客體的客體性方面來說，要實現「心」「志」相同有時也是非常困難的。宋人「以才學為詩」的特殊性使生活在同一時代的不同讀者理解同一文本會有很大的難度。由於「以才學為詩」，故而很多詩人在詩歌中運用了大量的典故成語，為讀者設置了難以跨越的語言障礙，拉開了讀者和作者之間的時空距離，使文本的意義與讀者很難溝通。因此，「面對『以才學為詩』的文本，並非任何一個讀者都能做到『以意逆志』」[1: 247]，因為這裡有一個知識主義作必要前提的問題。讀者要想「以意逆志」，須能探究出每字每句的具體出處、含義和用法，這樣才能瞭解文本的意義。對於「以才學為詩」類的文本，要想突破語言的障礙，破譯出密碼，實現與

文本的對話，宋人相信，讀者必須「具備和詩人大致相等的知識儲備，獲得與文本共同的語言」[1：249]。「為瞭解開詩歌的祕密，註釋者有必要與作者一樣『博極群書』經歷類似於『以才學為詩』的創作過程」[1：249]。董居誼認為黃希解讀杜詩能「意逆而得之，往往前輩或未及」[1：249]，這是因為黃「博覽群書，於經史子集、章句訓詁靡不通究」[1：249]。宋人的這一闡釋學觀對於翻譯研究來說，其實為譯者從事翻譯工作提出了一些必要條件，即譯者必須博學多才，必須像作者那樣精通並能熟練地駕馭源語語言文化。有了這樣的知識儲備，譯者在理解闡釋源語作品時，才能經歷類似於作者「以才學為詩」的創作過程，熟諳文本中所呈現的一切，然後在此基礎上將源語文本譯為目的語文本。

傳統的「以意逆志」法的闡釋方式及至南宋後期受到了「活參」閱讀方法的反撥和挑戰。所謂「活」是「唐宋時期南宋禪最重要的特徵之一，其含義大旨是指無拘無束的生活態度或自由靈活的思維方式，不執著，不黏滯，通達秀脫，活潑無礙」[1：255]。據此，禪宗上的「參活句」意指佛教徒理解佛教教義時，不泥於字詞句的表面意思，而是運用直覺體驗、自由聯想，進行任意發揮。「活參」用於文學接受中，即強化詩歌接受過程中接受者的感受、聯想作用，進而否定對作品所謂的準確不變、絕對權威意義的追索。以「活參」的態度進行文學欣賞，文學作品的意義顯然會成為一個開放性的系統，隨著時代、歷史環境的變化會不斷地衍生、擴大，乃至流轉。「活參」會使文本詩意的空間得以擴展，作品的意蘊得以豐富，作者的創作意圖、構思立意得以擴充甚至改變。也就是說，透過「活參」，作品的意義不再為原文文本所固有，它成為讀者與作品在閱讀過程中共同作用的結果。南宋的「活參」闡釋學觀與誕生於 20 世紀 70 年代初聯邦德國的接受美學理論可謂同聲相應。「接受美學」的創始人姚斯指出：

　　一部文學作品，並不是一個自身獨立、向每一時代的每一讀者均提供同樣的觀點的客體。它不足一尊紀念碑，形而上學地展示其超時代的本質。它更多地像一部管絃樂譜，在其演奏中不斷獲得讀者新的迴響，使本文從詞的物質形態中解放出來，成為一種當代的存在。『詞，在它講出來的同時，必然創造一個能夠理解它們的對話者』。……文學史是一個審美接受和審美生

產的過程。審美生產是文學本文在接受者、反思性批評家和連續生產性作者各部分中的實現。[36]

對於一部文藝作品來說，只有一個唯一正確的含義的所謂客觀性是不存在的，它不可能在訊息真空中以絕對的新的姿態展示自身，它自產生之日起就一直處於作品與接受者的歷史之鏈之中，其意義是讀者與作者對話的結果。就像一部管絃樂譜，在不同的時代由不同的演奏家演奏，總會在聽眾中產生新奇的藝術效果一樣，一部文藝作品在不同的時代由不同的讀者進行審美閱讀和理解，也總會在讀者中產生別具一格的藝術魅力、新穎別緻的藝術效果。作品的意義不是作者給定的原意，詞語一經講出，就會產生對話者，對話者透過與發話者積極的對話，在涵泳、體認、玩索對話內容的過程中獲得意義。黑格爾曾認為，在文藝欣賞中，「群眾有權力要求按照自己的信仰、情感和思想在藝術作品裡重新發現他自己，而且能和所表現的對象起共鳴」[37]。科林伍德也指出：「我們所傾聽到的音樂並不是聽到的聲音，而是由聽者的想像力用各種方式加以修補過的那種聲音，其他藝術也是如此。」[38] 文藝作品的意義是審美接受者對藝術作品圖式化結構中的空白和不確定點加以填補和充實，對作品中的寓意、象徵、含蓄、暗示、隱喻加以體味、領悟、闡釋所生成的意義。這一意義中蘊涵著接受主體自身的情感和其對生命的體驗。任何文藝作品，都「需要一個存在於它之外的動因，那就是觀賞者」，「觀賞者透過他在鑒賞時合作的創造活動，促使自己像普通所說的那樣去『解釋』作品，或者像我寧願說的那樣，按其有效性去『重建』作品」[39]。文藝作品的意義是作者、作品和讀者透過交互作用，共同創造出來的。宋人的「活參」理論對翻譯研究無疑有著重要意義，它為譯者打破傳統的「以意逆志」思維模式，本文客觀性的臆想，從執著於探求「本事」、「本意」、「本義」及其對應性的傳統觀念中解放出來，進而調動自身的主動性，致力於發掘文本潛在的、深層的、嶄新的意義，造成了重要作用。

我們在肯定「活參」理論的積極作用的同時，要防止走上另一極端，即片面擴大「詩無達詁」的效用，過於張揚譯者的主體意識，而把理解和闡釋看成一種主觀隨意性的行為。因為若如此，我們所看到的譯作將是一些胡譯、亂譯、粗製濫造的作品。這些譯品是譯者以自己的好惡情性、瞬間感悟為中

心，將自己理解的意義強加給原作者，把源語文本視為發洩自己情感的工具，恣行僭越、任意發揮的結果。如列夫．托爾斯泰就曾對莎士比亞的劇本進行過完全否定。他曾說：

任何一個現代人要是他沒有因人指教說，這是盡善盡美的戲劇，從而受到影響，那他只消從頭至尾讀它一遍（假定他對此有足夠的耐心），那就足以確信，這非但不是傑構，而且是很糟的粗製濫造之作，如果在某時還能讓某人或某些公眾發生過興趣，那麼，在我們之間，除了厭惡和無聊，它再也不會喚起別的感覺了。[40]

托爾斯泰的否定無疑是錯誤的，因他對莎士比亞的劇本的解讀完全建立在自己的主觀感覺印象的基礎上。他放任了這一印象的膨脹擴張。其對莎翁劇本的認知完全背離了劇本的意義勢能，劇本的文本導向。可以設想，假若由他來翻譯莎翁的劇本，其譯本定然是粗製濫造的譯品。在實際翻譯中，我們要在「活參」和「本事→本意→本義」的闡釋模式、「以意逆志」說之間做出協調，要根據源語文本的意義以及與源語文本有關的一些背景資料，運用自己的主觀能動性，發揮藝術想像力，進行創造性的翻譯。其實，翻譯活動，誠如文學活動一樣，是由多種因素構成的一種系統結構。在翻譯活動這一結構中，世界、作家、作品、讀者（譯者）、譯文讀者是其中的重要環節。它們之間的關係，就如同馬克思所論述的生產、分配、交換、消費之間的關係一樣，是相互連接、彼此影響和作用的。馬克思指出：

每一方表現為對方的手段；以對方為媒介；這表現為它們的相互依存；這是一個運動，它們透過這個運動彼此發生關係，表現為互不可缺，但又各自處於對方之外。[41]

在上述有機統一的結構體中，各個要素和環節都會從各自的角度發揮其功能。我們不能因為有了「活參」理論，就將「本事——本意——本義」的闡釋模式、「以意逆志」說棄之一旁，也不能因為有了後者，就將前者「活參」理論視為一種主觀主義、唯心主義一類的東西而加以鄙視，在上述結構體中，譯者應以人與世界的關係，亦即本事作為基礎和前提，以作品文本作為闡釋的中介環節、核心和翻譯的主要依據，牢牢把握好作家與作品，作品與形式、

作品與讀者（譯者）之間的關係，同時還應顧及到譯者與譯文讀者、譯作與譯文讀者之間的關係，努力使翻譯活動在主體對象化和對象主體化的交互運動中進行。

上文說到的源語文本的意義以及與源語文本有關、並且能為譯者所掌握的一些背景資料包含著詩人對世界的體驗。譯者翻譯時要透過抽象的、冷冰冰的語言文字符號體驗作者所體驗過的人生。譯者應從自己的存在體驗出發來領會文本的意義，還應在閱讀作品時，儘可能貼近作者的心靈，捕捉作者對世界、人生的感受與反應。一般地來說，譯者只有親身體驗作品中所描寫的一切，才能進入作者的心靈，與作品發生共鳴，理解作品的意義。而要做到這一點，譯者須依靠自己的「躬行」，誠如陸游所說，「紙上得來終覺淺，絕知此事要躬行」[1：262]。譯者只有透過自己的親身經驗，才能獲得有關世界和人生的認識和理解，進而深入作品的意義核心。有時，讓譯者親證作品中的一切並非易事，因為作家、作品與譯者之間會存在著時空距離，但管見以為，儘管如此，譯者對活生生的事物的體驗，對現實人生的經歷依然會有助於其對作品的深透理解。因為儘管時代不同，社會環境有異，但作家所經歷過的事情與譯者所經歷過的事有時會有協同一致性，有時即使所歷之事不同，但作家與譯家所獲得的心理感受則會非常相似。譬如，文天祥在《集杜詩自序》裡有一段精彩的說明：

餘坐幽燕獄中，無所為，誦杜詩，稍習諸所感興。因其五言，集為絕句，久之，得二百首，凡吾意所欲言者，子美先為代言之。日玩之不置，但覺為吾詩，忘其為子美詩也。乃知子美非能自為詩，詩句自足人情性中語，煩子美道耳。子美於吾隔數百年，而其言語為吾用，非情性同哉？[1：310]

文天祥所生活的年代與唐朝詩人杜子美相隔數百年，但文誦讀杜詩，覺得自己所欲表達的思想感情已由子美代言，他所經歷的情感波瀾，遭遇過的痛苦和磨難已由杜在詩中淋漓盡致地呈現了出來，以致文視杜詩為己詩，「忘其為子美詩也」。這裡，我們若從加達默爾哲學解釋學理論觀之，則會理解得更深透些。加達默爾認為：「理解其實總是這樣一些被誤認為是獨自存在的視域的融合過程。」[13：393] 理解者與他所要理解的對象都各自擁有自己的

視界。文本含有作者的初始視界，而對文本進行理解的人又具有在他所生活的時代環境中所形成的視界，這一視界與作者的初始視界透過理解者與文本間的平等對話會實現視域的融合。文天祥閱讀杜詩時，不斷地與詩人及詩中所描繪闡發的一切對話，透過對話，過去和現在，客體和主體，自我和他者的界限被打破而成為統一的整體。文與杜雖相隔數個世紀，卻成為靈肉相契的統一體，誠如加達默爾所言：

真正的歷史對象根本就不是對象，而是自己和他者的統一體，或一種關係，在這種關係中同時存在著歷史的實在以及歷史理解的實在。[13：384—385]

此處，這種視域的融合在譚元春的《詩歸序》中被比作今人與古人的「雙眸對視」：

夫真有性靈之言，常浮出紙上，絕不與眾言伍。而自出眼光之人，專其力，一其思，以達於古人，覺古人亦有炯炯雙眸從紙上還矚人。[1：317]

杜詩的語言在文天祥「專其力，一其思」的目光的注視下重新復活，從字裡行間中突顯出來，就如詩中的人物形象以炯炯有神的目光注視著讀者文天祥。這裡的雙眸對視實際上就是作者與讀者之間的一種對話，宛如一對戀人在雙方含情帶意的目光對視下相互理解了對方。我們可以推想一下，假如，文天祥是一位翻譯家，那他一定會將杜詩的本義譯得精妙絕倫的。再如，作家觀山賞水時會生髮出由衷的讚美、喜悅之情，並將之表現於文本中，而此情會與譯家對自然山水景觀的所感所悟在心理結構上趨同相像，這樣，譯者翻譯時就會把自己所經歷的事以及所萌生的心理感受與作家在作品中所描繪的一切加以印證，從而獲得對作品意義的深切理解，進而完成作品意境的重建。在此基礎上，譯者再將所理解掌握的一切轉換為目的語文字。

中國古代的闡釋學理論博大精深，在不同的歷史時期，中國古代的聖人先哲們就文本的理解和闡釋均提出過一些精闢的見解，這些閃光的思想如繁星點點，堪與西方由聖經詮釋發展起來的闡釋學傳統交相輝映，對翻譯研究均有著極其重要的借鑑價值。

參考文獻

[1] 周裕鍇 . 中國古代闡釋學研究 [M] . 上海：上海人民出版社，2003：7.

[2] 張隆溪 . 道與邏各斯 [M] . 馮川譯 . 成都：四川人民出版社，1998：53.

[3] 雨果 . 悲慘世界 [Z] 第 1 部第 1 卷 . 北京：人民文學出版社，1977：71.

[4] 呂俊 . 跨越文化障礙——巴比塔的重建 [M] . 南京：東南大學出版社，2001：39 － 40.

[5] 吳富恆，王譽公主編 . 美國作家論 [M] . 濟南：山東教育出版社，1999：934.

[6] 楊自儉，劉學雲編 . 翻譯新論 [C] . 武漢：湖北教育出版社，1994：114.

[7] 黃龍 . 翻譯技巧指導 [M] . 瀋陽：遼寧人民出版社，1986：593.

[8] 王向峰 . 美的藝術顯形 [M] . 北京：首都師範大學出版社，2001：88.

[9] 許均 . 論翻譯的層次 [J] . 現代外語，1989 年第 3 期 . 轉引自楊自儉，劉學雲編 . 翻譯新論 [C] . 武漢：湖北教育出版社，1994：393.

[10] 嚴復 . 天演論、譯例言 . 轉引自陳福康 . 中國譯學理論史稿 [M] . 上海：上海外語教育出版社，2000：116.

[11] 趙憲章主編 . 西方形式美學 [M] . 上海：上海人民出版社，1996：31.

[12] 蔣孔陽 . 美學新論 [M] . 北京：人民文學出版社，2006：一五三 .

[13] 加達默爾 . 真理與方法 [M] . 洪漢鼎譯 . 上海：上海譯文出版社，1999：11（譯者序言）

[14] 吳定柏編注 . 美國文學欣賞 [Z] . 上海：上海外語教育出版社，2002：15—16.

[15] 伍蠡甫主編 . 西方文論選 [C] . 上海：上海譯文出版社，1979：99.

[16] 許淵沖 . 翻譯的藝術 [C] . 北京：中國對外翻譯出版公司，1984：129.

[17] 勞倫斯 . 兒子與情人 [Z] . 北京：外語教學與研究出版社社，1992：88.

[18] 勞倫斯 . 兒子與情人 [Z] . 許先譯 . 貴陽：貴州人民出版社，1994：97.

[19] 勞倫斯 . 兒子與情人 [Z] . 陳良廷，劉文瀾譯 . 北京：外國文學出版社，1987：115.

[20] 蕭滌菲，程千帆，馬茂元，周汝昌，周振甫，霍鬆林，等 . 唐詩鑒賞辭典 [Z] . 上海：上海辭書出版社，1983：1343.

[21] 許淵沖譯 . 漢英對照 . 中國古詩精品三百首 [Z] . 北京：北京大學出版社，2004：339.

[22] 曹雪芹，高鶚 . 紅樓夢 [Z] . 北京：人民文學出版社，1982：276.

[23] Tsao Hsueh － Chin，Kao Hgo.A Dream of Red Mansions [Z] .Beijing：Foreign Languages Press，1994：284.

[24] 新英漢詞典（世紀版）[Z] . 上海譯文出版社編 . 上海：上海譯文出版社，2000：1169.

[25] 兩漢 . 毛詩序 . 中國古代文論選 [C] 上冊 . 北京：中華書局，1962：37.

[26] 胡經之，李健 . 中國古典文藝學 [M] . 北京：光明日報出版社，2006：90.

［27］金啟華主編 . 中國古代文學作品選（中）［Z］. 南京：江蘇人民出版社，1983：85 － 86.

［28］姆士 . 心理學原理 . 參見丁寧 . 接受之維［M］. 天津：百花文藝出版社，1990：53.

［29］胡經之 . 文藝美學［M］. 北京：北京大學出版社，1999：369.

［30］唐圭璋主編 . 唐宋詞鑒賞辭典［Z］. 南京：江蘇古笈出版社，1986：137.

［31］Gadamer，Nans 一 Georg.Philosophical Hermeneutics ［M］.Trans.And ed.David E.Linge.London：University of California Press，1977. 伽達默爾 . 哲學解釋學，p63. 轉引自嚴平 . 走向解釋學的真理——伽達默爾哲學述評［M］. 北京：東方出版社，1998：168.

［32］董務剛 . 翻譯學的建構研究［M］. 北京：線裝書局，2007.

［33］黑格爾 . 美學［M］第 1 卷 . 北京：商務印書館，1979：122.

［34］朱立元主編 . 當代西方文藝理論［M］. 上海：華東師範大學出版社，1997：142.

［35］金人瑞原評、趙時揮重訂《貫華堂評選杜詩》卷首趙時揮序，轉引自周采泉《杜集書錄》內編卷六 . 上海：上海古笈出版社，1986：480.

［36］H.R. 姚斯著 . 接受美學與接受理論［M］. 周寧，金元浦譯 . 瀋陽：遼寧人民出版社，1987：26 － 27.

［37］黑格爾 . 美學第 1 卷［M］. 朱光潛譯 . 北京：商務印書館，1979：314. 轉引自邢建昌 . 文藝美學研究［M］. 石家莊：河北人民出版社，2006：172.

［38］科林伍德 . 藝術原理［M］. 王至元等譯 . 北京：中國社會科學出版社，1979：147. 轉引自邢建昌 . 文藝美學研究［M］. 石家莊：河北人民出版社，2006：172.

［39］朱立元 . 文學鑒賞的主體性——關於接受美學的斷想［J］. 上海文學，1986，（5）. 轉引自蔣孔陽 . 美學新論［M］. 北京：人民文學出版社，2006：一七三 .

［40］托爾斯泰 . 論莎士比亞及其戲劇，見《莎士比亞評論彙編》［C］上冊 . 北京：中國社會科學出版社，1981：501.

［41］馬克思恩格斯選集［M］第 2 卷 . 北京：人民出版社，1995：95. 中文 2 版 .

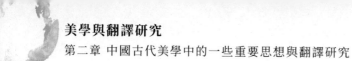

第二章 中國古代美學中的一些重要思想與翻譯研究

▎一、超象表現觀與翻譯研究

　　上章所論及的董仲舒的「詩無達詁」理論也揭示出文學文本的另一個重要特點，即文學文本中的藝術形像往往具有超象式的特徵。藝術形象的價值在於顯現自身，因只有形象顯現出來了，其藝術魅力才能得以充分展示，並為讀者和觀眾所捕捉和領略。但藝術形象的顯現常常不是直線式的，對於藝術價值高、文學性強的文藝作品而言，最合乎藝術創作規律的常常是超象式的。所謂「超象式」，「具體表現為形象形式中包含著重旨復意，除了有從載體的淺表可以感到的意義之外，還有須繞過載體，到形象淺表之外或載體的關係構成之間去尋找的深層意蘊」[1]。中國古代美學對審美意蘊的超象表現規律有著十分精到的認識，它具體可概括為「象外之象」、「韻外之致」、「味外之旨」三「外」論。從劉勰始，中國古典美學就尤其注意到文外去尋求意義。劉勰曾說道：

　　夫隱之為體，義生文外。

　　隱也者，文外之重旨者也。

　　深文隱蔚，餘味曲包。[1：29]

　　這裡的「重旨」，即為文學文本的「復意」，它既包含文內之意，又含有文外之意。鐘嶸在《詩品》中評阮笈的《詠懷》詩時，指出：「言在耳目之內，情寄八荒之表」[1：29]，而劉勰評阮詩，又認為：「阮旨遙深」、「響逸調遠」[1：29]，他們都認為，阮詩的深文大意、哲理蘊含並不能從其詩的語言形式中直接表露出來，而應到文外去尋求詩歌的重旨復意。讀者要像外求意，不把詩中所刻畫的直接的藝術形像當作詩人的根本要旨，而應避開語言文字的表面形象，於逸遠之外去探求詩人的精神、品格。司空圖將藝術的超象顯現視作藝術的「全美」境界，他指出：

近而不浮，遠而不盡，然後可以言韻外之致耳。……倘復以全美為工，即知味外之旨矣。[1：30]

「超以象外」要求藝術家在藝術創作時，能有深刻的蘊含，而就讀者的閱讀欣賞來說，讀者應能超趨象表，唯有如此，才能得其真意。所謂「超以象外，得其環中。不著一字，盡得風流」[1：30]，即要求藝術家們能將自己的深遠寄託蘊含於文學文本語言文字的深層，這樣才會產生雲外聽鐘、雪裡聞梅、鏡花水月、遐想無窮的藝術效果。

李白所創作的《玉階怨》，便是應用超象表現手段的典型佳作。全詩如下：

玉階生白露，夜久侵羅襪，卻下水精簾，玲瓏望秋月。[2]

深秋時分，夜沉露重，一名女子，孤獨無依地站立在白玉石階上，因時間長久，寒露侵濕了石階，也濕透了她的羅襪。她百無聊賴，更覺寒氣逼人，只好返身室內，放下水精簾，這時冰冷的月光透過水精簾射進室內，她凝望秋月，不禁遐思連綿。這首詩的淺表之意十分明朗，它描寫了女子深夜不眠，凝望遐想這一情景。但若透過詩歌的表層意思，深挖潛藏意義，我們會得到一種「超以象外」的深刻意蘊。王向峰在研究《玉階怨》中的象外之意時，指出：「詩的頭兩句集中是寫癡想，至少有四層意蘊：（1）她是站在玉階上癡想。這是一個不宜站立癡想的地方。她想不擇處，正說明她已經不能以理性來支配自身了。（2）她是在秋夜淒寒中癡想。此地此時，階上秋露濃寒，人難消受，更不是癡想之處，她對此根本沒有想到，可見頭腦已完全被癡情所支配。（3）她想到夜深寒露重重降下而不知覺的癡迷境地，正表明她想得深，已經構築了頭腦中的想像天地；她已經看到了所思念之人，並且已在一起相聚相攜相游相敘了。（4）她最後因寒露濕透羅襪才從癡迷的冥想中回返到腳下的玉階。」[1：33]王向峰發揮藝術想像力，以十分生動形象的筆觸具體詳細地向我們解讀了作者在詩中所描繪的一名離居獨處、思念遠方情人的怨女形象。當女主人翁返回到月透簾攏的閨室之後，她將自己的滿腹思念移向了秋天冷月，那秋月似乎成了女子傾訴心靈衷曲的知音者。詩的基調是淒惋哀怨的，女主人翁的形像是令人同情，讓人倍感悽惻的。

翻譯時，我們如何再現出王向峰所解讀出的文外之意、超象表現這一特徵呢？請看萬兆鳳的譯文：

Longing on Marble Steps』

The marble steps with dew grow white，

It soaks her gauze socks late at night.

She lowers then the crystal screen

And gazes at the moon，pale and bright. [3]

萬兆鳳的譯文的精彩之處在於「pale」一詞。原詩中的「秋月」，他沒有採用直譯法，譯為「autumn moon」，而是採用意譯法，對「秋月」這一藝術形象進行了細膩的描繪，「月色蒼白而明亮」。「pale」一詞不僅符合原詩的基調，而且它再現了秋月光輝清冷、寒氣逼人的意境。「pale」是寫月的，但它也寫了人。因秋月是女主人翁折身閨室凝望移情的對象。女主人翁於室外佇待良久，怨情甚深，遂返回室內，隔簾望月，更覺幽怨無限。秋月的淒清冷涼，月色的蒼白迷離恰好適應了女主人翁哀怨的心理狀態。從譯者對秋月的意譯中，我們似乎能領略到王向峰解讀原詩所呈現的藝術形象：一個心懷癡想柔情，以致無法以理性支配自身的怨女形象。我們還可想見，女子面色蒼白，形容消瘦，滿腹愁怨，無奈中只好借秋月傾吐心中的憂思的情景。

▌二、意境理論與翻譯研究

意境是中國古代美學中的一個重要範疇。王國維在《人間詞話》中說道：「詞以境界為最上，有境界則自成高格，自有名句。」[4] 意境包含著非常豐富的內容，與思想、情感、形象、韻律等有著密切的關聯。在意境的狀態中，情即景，景亦即情，情與景渾然一體，密不可分。在文學翻譯中，意境的傳達應是譯者孜孜以求的最高目標。王科一認為：「譯詩的起碼的，但也是首要的要求，是傳達原作的境界，要入神，這也可以說是譯詩的『極致』。」[5] 茅盾則認為文學翻譯的內涵即是意境的傳達。他說：「文學的翻譯是用另

一種語言，把原作的藝術意境傳達出來，使讀者在讀譯文的時候能夠象讀原作時一樣得到啟發、感動和美的感受。」[5：511]可見，要使譯作具有與原作同等的審美價值，產生同等的審美效應，藝術意境的傳達是必不可少的。

那麼，詩的意境具體指什麼呢？王國維認為：「何以謂之有意境？曰：寫情則沁人心脾，寫景則在人耳目，述事則如其口出是也。古詩詞之佳者，無不如是。」[4：258]王國維將意境分為「有我之境」與「無我之境」[6]，亦即主觀抒情與客觀寫景。也有人把它稱之為「氣象」、「興趣」和「韻味」等。因此，我們在從事詩歌翻譯時應力求把上述諸多因素考慮在內，準確地把握好藝術意境的傳達。譯者在翻譯前須反覆研讀原文，透過字裡行間體會語言所表達的思想感情，把握住原作的風格、基調、氣氛，並在此基礎上，認真地思索原作主要形象的移植，使用形象化的語言，配以優美的音韻，再現原作的意境。

1. 意境與情感

藝術是要有感情的。始自《樂記》、《詩序》，我們在歷朝歷代的文論、樂論、詩論等的文藝作品中，一直可以領略到感情在藝術中的作用和意義。如白居易在《與元九書》中，指出：「感人心者，莫先乎情，莫始乎言，莫切乎聲，莫深乎義。詩者，根情，苗言，華聲，實義。」[4：243]在西方，藝術「表情說」也是有著深遠的歷史文化傳統的。

如盧梭對古典主義和新古典主義的藝術理論表示了強烈的反對。「在他看來，藝術並不是對經驗世界的描繪或複寫，而是情感和感情的流溢」[7]。始自亞里士多德的「卡塔西斯」說，直至批判現實主義作家托爾斯泰的「情感感染」說，藝術家們都非常強調藝術的情感表達作用。如托爾斯泰對藝術表情說推崇備至，他認為，藝術區別於非藝術的根本條件是是否傳達了感情。他說道，藝術感染的深淺是由以下三個條件決定的：

一、所傳達的感情具有多大的獨特性；

二、這種感情的傳達有多麼清晰；

三、藝術家真摯程度如何，換言之，藝術家自己體驗他所傳達的那種感情的力量如何。[4：243]

蘇珊．朗格認為，「藝術品就是『情感生活』在空間、時間或詩中的投影。」[7：269]「藝術是創造出來的表現情感概念的表現性形式」[7：263]。由上面幾位藝術大師的論述，我們可以得知，感情乃藝術之根本，沒有了感情，藝術難以成其為藝術。在文學藝術中，藝術意境是構成它的主要內容，也是文學藝術具有藝術魅力的關鍵。藝術意境是情與景的交融，情理形神的統一，也是主觀和客觀的統一。意境的產生取決於詩人的內心體察和心靈感受。詩人對於外在的生活形象生髮出情思理想，進行主觀創造，於是產生出生動感人的藝術意境。可見，「情」是意境的主導因素。王國維在《人間詞話》中說道：

境非獨謂景物也。喜怒哀樂，亦人心中之一境界。故能寫真景物、真感情者，謂之有境界。否則謂之無境界。[4：274]

正因為有了真情實感，意境才具有藝術感染力。

藝術意境是審美感情和審美思想的結合。誠如別林斯基所指出的那樣，「在藝術中，思想消融在情感裡，情感消融在思想裡。」[4：232]這種思想和情感融合在一起的東西被別林斯基稱為「情致」[4：232]，巴甫洛夫曾將藝術家稱做「有感情地思考著的人」[4：232]。中國古代美學提倡所謂的「情理交至」、「理在情中」。所有這些觀點都表明：任何一種思想都必須經過作家思想感情的孵化、孕育，情感乳汁的滲透和溫潤，唯有如此，思想與情感才會融為一體，思想也才會化為藝術意境的靈魂。而感情也只有受到思想的支持和提高，才會具有典型意義，並體現其重要的社會價值，獲得震撼人心的藝術感染力。詩歌翻譯要真切地傳達出原文的藝術意境和思想內容，就必須譯出洋溢於字裡行間的「情」。無論是憂愁哀傷，還是愉悅興奮皆應譯得文情相生，曲盡其妙。正如埃文（Eveing）在其《翻譯與情操》一書中所指出的那樣，感情對於翻譯猶如陽光對於萬物那樣重要。他說道：

翻譯之所以是藝術，不僅由於它具有形式的美，而且還由於它具有情操的美。陽光賦予創造物以生命，情操供給翻譯以熱能。譯者與作者必須心心

相印，靈犀相通。翻譯所需要的不是一支素描的筆，而是一顆燃燒的心。不僅要譯出眼淚，而且要譯出悲哀；不僅要譯出笑聲，而且要譯出快樂；不僅要譯出拍案而起，而且要譯出義憤填膺；不僅要譯出效命疆場，而且要譯出赤膽忠心；不僅要譯出有形之事物，而且要譯出無形之情操。[8]

這段十分精闢的議論將翻譯與情感之間的關係描述得淋漓盡致。文學作品中交織著各種各樣微妙複雜的感情，譯者如不能點出這種種情感，也就談不上譯出能使讀者產生共鳴的藝術意境了。

黃龍先生在翻譯《蝶戀花．答李淑一》時，為了確切地傳達出原文的意境，「力求突出情操與風格」[9]。在該詞中，有「吳剛捧出桂花酒」一句。「捧出」一詞若譯為「serve，則顯得平平淡淡，因它只能體現出「捧出」字面上的意思，而不能譯出深藏其中的豐富的思想感情。黃龍將其譯為「serve out with open hands」[9：595]，該譯由於加用了介詞詞組「with open hands」（慷慨地、大方地），則感情色彩頓現，它不僅僅譯出了「捧出」字面上的意思，而更重要的是譯出了原詩的意境，它將吳剛對兩位烈士的慷慨和崇敬之情傳達得十分逼真。真所謂「至真之情，由性靈肺腑中流出，不妨說盡而愈無盡」[4：287]。這綿綿無盡、直率無私的的情語，直抒胸臆，再現了原詩深遠而顯豁的意境。

在審美感情和審美思想的統一體——藝術意境中，聯想、想像往往起著重要的作用。但同審美思想相結合的審美感情在藝術意境中常常處於核心的地位，它對聯想、想像起著支配統轄的作用，制約著意象的聯接、融合，以抒發一種特定的審美感情。在黃龍所著的《翻譯學》（Translatology）一書中，有這樣兩句佳譯：

Alas！the afterglow，for all its splendor，

Is sinking near vesper.

（夕陽無限好，只是近黃昏）[10]。

原詩選自李商隱的《樂遊原》[2：1136]，它是作者在政治上屢遭排擠困頓失意時所作。作者透過夕陽、黃昏意象的融合，即景生情，發揮藝術想像力，

表達出一種哀傷的情感，透露出作者憂國憂民，慨嘆唐王朝大廈將傾，國柞將覆，而自己對此無能為力的頹傷情緒。譯者成功地譯出了作者的思想感情，再現了原詩的藝術意境，這從「Alas」和「sink near」兩詞的翻譯上可以清楚地看出來。「Alas」繫表示「悲痛、遺憾」的驚嘆詞[11]，在原文中雖無等值詞，但它用於譯文起首十分傳神，再現了作者哀傷的情緒，為全譯詩奠定了低沉的基調，這種為中外翻譯家所提倡的「加詞法」用在此處的確具有畫龍點睛之妙。原詩中「近」若譯為「approach；move near to」或「set down」都不如「sink near」傳神，因為前者都屬中性詞，只能譯出「近」字面意思。查閱《新英漢詞典》，「sink原指「（船等）下沉、沉沒；（日、月）下落、沉」[11：1265]，而它還含有「墮落；衰微、衰弱；消沉」[11：1265]之意。後者帶有鮮明的感情色彩。這樣，在「sink」後加用介詞「near」，則不僅譯出「近」字面意思——夕陽西沉，黃昏將臨，而更重要的是它真實而含蓄地再現了原詩的內涵——唐朝腐敗墮落，搖搖欲墜，面臨著覆沒的危險。詩作者正是針對唐朝這種日薄西山的境況才生髮出那樣憂愁哀傷之情。這樣在全譯詩中，由於譯者恰當地選用了「Alas」和「sink」這兩個感情色彩濃厚的詞，便將原詩的意境傳達得唯妙唯肖。在藝術意境中蘊藏著一個藝術家的政治、道德、科學等方面的觀點，如在李商隱的上述兩句詩中，作者透過黃昏時分夕陽的簡略描寫，表達了對唐朝末年政治、社會形勢的悲劇觀念，作者的這種觀念已轉化為審美感情、審美思想，融匯在審美意境的總體之中。譯者透過巧妙的增詞和選詞，譯出了其中的感情，也再現了原文的藝術意境。

翻譯意境貴在探幽發微，「於細微毫末處見精神」。作者的思想感情往往就寄託在一詞一字之中，譯者必須反覆吟哦，細細體會，才能吃透蘊藏其中的「莊嚴偉大的思想」以及「強烈而激動的情感」[12]。費爾巴哈曾指出：「感情的對象就是對象化的感情，……因此感情只是向感情說話，因此感情只能為感情所瞭解——因為感情的對象本身只是感情。」[13]由此可見，作家在文藝創作時，會將自己的情感活動留在文藝作品中，文本中的語言文字符號會浸潤著作家的人格品性、情感興趣、審美價值取向。這種情感化了的語言文字符號能對譯者產生情感對應效應，在譯者的心靈中喚起相近或相應的審美體驗，譯家透過「玩跡探情」，就能領略到作家的人格抱負、滿腔激情，

及審美思想和審美趣味，並在美的陶冶中將原文的思想感情譯出。若思想感情譯不出，則意境亦蕩然無存。

2. 意境與形象

藝術意境是文學藝術對現實生活進行反映的一種獨特形式。意境中的「意」是詩人的思想觀念、愛憎情慾、喜怒哀樂的藝術表現，而其中的「境」則是客觀世界、社會生活在詩人的頭腦中所產生的主觀映像。在藝術意境中所出現的人、事、物、景等雖可能與現實生活中的人、事、物、景相一致，但卻並不是物質世界本身，它屬於客觀世界在人的心中的一種反映和再現。誠如章學誠所言，藝術意境乃「人心營構之象」[4：276]。因此，要譯出藝術意境，就必須譯出藝術意境中所出現的人、事、物、景等藝術形象。而要譯好文學形象，又離不開凝練的形象化語言，因它是詩的精髓。「詩要創造出意境，還是要著力於用形象的語言呈現直接意象」[4：280]。詩人們總是設法運用能誘發讀者想像和聯想的形象化語言，採用比喻、擬人等形象化手段來描繪文藝作品中的文學形象。文學形象新鮮生動，則精妙的意境便躍然而出。譯者在翻譯過程中，要特別注意文學形象的移植及語言的形象化，唯有如此，才能充分地體現出意境之美。下面我們來分析兩句漢詩的英譯：

春蠶到死絲方盡，蠟炬成灰淚始乾。[2：1172]

The silkworm till its death spins silk from love − sick heart；

The candle only when burned has no tears to shed. [3：347]

原詩句選自李商隱的「無題」，為詩中的頷聯，是經久傳頌的千古名句。原詩中的「春蠶」為很重要的藝術形象，春蠶滿腹柔情，絲絲情意，悠悠不絕，生為盡吐。絳蠟自燃，滿腔熱淚，淚流既乾，身成灰燼。詩人對心目中的戀人那種至死不渝、銘心刻骨的柔情蜜意透過春蠶這一形象生動逼真地再現了出來，這一藝術形象的再現也使原詩那種纏綿悱惻、沉痛淒美的意境變得鮮明突出。詩人對自己思念的生動描繪是透過恰當的選詞來實現的。詩中，作者以「思」的諧音字「絲」來喻指詩人那綿延無盡、悠長不絕的思念之情。翻譯時，如何譯好「絲」，對再現原詩的藝術意境是至關重要的。譯者將「絲」

譯為「silk」，同時又以「love－sick」譯「思」，喻指詩人因愛而抑鬱寡歡，疾病纏身，而「sick」和「silk」無論從音上，還是從形上來說都很相似、接近。譯者選詞精妙、貼切，完好地再現了原詩的藝術意境。

由上可知，譯好重要的形像有助於意境的傳達，而要恰當、生動地譯出文學形象又取決於形象語言的選用和錘煉。古今中外的翻譯大師們往往在一詞一句上細心鑽研，「一名之立，旬月踟躕」[14]。如果沒有這樣艱苦細緻的勞動，便譯不出一部部形象鮮明、意境獨特的藝術精品了。

3. 意境與韻律

無論在中國還是在西方，詩和音樂都是密不可分的。羅曼．羅蘭在《論音樂在世界通史中所占的地位》中這樣指出：

音樂的實質，它的最大的意義不就是在於它純粹地表現出人的靈魂，表現出那些在流露出來之前長久地在心中積累和動盪的內心生活的祕密嗎？……音樂——這首先是個人的感受，內心的體驗，這種感受和體驗的產生，除了靈魂和歌聲之外再不需要什麼。[4：336—337]

「音樂始於詞盡之處，音樂能說出非語言所能表達的東西，它使我們發現我們自身最神祕的深奧之處」[4：337]。詩中的音韻、節奏賦予了詩的生命。不僅如此，音韻、節奏還有助於詩人抒發自己的思想感情，烘染詩歌的情調和氣氛，以致表現出詩歌獨特的意境。詩人創作時往往隨情選韻，音義相生，情由聲出。如漢詩中，聲音響亮的韻轍可以用來表達熱烈的情感，而聲音低沉的韻轍可以傾吐沉痛的哀思。英詩對音韻也極其考究。如羅伯特．彭斯的詩歌大部分取材於民歌，音韻優美，節奏感強。讀他的詩，讀者在流暢的音韻中能領略到詩中那純樸自然的鄉土氣息和田園風光，體味到作者對自然和人類的愛。

由此可見，音韻對於詩歌創作，對於表達詩歌的意境是何等的重要。既然如此，我們在翻譯時，便需以韻譯韻，將詞義和韻律巧妙地結合起來，以便體現出詩味，再現原詩的獨特的意境美。否則，原著的藝術效果便會大大地削弱，讀者也因此感受不到原著的藝術魅力了。古今中外的翻譯家們為了

挖掘出和諧的聲韻，再現原文的意境常常悉心鑽研，苦心錘煉，以使自己的譯文具有韻味。請看下面兩個例子。

（1）When we two parted

In silence and tears，

Half broken — hearted

To sever for years，

Pale grew thy cheek and cold，

Colder thy kiss；

Truly that hour foretold

sorrow to this.[15]

——Byron「When We Two Parted」

那年離別日，

默默雙淚垂，

遠別將經年，

我心已半碎。

君頰蒼且冷，

君吻猶如冰，

當彼別離時，

已兆今日情。[16]

英詩音諧韻美，間行押韻，押得工整而又自然。英詩韻轍低沉，頗能給人一種淒美、哀傷之感。譯詩中「垂」與「碎」，「冰」與「情」分別押韻，它們也屬間行押韻。另外，譯詩中，「日」與「時」押韻，而它們與「垂」和「碎」又分別押了半韻。在『日』、「時」、「垂」、「碎」中，我們發現它們的韻轍皆短促或偏短，且「時」（陽平字）和「垂」（陽平字）以及「遠

別將經年」中的「年」（陽平字）、「君煩蒼且冷」中的「冷」（上聲字）、「已兆今日情」中的「情」（陽平字）字調皆很低沉——漢語中，「陰平和去聲讀得比一般要高，陽平和上聲讀得比一般要低」^[17]，這種短促和詩行末尾以低沉為主的音調與詩中所抒發的離情別意無疑是極其吻合的，真可謂音義相諧。再者，我們分析一下譯詩的前六行。我們且用古漢語中的平仄聲調來研究每行的尾字。其中，「日」為仄聲，「垂」為平聲，「年」為平聲，「碎」為仄聲，「冷」為仄聲，「冰」為平聲。每兩行平仄交錯或對立，揚抑或抑揚相間，聲調跌蕩起伏，錯落有致。這種有揚有抑、和諧悅耳的音樂美感極有助於傳達原詩中那種沉痛哽咽、哀戚淒惋的情緒。譯詩音韻的巧妙使用對於原詩中的情感再現、藝術意境的傳達造成了有力的促進作用。誠如蘇珊.朗格所言，「音樂本來就是最高級生命的反應，即人類情感生活的符號性表現」；「音樂的最大作用就是把我們的情感概念組織成一個感情激動的非偶然的認識，也就是使我們透徹地瞭解什麼是真正的情感生命」^[18]。譯詩再現了原詩的傷離之情及迴環悅耳的音樂美。

（2）春眠不覺曉，處處聞啼鳥。

夜來風雨聲，花落知多少？^[2：95]

My vernal slumber tarries till the break of day.

Everywhere is audible the warbler』s lay.

In the yesternight』s showery gust，

How many flowers，I wonder，have fallen into decay ？^[10：222—223]

原詩為寫景詩。春夜靜謐而安詳，人們沉浸在香甜和美的春睡中。婉轉悅耳的鳥聲啁啾起落，增添了春夜的美麗和誘人。但飄飄灑灑的春雨，在春天的和風中不知擊落了多少嬌豔多姿的春花，那沙沙聲響又將人帶入無限的淒惘和傷感的意境之中，人們不禁產生愛花、惜花、傷花的惆悵情緒。整首詩的基調，雖然在前兩句能給人一種欣悅之感，但在後兩句，則讓人頗感淒迷。該詩為漢語四行韻詩，「曉」、「鳥」、「少」押韻，韻腳中的「ao」

很容易讓人想起漢語中的「懊」，而「懊」又含有「悔恨」、「懊喪」之意，這與原詩的基本基調是一致的。而譯詩中「day」、「lay」、「decay」韻腳相諧。韻腳 /ei/，音同漢語中的「欸」，表達一種「詫異」[19] 之感，同時它又音近嘆詞「唉」，表達一種「傷感或惋惜」[19:4] 之意。這些皆與原詩的基調相似或相同。此外，譯詩中還巧妙地運用了英詩中常用的「頭韻」，如：「tarrie」和「till」中的「t」，「flower」和「fallen」中的「f」頭韻相協，使詩味增強。「tarrie」和「till」中的「t」讓人聯想起春花落地的聲響，而「flower」和「fallen」中的「f」音同「拂」，讓人想起春風吹拂的聲音。整首譯詩同原詩一樣讀起來抑揚頓挫，流暢自如。蘇珊．朗格曾指出：「在我看來，藝術符號的情緒內容不是標示出來的，而是接合或呈現出來的。一件藝術品總是給人一種奇特的印象，覺得情感似乎是直接存在於它那美的或完整的形式之中。」她還說道：「一件優秀的藝術品所表現出來的富有活力的感覺和情緒是直接融合在形式之中的，它看上去不是象徵出來的，而是直接呈現出來的。形式與情感在結構上是如此一致，以至於在人們看來符號與符號表現的意義似乎就是同一種東西。」[7:269] 作家在創作原詩時，將自己的情感凝鑄在詩的韻律中，譯家在譯文中完好地再現了原詩藝術形式與藝術情感的統一性。

譯詩同原詩一樣都能透過音美來傳達和烘托意美。

以上譯例充分地說明了音韻對原文意境傳達的重要性。當然，我們在選詞協韻時切不可因韻害義，以上譯例皆遵循了「守信保韻」的原則。翻譯大師們在選詞協韻方面常狠下功夫。郭沫若在《浮士德》第一部譯後記中說：他為要尋出相當字句和韻腳，竟有為一兩行便費了半天功夫的時候[20]。郭沫若之所以如此煞費苦心，是因為他深知，詩歌是靠聲韻的魅力抓住人心的，若音韻美譯不出，則詩歌的意境便不能得到完滿的再現。翻譯詩歌應遵循以歌譯歌，以韻譯韻的原則，因為在詩歌中，「有韻則生，無韻則死；有韻則雅，無韻則俗，有韻則響，無韻則沉；有韻則遠，無韻則局」[21]。音韻美的再現，有助於原詩雋永的意蘊，深邃的寓意的傳達。

參考文獻

［1］王向峰 . 美的藝術顯形［M］. 北京：首都師範大學出版社，2001：27.

［2］蕭滌非，程千帆，馬茂元，周汝昌，周振甫，霍鬆林等 . 唐詩鑒賞辭典［Z］. 上海：上海辭書出版社，1983：244.

［3］許淵沖，陸佩弦，吳鈞陶編 . 英漢對照唐詩三百首新譯［Z］. 北京：中國對外翻譯出版公司商務印書館（香港）有限公司，1988：124.

［4］胡經之 . 文藝美學［M］. 北京：北京大學出版社，1999：258.

［5］羅新璋編 . 翻譯論集［C］. 北京：商務印書館，1984：675.

［6］王國維 . 人間詞話捲上第1頁 . 中華書局，1957年 . 轉引自胡經之，李健 . 中國古典文藝學［M］. 北京：光明日報出版社，2006：386.

［7］彭立勛 . 審美經驗論［M］. 北京：人民出版社，1999：259.

［8］黃龍 . 翻譯的神韻觀［A］. 翻譯藝術教程［M］. 轉引自楊自儉，劉學雲編 . 翻譯新論［C］. 武漢：湖北教育出版社，1994：561.

［9］黃龍 . 翻譯技巧指導［M］. 瀋陽：遼寧人民出版社，1986：596.

［10］黃龍 . 翻譯學［M］. 南京：江蘇教育出版社，1988：240.

［11］新英漢詞典［Z］. 上海譯文出版社編 . 上海：上海譯文出版社，2000：31.

［12］伍蠡甫主編 . 西方文論選［Z］上卷 . 上海：上海譯文出版社，1979：125.

［13］費爾巴哈 . 基督教的本質十八世紀末——十九世紀初德國哲學［M］. 北京：商務印書館，1975：551.

［14］嚴復 . 天演論譯例言 . 轉引自陳福康 . 中國譯學理論史稿［M］. 上海：上海外語教育出版社，2000：116.

［15］吳偉仁編 . 英國文學史及選讀［Z］第2冊 . 北京：外語教學與研究出版社，1988：25 － 26.

［16］石儔著譯 . 英詩初階［M］. 西安：西北工業大學出版社，1987：39.

［17］胡裕樹主編 . 現代漢語［Z］. 上海：上海教育出版社，1987：154.

［18］蘇姍 . 朗格 . 情感與形式［M］. 北京：中國社會科學出版社，1986：146.

［19］現代漢語詞典［A］. 中國社會科學院語言研究所詞典編輯室 . 北京：商務印書館，1978：330.

［20］歌德 . 浮士德［Z］. 郭沫若譯 . 北京：人民文學出版社，1959：後記 .

［21］陸時雍 . 詩鏡總論 . 九月中文網 http://bbs.9y9.cc/read － htm － tid － 3256 － page － e － fpage － 41.html

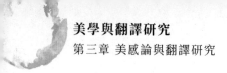

第三章 美感論與翻譯研究

　　美學是研究美的學問，那麼什麼是美呢？我在第一章第六節「宋人的闡釋學思想與譯學研究」中，談到了馬克思對美的定義。馬克思認為「美是人的本質力量的對象化」，其實這一觀點也是馬克思主義美學觀的一塊重要基石。人在將自己的本質力量對象化於審美對象的過程之中，以及在這一本質力量於審美對象上得到自由顯現之後，會在心理上產生一種滿足感、愉悅感，精神上會得到某種享受。這種本質力量是人產生愛美的天性的根本原因。人有愛美的天性，自然也就有了美感。上述的滿足感、愉悅感，以及人在精神上的享受即為美感的主要內容。人在具備一定的審美能力，並處於能將自己的本質力量對象化於審美對象的適宜的審美環境中時，會對審美對象產生各種各樣的美感，這是因為每個人都有自己獨特的生活經歷、情感體驗，因此每個人都有自己鮮明的個性特徵。因此美感的誕生是和人的審美心理的結構和層次密切相關的。美感是一種心理活動。本章將從美感的生理基礎，即語言對感官的刺激，美學中的感覺、直覺觀，知覺和表象觀，聯想與記憶觀，想像觀，思維與靈感觀，通感觀的角度探討翻譯研究問題，還將深入研究審美欣賞活動的心理特徵與翻譯研究的關係；美學中的幾大矛盾的統一性，如個性與社會性的矛盾的統一、具象性與抽象性的矛盾的統一、自覺性與非自覺性的矛盾的統一、功利性與非功利性的矛盾的統一與翻譯活動的關係，最後還將探究翻譯活動中的美感教育與人的心理氣質和精神面貌。透過這些研究，力圖闡明美學中的美感論對翻譯研究的重要意義。

▍一、語言對感官的刺激與翻譯中再現音形意美的重要性

　　一部文藝作品的語言所描繪的景色或刻畫的人物形象會使人產生如聞其聲、如見其人、如睹其色或如視其形的感覺，這是語言所特有的美感在人們的感官上所產生的美學效應。我們所生活的世界就是由光、色、聲等形式因素所構成的。自然界的各種色彩、聲響、形狀等形式因素，都能從生理上給

人們以感覺上的刺激，這也是美感發生的起點，是美感產生的生理基礎。在這些形式因素中，有時光線會影響色彩，色彩會影響感覺，感覺會刺激人的情緒，進而產生不同的美感。如《史記 . 刺客列傳》描寫了荊軻赴秦刺殺秦王的故事。燕太子丹和賓客將荊軻送至易水之上，「既祖取道，高漸離擊築，荊軻和而歌。為變徵之聲，士皆垂淚涕泣。又前而歌曰：『風蕭蕭兮易水寒，壯士一去兮不復還。』復為羽聲慷慨，士皆瞋目，發盡上指冠」[1：二九七—二九八]。可見，聲調不同，人的審美感受亦迥然有異。詩人和藝術家們都是憑著自己經過特殊訓練的感覺器官來感受自然界的美，並描繪這種美的。在詩人和藝術家們的作品中，我們會領略到這種美，這種由語言給我們的感官帶來的刺激進而所產生的美感。在翻譯研究中，譯者應將原文的美忠實地再現出來，這樣原文給原文讀者所帶來的美感效應才會逼似譯文給譯文讀者所帶來的美感效應。以前，有不少學者不同意許淵沖先生所主張的詩詞翻譯應傳達原詩的音形意美理論。如趙辛爾先生認為：

以格律體譯中國詩往往使中國古典詩歌帶有繁複誇飾的維多利亞風格，這就與中國古典詩歌簡樸明快的詩風背道而馳了，因而另一些詩人翻譯時寧願捨棄音步、格律，不用韻腳，所以一般評論家認為翻譯中國古詩的成功之作是英語自由詩，而不是格律詩。[2]

王佐良先生根據他所閱讀過的譯詩，作過如下總結：「至今英美譯得比較成功的中國詩絕大多數是不押韻的。」[3] 這些學者之所以持有這樣的觀點，主要是認為中西詩歌在風格方面相去甚遠。如劉英凱指出：

東西方比較文學研究表明，中國古典詩歌注重意象，風格古樸淡遠，描寫以含蓄、簡約見長；而傳統的英國詩歌同中國古詩相比，詞彙虛飾、空洞，以感情誇張、鋪陳堆砌為能事。[4]

中西方由於文化傳統上的差異，在語言風格上必然有著不一致的地方。有些學者對英國詩歌風格的論見其實也並不符合英詩的實際。英詩中也有不少詩歌注重意象的描繪，風格上以含蓄、簡約見長。如英國詩人威廉 . 鄧巴 (約 1460 一約 1520) 曾寫過一首抒情詩「冬日沉思」。請看其中的幾個詩段：

冬日沉思

進入了悽慘的黑暗日子，

天地穿上了黑衣，

只見烏雲、灰光、大霧，

沒有半點爽心處，

沒有歌、戲和故事。

夜晚越來越長，

風、雪、冰雹猖狂，

我的心憂鬱低沉，

怎樣也打不起精神，

都只為缺少了夏天的芬芳。

半夜驚醒，翻來覆去不成眠，

沉沉的腦海裡煩惱無邊，

跋涉了整個世界，

心裡越是有事難解，

越是要到處尋找答案。

四面八方都來打擊，

絕望說：「時間會給你東西，

找點什麼事活下來，

否則就作好準備，

同苦難住在一起。」

但當夜晚開始縮短，

我的心也逐漸變寬，

被雨雪壓抑著的精神，

叫喊著夏天早日來臨，

讓我能在花朵裡尋歡。[5]

在這首詩中，作者用了多個意象，如烏雲、灰光、大霧、風、雪、冰雹、夏天、花朵等，這些意象均有著強烈的象徵意義。其中的烏雲、灰光、大霧、風、雪、冰雹等象徵著壓抑、摧殘新生事物的邪惡勢力，它們使詩中的「我」情緒抑鬱、低沉，而夏天、花朵則像徵著反抗、戰勝邪惡勢力的進步力量，它們能為詩中的「我」帶來精神上的愉悅、生活上的甜蜜和幸福。詩中的寓意含蓄、深邃，語言簡潔明快；詩人的感情真摯，對黑暗的憎惡、對光明的嚮往和憧憬透過多個意象的描繪十分真切地表達了出來。漢詩中具有上述類似風格的詩則很多。如陶淵明的《歸園田居》這樣寫道：「少無適俗韻，性本愛丘山。誤落塵網中，一去三十年。羈鳥戀舊林，池魚思故淵。」[6] 作者在詩中也用了不少的意象，如「丘山」、「塵網」、「羈鳥」、「舊林」、「池魚」、「故淵」

等。這些意象同樣具有強烈的象徵意義。其中的「丘山」、「舊林」、「故淵」象徵美好的自然界，這是陶淵明出生、成長的地方，那裡有作者魂牽夢繞的山林河澤、草木蟲魚。其中的「塵網」象徵官場，這是限製作者人身自由、抑制人性自由發展的地方。這裡，作者每天有處理不完的公務，應接不暇的官場應酬。「羈鳥」、「池魚」喻指陷於官場事務，渴望回歸自然的人。詩歌語言平易流暢、自然樸實、寓意深厚，表達了詩人厭惡腐敗政治、渴求心靈自由的理想。再如，孟郊在《遊子吟》中寫道：「誰言寸草心，報得三春暉。」[7] 詩中「寸草心」、「三春暉」均為很重要的意象，它們分別象徵子女的孝心、母親的愛。

春天陽光明媚，小草在陽光的撫慰、滋潤下茁壯地成長。小草健康快樂的成長是對母愛最好的報答。

因此，中西詩在風格上總體上來說會存在一定的差異，但相似相通之處也頗多。我們在翻譯時，要儘可能尋求它們之間的共同點，努力克服彼此在

語言風格上的不同之處。原詩中由於一定的音韻、格律、節奏的應用以及詩行結構的安排，而在原詩讀者中產生一定的美感效應，翻譯時，若捨棄原文的這些形式因素，那麼，可想而知，譯詩能在譯文讀者中產生美感效應嗎？高爾基曾說過：

> 文學的任務、藝術的任務究竟是什麼呢？就是人身上的最好的、優美的、誠實的也就足高貴的東西用顏色、字句、聲音、形式表現出來。[8]

文學藝術就是要用形、音、色、字句等物質形式來表現高尚純潔、優美和諧的東西。翻譯中，若捨棄構成美的材料，那麼，譯作能產生啟人心智、動人情懷的審美效應嗎？中國先秦時期是以樂治天下的，詩是樂的一個重要的組成部分，它與樂在整體的思想意蘊上是協同一致的[9]。音樂是透過音色和音質的變化來表達情感、傳遞意蘊的。在音樂優美的旋律中，蘊含著它的神似，即感情自由的釋放和宣洩、內在意蘊的表露和顯現。如古代希臘人對當時流行的七種樂調進行了詳細的分析，認為七種樂調可以分別表現七種不同的情緒。他們認為「E調安定，D調熱烈，C調和藹，B調哀怨，A調發揚，G調浮躁，F調淫蕩」[10]。王若虛曾說道：「詩之有韻，如風中之竹，石間之泉，柳上三鶯，牆下之蛩。風行鐸鳴，自成音響，包容擬議。」[9：166]楊載也曾說道：「押韻穩健，則一句有精神，如柱礎欲其堅牢也。」[9：166]詩中的押韻可增強情感表達的效果，使語言抑揚頓挫，富有藝術的美感。杜甫寫詩對詩的工對和韻律就極為講究，以致達到「語不驚人死不休」、「新詩改罷自長吟」的程度，因他深知，詩歌這一藝術形像是以形來傳神的，形中蘊含著意和神。如他的七律《秋興八首》就以有序嚴密、脈絡分明的形式表達了深沉熱烈、悲壯抑鬱的情感。翻譯時應注意形似和神似的有機統一性，這樣才能再現原詩的藝術美感。蔣孔陽先生曾說過，美感是離不開光、色、形、聲、味、氣息和觸等這樣一些形式因素的[1：二九七]。無論是漢語文學，還是英語文學都是集形、音、意三美於一身的：「意美以感心，一也；音美以感耳，二也；形美以感目，三也。」[11]這裡，形、音美屬於文學的形式美，而意美則屬於文學的內容、審美意蘊美的美。美感「是根據人的自由意志的需要，自由地選取對於感覺世界的訊息」[1：二九七]。正因此，原詩中所呈現的光、色、形、聲、味、氣息和觸等形式因素，會構成讀者美感的生理基礎。

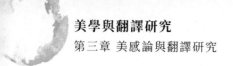

翻譯時，若不考慮這些形式因素，則譯文讀者的美感的生理基礎也就蕩然無存了。這樣，譯文讀者也就無法領略、欣賞原文獨特的美學意蘊，中西之間的文化交流也就只能歸於失敗。因此，音形意美的傳達對於詩詞翻譯來說是尤為重要的。

　　文學藝術是一種審美意義上的創造，而審美是離不開形式的，沒有了感性形式也就無所謂審美。文學作品內容上的美質是透過形式美表現出來的。老子曾說過：「五色令人目盲，五音令人耳聾。」[10：59] 即是說形式美在人們感知認識美的過程中起著先發的作用。從作家創作而言，他不能忽視文學形式的審美追求和美學建構，因其對文學價值的生成有著重要意義；從譯家翻譯來說，他不可忽視文學形式美學意蘊的傳達，因這一傳達決定了譯文文本的文學價值的生成。

■二、美學中的感覺、直覺觀對翻譯研究的啟迪

　　美學就感覺和直覺做出了一些重要的論述。美學認為，「美感的起點是感受」[1：三０八]。對某處景物的美，只有親身地感受一下，才能景物興會，悟得其中之妙。人們以自己的感覺器官去面對大自然，會不時地產生新鮮的感受，也經常地會有美的發現與體驗。「人的感受總是新的，總是不斷有新的創造和發現，因而人的美感也總在不斷地發現和創造之中，不斷地有新鮮的美感」[1：三０八]。在翻譯研究中，譯者也必須不斷地對原文文本的意義進行感受，感受的次數越多，對原文的意義理解得也越深透，在每一次的感受之中，譯者都會產生不同的美感，做出不同於前次感受的新的闡釋。譯者即使譯好了原文，仍需反覆地閱讀原文，感受原文的意義，以期獲得新的美感，譯者修改譯文也主要是建立在對原文意義的反覆感受基礎之上的。有了感受，我們也自然地有了感情。「心應於物，情隨之生」[1：三０八]。我們只有全身心地去感受某物，投入真摯的情愫，才能獲致真情實感。鐘嶸說：「氣之動物，物之感人，故搖盪性情，形諸舞詠。」[12] 這裡所說的即是感受與感情的關係。作家創作文藝作品，只有自己有著真切的感受，才能以情動人，讓讀者產生美感。譯者翻譯文藝作品，只有自己對文本的意義進行了切切實實的感受，

捕捉到文本的內涵，作者的思想感情，並加以創造性的復現，才能在譯文讀者中產生美感效應。

中國古代的文藝創作，極其重視作者的切身感受。在感受的過程中，作者將自身的思想感情融於外物之中，以達到心與景偕，神與物遊，然後作者再從二者交融的狀態中走出，描繪外物之形，體會外物之神。如石濤在談論畫山水時，說道：「吾寫此紙時，心入春江水。江花隨我開，江水隨我起。」[1：三一〇]蘇東坡在論文與可畫竹時指出：「其身與竹化，無窮出清新。」[1：三一〇]石、蘇的論述皆旨在強調心與物化、情隨景生這一過程。沒有這一過程，也就沒有美感。譯者翻譯也必須經歷這一過程，譯者應全身心地投入到作者所創造的藝術意境中去，努力與文本中的人物形象同呼吸、共命運，深切領會、透徹理解作者於文本中所呈現的一切，只有透過這一過程，譯者才能獲得美感，這美感經翻譯後，須在目的語中體現出來，以使目的語讀者透過閱讀譯文能獲得與出發語讀者閱讀原文同等的美感效應。

翻譯需要理性思維，如上文中，譯者翻譯美感，便需要從心物交融狀態中走出，以理性的精神對自身所獲得的美感進行冷靜的思考，然後才能進行準確的傳譯。翻譯也需要直覺。直覺「是一種心理活動，它把我們所感覺到的外物，經過心靈的綜合作用，表現為形象。這形象，一方面是物質的感性形式，另方面卻是心靈的情趣表現」[1：三一〇]。我在本書的「前言」中曾提到高爾基先生「反對把直覺稱做無意識的東西」，即是說直覺也具有一定的理性的性質特徵。這從上面的定義中，也可看出。心靈對外物的感覺所表現而為的形像一方面具有物質的感性形式，另方面又能表現心靈的情趣，這樣的心理活動無疑是具有一定的理性的，因它符合馬克思的意識是對物質的能動反映這一哲學原理。叔本華說過：「人類雖有好多地方只有借助於理性和方法上的深思熟慮才能完成，但也有好些事情，不應用理性反而可以完成得更好些。」[13]蔣孔陽先生認為，叔本華在這裡「所指的，就是直覺」[1：三一〇]。但我以為，叔本華在這裡所指的不是直覺，它應指人類無意識層次中的東西，是非理性的。其實，人類要想借助非理性思維進行突破、改革和創新，去完成需「借助於理性和方法上的深思熟慮才能完成」的事情，那是難以想像的，也是根本不可能的。中國的傳統文化也是很強調直覺的。人們依靠直

接的感悟，就能理解和認識很多問題。中國古代的聖人賢哲就是以自己的直覺感悟去認識自然、瞭解社會、接近真理、獲取文化知識的。如孟子在《孟子．萬章上》中指出：「莫之為而為者，天也；莫之致而至者，命也。」 [9：229] 天是神祕莫測的，其力量是人所無法駕馭、不可測知的，但人們可以靠自己對天的直覺感悟去認識事物、立身行事。人們的這種直覺感悟能力是在對自然、社會的觀察、瞭解，在長期的物質生產勞動的實踐中逐漸培養起來的。翻譯中，要獲得對原文的美的感受，主要在於直覺。直覺有這樣幾個特點，

第一「是感受的直接性」 [1：三一〇]。譯者面對原文，閱讀原文，其中所刻畫的人、事、景、情、物等會直逼譯者的胸臆，使其產生一見鍾情，頓生愛慕之意。鐘嶸指出：「觀古今勝語，多非補假，皆由直尋。」 [1：三一〇—三一一] 原文意義的美感會從原文的字裡行間穿越而出，直入譯者的闡釋視野，而譯者捕捉美感也皆由直尋，不繞彎路。

第二是「感受的突然性」 [1：三一一]。譯者閱讀原文，對其美感的領會有時會產生如石擊火生那樣的突然性。譯者應善於捕捉這一靈感之火，並在譯文中加以成功的再現。

第三是具有「專注性的特點」 [1：三一一]。在直覺中，我們集中注意力，對文本中所描繪的一切加以靜觀默察，細心觀照，努力挖掘出文中潛藏的精微要義，讀出文外之旨。

第四是具有「透明性的特點」 [1：三一一]。陶淵明所說的「此中有真意，欲辯已忘言」便是點出了直覺在這方面的特性。根據陶言，直覺對具體的感性形象的把握透徹澄明，一目瞭然，無須用言語來闡明。

翻譯中，譯者在對文本感性形象的觀照中往往會將自己的感性經驗與超感性經驗統一於一瞬，於剎那間對文本意義的美感洞若觀火，豁然開朗。

翻譯中，直覺對譯者理解闡釋文本意義，把握原文的美感既然會具有這麼多的益處，那麼，我們應當怎樣培養自己的直覺能力呢？蔣孔陽先生認為，「首先，它的獲得，有待於真積力久，有待於平時的修養和積累。」 [1：三一一] 翻譯研究者，平時應博覽群書，努力加強自身的語言文化修養，提高自

身的思想道德素質。除英語和漢語語言文化知識外，還應廣泛涉列其它學科領域，對那些於翻譯研究有所裨益的知識理論，翻譯研究者應如海綿吸水那樣不斷吸取、不斷補充，努力以豐富博雜的科學文化知識來武裝自己、充實自己。如譯家翻譯時，對藝術文本中所蘊含的作家特有氣質、作品的風格特色、情感基調等會感到很難把握，但若譯家平時好學不倦，對各國的歷史、文化、政治、習俗等作過深入的研究，對文本的作者所處的歷史時代、所屬的階級意識和民族的性格心理進行過考察和探習，那麼，當他研讀源語文本時，多年的學習和研究所積累起來的真知灼見就會使其對文本中的風格基調、文本中所體現的作家的精神氣質、藝術個性等能產生一種直接、突然性的感知，對文本中所呈現的一切就會一目瞭然。譯者對文本的知識之所以會產生這樣直覺性的認識，是因為特定民族的精神氣質、文化習俗、政治體制等對作家特有的的氣質和藝術文本的風格特色、情感基調的形成是有著重要影響的。馬克思在評論法國作家夏多布里昂的創作風格時，就曾指出其作品風格的過分誇飾性的特點與其民族性之間的淵源關係。馬克思說：

如果說這個人在法國這樣有名，那只是因為他在各方面都是法國式虛榮的最典型的化身，這種虛榮不是穿著 18 世紀輕桃的服裝，而是換上了浪漫的外衣，用所創的詞藻來加以炫耀；虛偽的深奧，拜占庭式的誇張，風情的賣弄，色彩的變幻，文字的雕琢，矯揉造作，妄自尊大；總之，無論在形式上或內容上，都是前所未有的謊言的大雜燴。[14]

也就是說，法蘭西民族的突出缺陷——虛榮和矯揉造作也是夏多布里昂在其藝術作品《阿達拉》中所表現出來的藝術個性。《阿達拉》作品的語言形式矯揉造作，詞藻虛飾誇張，感情虛假不真，這恰恰是法蘭西民族的民族特性中的典型缺陷與不足。譯者若精通法蘭西民族文化，風俗特徵，是不難理解、感悟夏多布里昂在《阿達拉》中所表現的語言風格的，譯起來，也是不會感到分寸難以把握的。審美直覺產生於審美經驗，譯者對各科知識精心研習，就會積累起豐富的審美經驗，各科知識會在譯者的審美意識中觸類旁通，從而使譯者在不同的知識點之間產生超越日常感覺的通覺聯繫。這一通覺聯繫的達成也意味著直覺的產生。

除了攝取知識外，還應做到勤於思考，要能聯繫譯學構建的實際，對各種理論進行梳理，去粗取精、去偽存真。透過這樣真積力久的功夫，翻譯研究者們就能成為學貫中西、思維敏銳深刻的飽學之士。這樣，當他們閱讀文本時，其高超的直覺能力就能使其對文本美感的把握做到既快捷，又深邃。蔣孔陽先生還說道：「直覺本身在不斷地深化和完善。」[1：三一一] 如前所述，直覺作為心理的感受而言，具有突然性的特點，它往往是於作者和讀者不假思索之時突然來臨。然而，作為文藝創作的過程而言，它是經過人們不懈的努力、勤奮的探索才得以不斷的深化和完善的。因此，譯者透過日積月累的功夫，經過不斷地加強思想文化修養，最終終會使其直覺能力不斷地深化，以致臻於完善。翻譯時，其直覺能力能使其對美感的把握做到駕輕就熟、遊刃有餘。蔣先生指出：「直覺也不是固定不變的，而是不斷地在轉換和流動。」[1：三一一] 直覺的這一特性要求譯者不斷地深入生活、聯繫生活、觀察生活、體驗生活，不斷地從現實生活中獲取真知灼見。文藝作品是反映現實生活的，譯者經常接觸社會現實，從中獲取知識，培養直覺能力，這無疑有助於他／她加深對文藝作品的理解，並對之做出創新性的解讀。

▍三、美學中的知覺和表象觀於翻譯研究的啟迪

我們在上面強調了直覺在翻譯中的作用，但其實直覺所感受到的，「主要是一些分散的、個別的印象」[1：三一二]。要想對審美對象產生一個完整的印象整體，就必須將那些零散的獨立的印象聯繫起來，對它們進行區分和概括，這樣才能形成知覺。譯者翻譯一句話、一個語段、一篇文章或一部書時，可能會遇到數個或多個個別的印象，這些印象，譯者在閱讀原文時可在數個或無數個瞬間片刻捕捉到。但當它們在直覺階段時，譯者是難以將其翻譯出來的，因直覺是「排斥概念」的，它只「專注於對象的外觀形象」[1：三一二]。當直覺進入到知覺階段，因知覺「有了概念的活動」[1：三一二]，它把一定的概念賦予事物的感性形象上，從而把感性形象提升到高級的理性層次來認識。這時，翻譯才能開始。譯者可運用自己所掌握的語言知識，如語法規則、修辭技巧等，還有一些文化理論，對各種分散獨立的印象進行分析探究，尋繹出它們之間的邏輯聯繫，將感性形象上升到理性高度來認識，並以

恰當的翻譯方法譯之。「知覺是感性與理性的統一，是概念在感性形象中的活動」[1：三一二]。「當感性形象從客觀的物質存在，轉化為內心的印象或意象，變成內心的形象，這時便出現了表象」[1：三一二]。譯者閱讀原文時，其知覺所把握到的感性形象會從原文的語言符號這一物質存在中走出，進入譯者的闡釋視野和內心世界，並轉化為意象或內心的形象，這樣譯者就有了語言表象。

當知覺和表象從客觀的語言符號轉向感情豐富的心靈世界時，譯者的美感活動會轉過來將主觀感情賦予客觀世界，亦即由語言所構成的文本世界。文本世界因譯者感情的投入、生命的灌注而變得生機盎然。原本冷冰冰的語言符號會因此而變得活躍起來，並充滿濃濃的人情味。維戈茨基把這種譯者主體與文本客體在情感上的契合無間稱之為彈鋼琴。他說道：

審美反應很像彈鋼琴：作為藝術作品成分的每一個要素彷彿按動著我們機體相應的感情之鏈，於是響起感情的音調或聲音，整個審美反應就是這種回應擊鍵的情緒印象。[15]

朱光潛先生認為審美主體和審美客體之間的情感流向「不僅把我的性格和情感注於物，同時也把物的姿態吸收於我。……它其實不過是在聚精會神中，我的情趣和物的情趣往復回流而已」[15：42]。這種經由知覺和表象對於客觀世界的「感應」而實現的心物之間的交流，便於翻譯研究者以理性的態度進入源語文本，並吃透文本中的內容和精神實質。

知覺和表象對於客觀世界的轉化，主要表現為完形作用、選擇作用、意向作用三方面[1：三一三——三一五]，它們對翻譯研究的意義，下面分而述之。

所謂「完形」，主要是指「知覺對於客觀外物的『形』所起的『組織』和『建構』作用」[1：三一三]。德國心理學家考夫卡把藝術品視為一種格式塔（「完形」），藝術品中的各部分相互依存，處於有機結構的統一體之中。他指出：「藝術品是作為一種結構感染人們的。這意味著它不是各組成部分的簡單的集合，而是各部分互相依存的統一整體。」[16]阿恩海姆進一步發揮了考夫卡的觀點，他認為「藝術作品的格式塔性首先表現為包含在一件藝術品中的各種力組成了一個有機的整體。透過對各種力的關係的分析，我們

就能把握住藝術作品的結構本身。藝術作品就是一個由豐富多彩的力相互作用而形成的整體」[17]。這種力其實是藝術作品的「內在張力」。「既然這一張力具有一定的方向和量度,我們就可以把它稱之為一種心理『力』」[18]。知覺感知力主要是感知力的式樣和結構。就視知覺而言,阿恩海姆還說道,它「不可能是從個別到一般的活動過程,相反,視知覺一開始把握的材料,就是事物的粗略結構特徵」[1:三二三]。他舉例說「一個幼兒還在他能夠把這隻狗同另一隻狗區別開來之前,就能夠把握狗的完形特徵了」[19]。這就是說,視知覺是從完形上來把握事物的,它不是一點一點地、或一部分一部分地來進行的。譯者對文藝作品的把握也應如此,即將其視為一個有機的整體,其中的各個部分,各種力的式樣和結構經過知覺的整理、組織和建構後,在表象中會重新呈現出完形。知覺在整理和建構的過程中,不僅保留客觀對象——文藝作品各部分的意義、內容和風格特徵,而且還滲透進譯者主觀的各種心理感受,亦即情。「因為人的諸心理能力在任何時候都是作為一個整體活動著,一切知覺中都包含著思維,一切推理中都包含著直覺,一切觀測中都包含著創造」[20]。這樣,譯者在對文藝作品進行理解所產生的意義中,既有文本本身的內容所決定的意義,又有譯者本人的思想感情,因此這一意義是感性與內容的交融,它是「完形」的感覺形象,其中灌注了生氣,滲透了譯者的主觀意識,充滿了青春的活力。在譯者閱讀原文文本,並加以審美理解這一美感活動中,知覺與表象就是要發揮「完形」的功能,以創造出充滿生命的感覺形象。誠如阿恩海姆所言,藝術家的「視覺形像永遠不是對於感性材料的簡單複製,而是對現實的一種創造性的把握,它把握到的形像是充滿豐富的想像性、創造性、敏銳性的美的形象」[20:5]。岡布里奇在《藝術與幻覺》中將藝術和審美中的知覺稱為「想像性知覺」。他認為,「藝術家對於客體的知覺是一種建造活動。在建造時,心靈利用了那些為經驗的材料提供了結構的先驗圖式或形式。由於知覺的建造作用,藝術不可能是對某個確定不變的原型進行複製。」[21]阿恩海姆和岡布里奇的觀點表明,譯者對源語文本內容的知覺活動包含了譯者的想像性知覺對於客體所具有的建造性。這一建造性說明翻譯藝術是創造的,譯本不是源語文本的簡單複製品。譯者在美感活動中,透過知覺與表象來把握文藝作品的意義,所力求把握的是完

形。「無論在什麼情況下，假如不能把握事物的整體或統一結構，就永遠也不能創造或欣賞藝術品」[20：5]。這也啟迪譯者在翻譯前，通讀原文文本的必要性。文藝作品各章各節的意義是作為有機的組成部分消融到文本這一整體當中的。文本的意義不是各章各節意義的累積相加，它是各種力相互依存、相互作用而形成的一個有機整體。一部文藝作品中包含著眾多複雜的事件、林林總總的人物、大大小小的場景，它們皆以栩栩如生的方式呈現於讀者觀眾面前，成為一個完整的、統一的有機體，這個有機體能恰到好處地表現藝術家所要表現的審美感情和審美思想。阿恩海姆說道：「眼睛在觀賞一幅已經完成的作品時，總是把這一作品的完整的式樣和其中各個部分之間的相互作用知覺為一個整體。」[20：600]在這樣的整體當中，局部嵌於其內，也服從整體，細節為總體的有機組成部分，也適應總體。通讀原文便於譯者高屋建瓴地把握一部作品的整體意義、整體的風格特徵。這樣，當譯者一字一句、一章一節地進行翻譯時，他就能將捕捉到的零散的美感形象統一到文本的整體意義當中去，若所捕捉到的零散的美感形象與文本的整體意義不相吻合，譯者應能從整體意義這一闡釋視角出發對之進行調整，以使局部服從整體，局部消融於整體當中。

阿恩海姆對視知覺於藝術的根本意義曾進行過探討。他認為，知覺，尤其是視知覺構成了藝術活動的基礎。他在《視覺思維》一書中認為：「我以往進行的研究告訴我，藝術活動是理性活動的一種形式，其中知覺與思維錯綜交結，結為一體。」[22]藝術活動離不開視知覺，因「視覺是一種主動性很強的感覺形式」，「積極的選擇是視覺的一種基本特徵」[13：64—65]。知覺對客觀世界的反映不是消極被動的，而是主動的。知覺能「積極的探索、選擇，對本質的把握、簡化、抽象、分析、綜合、補足、糾正、比較，解決問題，還有結合、分離，在某種背景或上下文關係之中做出識別等」[22：56]。知覺的這種主動性對於翻譯研究來說顯得尤為重要。就譯學構建來說，我一貫主張從不同的學科、不同的理論角度來研究翻譯，以拓寬翻譯研究的視野，夯實翻譯研究的根基。但我們所面對的學科林林總總，所面對的理論也豐富而駁雜，那麼哪一門學科、哪一種理論對譯學構建具有意義呢？這需要知覺去進行積極的探索，需要視知覺去進行有效的選擇，對各種各樣的觀點進行「簡

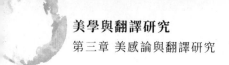

化、抽象、分析、綜合、補足、糾正、比較」，進而形成一定的概念。傳統的知覺理論認為，知覺不具備形成概念，認識事物共性的能力，而阿恩海姆透過試驗向我們證明，視覺是一個形成概念的過程，它能認識和把握事物的共性。他指出：「視覺實際上就是一種透過創造一種與刺激材料的性質相對應的的一般形式結構來感知眼前的原始材料的活動，這個一般的形式結構不僅能代表眼前的個別事物，而且能代表與這一個別事物相類似的無限多個其它的個別事物。」[20：55] 由此，我們可以得知，知覺具有理解力，「眼力也就是悟解力」[20：56]。其實，「眼力也就是悟解力」這一觀點與馬克思的「感覺在自己的實踐中直接成為理論家」[23] 的論說是如出一轍的。他們的理論說明，譯學研究者建構翻譯學，對各種學科、觀點和理論所進行的選擇不是一種消極接受的感性活動，而是一種集感性與理性於一體的積極主動的活動。這一活動如涉及到跨文化交際問題，尤其是涉及到某些作品能否譯介到中國或國外之類的問題，我們則應根據民族的文化背景、文化環境的特點，文化接受者的目的和需求進行判斷、識別。高爾基曾說過：「觀察、比較、研究，借助於它們，我們的『生活印象』和『體驗』才被哲學加工並形成為思想，被科學形成為假說和理論，被文學形成為形象。」[15：155] 只有借助於有效的知覺活動，視知覺的觀察、選擇，一些直觀和表象的東西經過思維的加工和改造，才能形成為科學的概念，系統的理論，感性認識也才能上升為理性認識。只有運用知覺活動，尤其是分析，綜合這樣最基本的思維活動，翻譯學研究中各種不同的概念與概念之間才能不斷的銜接、轉化、發展，乃至綜合成為特定的範疇或概念體系，概念的運動才能不斷的深化，抽象的概念也才能上升為具體的概念或概念體系，以至最終形成為科學理論。另外，人生存於世，應能根據自己的生活境遇、情感需要、愛好品味對客觀世界進行各種各樣的選擇，進而感受到大千世界多姿多彩、瑰麗奇異的美，從而產生出奇妙無比的美感。選擇是自由的，選擇能創生出美感。譯者對作品的選擇也是自由的，有些作品很投某些譯者的胃口，不但讀起來自覺趣味橫生，譯起來也興致盎然，常常能一氣呵成。而有些作品，譯者讀起來淡而無味，若勉強譯之，頗感費力，似有度日如年之感。因此，譯者選擇作品翻譯時，應儘可能從自身的處境和切身的感情出發，以其特有的視知覺對作品做出積極的選

擇，這樣譯時才能得心應手、感情充沛，譯出來的作品也會質居上乘，產生良好的社會效應。

選擇具有一定的意向性。這一意向受個人的生活經驗、喜怒哀樂等感情的支配。文藝作品中滲透著作家的意向，作家在對生活世界進行反映的時候，會將自己個人的社會經驗、思想感情等積累在文學創作之中，讀者在從事美感活動的時候，也往往受到這一意向的影響。譯者在翻譯的時候，要善於捕捉到作家的意向，因這一意向會把譯家的審美感情引向作家的喜怒哀樂和所感所悟，這樣，譯者就會與作家息息相通、心心相印，從而為書中所描寫的人物的境遇或高興、或悲傷；或寬慰、或擔憂。美感活動與知覺的意向是須臾不分的，翻譯時要尋繹並把握好作家的意向，這對理解作品的美學意蘊是大有裨益的。

▎四、美學有關聯想和記憶的論述對翻譯研究的意義

從以上的論述，我們可以得知，知覺與表像是從感覺印象中得來的，它們轉化為訊息後，經過改造，存儲到大腦的皮層之中。這樣，「舊的知覺表象與新的知覺表象，相互重疊組合，然後轉化為記憶和聯想，轉化為生生不已的審美意象」[1：三一六]。透過記憶，可以把過去的經驗復活過來，另外，透過它，可以把相關的經驗聯繫起來，這樣也就構成了聯想。在詩歌創作中，詩人經過聯想，可把自己直接的情感轉化到客觀的景物當中，使情感客觀化，從而使讀者觸景生情，領略、感受其中的美感。聯想分近似聯想、相似聯想、對比聯想[1：三一九]，它們在翻譯研究中起著很大的作用。

近似聯想即由此及彼的接近聯想。這種聯想有時是因時間上的接近，有時是因物質性質、功能上的接近而產生的聯想，它能給人以美的享受，在翻譯中，恰當地運用近似聯想，可以有助於真切地傳達出原文的內涵、比喻意義。如在英語中有句成語「as rich as a Jew（as Croesus）」，意思是「像猶太人（克利薩斯國王）那樣富有」。「Croe－sus」是個猶太人，從公元前 560 年至 546 年，曾為小亞西亞利地亞的國王，以擁有萬貫家產而著稱於世[24]。該句成語可譯為「富敵陶朱」[25]。陶朱為春秋戰國時越國的範蠡。

越國大王勾踐臥薪嘗膽，在範蠡等人的輔佐下，以三千越甲打敗強國——吳。範因恐「狡兔死，走狗烹。敵國破，謀臣亡」之理，毅然離越赴齊。在齊國，範靠種地經商而成為腰纏萬貫的富翁，在做了一段時間的相國之後，又辭官赴陶地，人稱範為陶朱公。範在此靠自己的聰慧才智、精明能幹從事商業貿易而成為富甲天下、萬人欽羨的富翁。[26] 從其所生活的年代與現今相比均很遙遠。這種近似聯想非常真切、巧妙地傳譯出原成語的喻意和內涵。再如，英語中「Shangri－la」一語源自於英國作家 James Hilton 於 1933 年創作的一部小說「Lost Horizon」，即「失去的地平線」。「Shangri－la」，為遙遠的喜馬拉雅山上無人企及之地，該小說將其描寫成「風景如畫的人間天堂」（「an idyllic earthly para－dise」）[24：1914]。很多辭典如《新英漢詞典》、《英華大詞典》、《漢英雙解成語詞典》都將其譯為「世外桃源」。這一譯法採用的也是近似聯想，世外桃源為東晉文學家陶淵明在《桃花源記》中所描寫的地方。桃花源中的「桃花林，夾岸數百步，中無雜樹，芳草鮮美，落英繽紛」[27]。桃花源為人們嚮往之所，美如天堂，係作者虛構而成。那裡沒有人壓迫人，人剝削人的現象，人人過著自由平等的生活。譯語「世外桃源」準確地再現了「Shangri－la」的寓意。再如哈代的《德伯家的苔絲》描寫了英國南部道薩特郡農民的貧困生活，書中的農民講話時常雜有英國南部地區的一些方言俗語，散發著一股股濃郁的泥土氣息。翻譯家張谷若先生在翻譯該部小說時，將一些方言土話、俗語常言處理成山東方言。讀者讀完譯著頗能感受到一股股樸實、清新、敦厚之風。譯者在這裡應用的也是近似聯想法，它的成功使用產生了逼似原文的美學效應。

「相似聯想，相當於中國古代的比、興」[1：三一九]。對於世間萬物，人們可以從一類事物聯想到相同或相似的事物，以致聯類無盡，美感無窮。相似聯想在中國古詩詞中用得很多，翻譯時一般可採取直譯法。如李白在「靜夜思」中寫道：

床前明月光，疑是地上霜。

舉頭望明月，低頭思故鄉。」[28]

詩中，詩人將「明月光」疑為「地上霜」，這就是一種相似聯想，「明月光」宛如「地上霜」那樣晶亮、溫柔。娟娟素月清輝灑地，即如那泛泛秋霜一樣，觸動著詩人心靈深處的思鄉情緒。許淵沖先生譯道：

Before my bed a pool of light—

Can it be hoarfrost on the ground？

Looking up，I find the moon bright；

Bowing，in homesickness I』m drowned.[29]

詩人將「明月光」、「地上霜」分別直譯為「a pool of light」、「hoar—frost on the ground」，譯得準確生動。「相似聯想」在翻譯中有時可表現為跨文化聯想。翻譯時，可以目的語文化術語替代出發語文化術語，替代後，兩種術語在內涵、風格、神韻上相似，或大體上相似，而且兩種術語各自的民族文化色彩不濃，不影響不同文化之間的交流。如英語中的成語「kill two birds with one stone」，可以譯為「一箭雙鵰」[30]。這裡，譯者以「箭」替代「stone」，以「鵰」替代「birds」，雖然文化意象不同，但文化色彩並不濃，兩種術語涵義一致，功能相同，有利於文化的傳輸與溝通。譯者在用相似聯想法時以一種語言文化術語替代另一種語言文化術語，這時要注意兩種術語中文化意象的感情色彩、褒貶意義。若不加注意，原文的內涵意蘊便不能得到很好的傳譯。如英語中的成語，「When shepherds quarrel，the wolf has a win—ning game」，有一位譯者譯為「鷸蚌相爭，漁翁得利」[30：144]。這裡，「shepherds」被轉換為「鷸蚌」，而「wolf」則被譯為「漁翁」，兩種語言中的文化意象的意義反差太大，將人轉譯為一般的動物，而將兇神惡煞、慣於投機取巧的狼轉譯為漁翁，無疑，這種相似聯想法對傳達原文的風格、神韻和美感是極為有害的。其實，上述英語成語不如直譯成「牧人自相口角，惡狼乘機大嚼。」[30：144]，倒既切意，又傳神。

所謂的對比聯想，是指「以相反之物來相互襯托」[1：三一九]。對比聯想，就是從反面來襯托我們所意欲達到的目標，透過對比、襯托，更加肯定、突出我們所追求的目標的合理性，從而使我們能更加賞識我們所要賞識的美。

對比聯想，在翻譯研究中用得也是比較普遍的。從理論研究來說，我們如若要證明某種理論的正確性，有時可以從反面來進行論證。如要強調翻譯時應注重翻譯作品的接受效果、社會效應，我們可以以翻譯史上某譯家在翻譯時未將讀者的接受水平、接受能力、審美趣味、世界觀、人生觀、乃至宗教觀等納入自己的闡釋視野為例進行闡述，論證其譯作產生後在讀者中引起了不良的反應，或譯作門庭冷落、無人問津。這樣，我們就能從反面來說明翻譯時注重譯作的接受效果、社會效應的重要性。從方法研究而言，翻譯中有正反譯法，有時按原文的表達習慣、邏輯安排來翻譯，不能再現出原文的語氣、神韻、和原文的內涵意義，而此時若從反面來翻譯，卻能取得出其不意、意想不到的效果，不僅內涵譯出，且風格得以再現。以上這些都是對比聯想給翻譯研究的啟示。

由以上論述可知，聯想在翻譯活動中起著重要的作用。翻譯活動是有聯想參與的。譯者根據自己的生活經驗、文化素養、情感積累去感知源語文本中的情感內容、藝術風格，這其中離不開聯想，若沒有聯想，譯者是不能對源語文本中的一切做出深刻的理解，也是不可能創造性地再現源語文本中的一切的。

五、美學中的想像觀對翻譯研究的啟示

翻譯活動離不開藝術欣賞，而藝術欣賞中是不能缺少創造性想像的。莎士比亞在《亨利五世》的開場白中對想像的功能和作用進行了生動具體的表述：

在座的諸君，請原諒吧！像我們這樣低微的小人物，居然在這幾塊破板搭成的戲臺上也搬演什麼轟轟烈烈的事跡。難道說，這麼一個「鬥雞場」容得下法蘭西的萬里江山？還是我們這個木頭的圓框子裡塞得進那麼多將士？……請原諒吧！可不是，一個小小的圓圈兒，湊在數字的末尾，就可以變成個一百萬；那麼，讓我們就憑這點渺小的作用，來激發你們龐大的想像力吧。就算在這團團一圈的牆壁內包圍了兩個強大的王國：國境和國境（一片緊接的高地），卻叫驚濤駭浪（一道海峽）從中間一隔兩斷。發揮你們的

想像力，來彌補我們的貧乏吧——一個人，把他分身為一千個，組成了一支幻想的大軍。我們提到馬兒，眼前就彷彿真有萬馬奔騰，捲起了半天塵土。把我們的帝王裝扮得像個樣，這也全靠你們的想像幫忙了；憑著那想像力，把它們搬東移西，在時間裡飛躍，叫多少年代的事跡都擠塞在一個時辰裡。 [31]

在藝術活動中，咫尺之途可容萬里之遙，片刻之間可載千年之時，而這一切全仰賴欣賞者的藝術想像。文學藝術的力量就在於能觸發這種想像，而在觸發這種想像的藝術力量中，藝術家的情感是占著很大比重的。情感的力量催生想像，激發想像。之所以如此，是因為人是帶著有情的目光來看待世間萬物的。在人的含情帶意的目光注視下，自然界的花鳥草魚、飛禽走獸、山林河澤會充溢著一股股深情濃意。「美感的活動，就是一種感情的活動。」 [1：三二０] 感情的活動是呈跳躍式發展的，它不是按部就班、循序漸進的。感情的活動始終和想像聯繫在一起。「因為美感離不開感情，所以美感也離不開想像」 [1：三二０]。透過想像，美感會顯得生動形象、活潑自由、真切可感，並能顯示其獨特的創造性。因為想像是在已有的知覺、表象及其相互聯繫的基礎上，對不同的事物和觀念進行重新的組合和安排，以創造出新的知覺表象，從而賦予它們以一種嶄新的形式和意義。「想像是指激發和滲透一切創造和觀察過程的一種性質。它是把許多東西看成和感覺成為一個整體的一種方式。它是廣泛而普遍地把種種興趣交合在心靈和外界接觸的一個點上」 [15：90]。這意謂著想像是心與物的一種交融和契合。透過想像，審美主體和審美客體融合成為一個整體。作家在進行文藝創作時，都會運用想像力以使自己的作品產生形象逼真的藝術效果。法國浪漫主義大師德拉克洛瓦說過：「只有想像力，或者換一種說法，只有感覺的細膩性，才能使人看到別人所不曾看到的東西。」 [32] 作家在文藝創作時，其所運用的想像力會將其生命體驗、審美情調、思想品格、風格特徵、和精神情操等融注到文學作品中。文學是以語言為媒介的。「費捨爾和哈特曼把由語言的意義所喚起的想像直觀，作為文學本來的形式或表現手段，視其為『想像藝術』」 [15：326]。對作品中的想像，我們在翻譯時一般可以採用直譯法來處理，即原文語言中的想像可以直譯為目的語中的想像。如在《十老詩選》中，有林伯渠的《參加護法之役，

在郴衡道中聞十月革命勝利作》一首，其中的三、四兩行為：「垂柳如腰欲曼舞，碧桃有暈似輕顰」[33]。在這兩句詩中，林伯渠發揮藝術的想像力，將垂柳、碧桃比喻成輕歌曼舞、笑意盈盈的少女，以表達他聽到十月革命勝利後歡樂無比的心情。這裡的「垂柳」、「碧桃」是無生命的物，它們在「本質上是固定的和死的」[34]。作為主體的詩人在其創造活動中對它們進行認識和體驗，發揮能動的知覺能力，認為它們宛如翩翩起舞、笑容可句掬的少女一般可愛。許淵沖先生這樣譯道：

The drooping willow branches dance like slender waist；

The green peach blossoms redden like a smiling face. [33：127]

譯者展開想像的羽翼，以比喻譯比喻，完好地再現了原文的美質，使譯文讀者能獲得與原文讀者一樣的藝術美感。有時在翻譯原文中的想像時，採用詞語等值譯法是達不到目的的，這時譯者應與作者一樣發揮藝術想像力，可採用意譯法，增添必要的詞語，以實現翻譯的目的。如在柳宗元《江雪》一詩的末句「獨釣寒江雪」[28：931]中，「江雪」一詞便包含了作家豐富的想像。我們知道，江中是不能存雪的，但作者將江和雪巧妙聯用，極言雪下之大、之密。要譯出其中的想像，譯者需富有浪漫主義的想像力，發揮翻譯的創新功能，若非如此，原文的美學訊息便再現不出來了。許淵沖先生以「river clad in snow」[35]譯「江雪」，在讀者的眼前呈現出一幅大江披雪衣的美景，讓外國讀者真切地領悟到了原文的美感。

有時作家是透過托物喻意的方法，把眼前的一些生活情景和形象變成某種暗喻或象徵來實現自己的想像的。唐朝的劉禹錫曾說過：「境生於象外」[15：271]，這是說詩人透過象（實）去表達一種「境」（虛），亦即，「象外之旨」，也就是說詩人透過事物的外部形象的描繪和刻畫來傳遞一種審美意蘊，從而可以充分地調動審美欣賞者的想像力。這種托物喻意的方法由「實」入虛、又由虛悟意，可使欣賞者進入一個意蘊深濃之境，別開生面、餘味無窮的空靈境界。如韋應物在《滁州西澗》中寫道：

獨憐幽草澗邊生，上有黃鸝深樹鳴。

春潮帶雨晚來急，野渡無人舟自橫。[28：693]

　　《千家詩》對該首詩作了如下的註解：「此亦托諷之詩。草生澗邊，喻君子生不遇時；鸝鳴深樹，譏小人讒佞而在位；春水本急，遇雨而漲，又當晚潮之時，其急更甚，喻時之將亂也；野渡有舟，而無人運濟，喻君子隱居山林，無人舉而用之也。」[33：115]原詩中的最後一句最能體現該詩的主題意義，「舟自橫」象徵著君子隱居閒適，無法入仕，為國效力之意。在「舟自橫」這一事物的外部形象的描寫中，寄託著作者幽情遠思的情緒，頗能觸動讀者的心靈。這最後一句無疑表達了一種靜態意義，Bynner 將之譯為：「The ferry－boat moves as though someone were poling」[33：114]，許淵沖曾一度譯為「A ferry boat moves as if『twere poled by someone.」[33：115]這兩種譯文均將原句譯成了動態，無疑破壞了原詩的美感，未能再現出原詩的內涵意蘊。許淵沖後來將末句改譯為「A lonely boat athwart the ferry floats at ease.」[33：115]這樣的譯文便具有了靜態意義，其中的「lonely」和「at ease」譯出了隱士隱居獨處、悠閒自在，同時又倍感寂寞無聊、無緣得遇能識千里馬之伯樂的心緒，原詩中托諷、暗喻、象徵之意很好地傳譯了出來，讀起來與原詩一樣令人回味無窮。再如，在加拿大著名作家瑪格麗特．勞倫斯（Margaret Laurence）的短篇小說《潛水鳥》（The Loons）中，作家透過潛水鳥的不幸遭際揭示了美洲印第安人皮格特的悲慘身世。潛水鳥棲息於鑽石湖邊，但隨著湖邊住戶漸增，人煙漸趨稠密，潛水鳥已無容身之地，不得已而飛離鑽石湖，這一遭遇隱喻著印第安人皮格特受種族歧視的戕害，在白種人統治的社會裡，隨著社會文明進程的加快，而漸感無立足之地，最後不得已悽慘地離開人世。作家在刻畫潛水鳥這一形象，尤其是在描寫它的叫聲時，表現出細緻敏銳的藝術功力。請看下面幾句：

Then the loons began their callng.They rose like phantom birds from the nests on the shore，and flew out onto the dark still surface of the water.

No one can ever describe that ululating sound，the crying of the loons，and no one who has heard it can ever forget it.Plaintive，and yet with a quality of chilling mockery，those voices belonged to a world sep — arated by aeons from our neat world of summer cottages and the lighted lamps of home.[36]

有譯者為我們提供了以下譯文：

過了一會兒，潛水鳥開始鳴叫。它們像幽靈般地從岸邊的窩巢中騰起，飛往平靜幽暗的湖面上。

潛水鳥的鳴聲悲涼淒厲，任何人都無法形容，任何人聽後也難以忘懷。那種悲涼之中又帶著冷嘲的聲調屬於另外一個遙遠的世界，那世界與我們這個有著避署別墅和居家燈火的美好世界相隔不下億萬年之遙。[37]

原文中，作家選用了「phantom」，「dark」，「ululating」，「plain — tive」，「chilling」，「mockery」等詞，使鑽石湖邊的氣氛變得陰沉、淒涼、壓抑而蕭殺，而這一生動描寫也極其巧妙地暗喻了皮格特的悲慘淒苦的生存境況，讓讀者禁不住地為其命運感到擔憂、焦慮。譯者的譯筆是忠實和道地的，他選用了「像幽靈般地」、「幽暗的」、「悲涼淒厲」、「悲涼」、「冷嘲的聲調」等來譯上述各詞，十分逼真地再現了原文的藝術意境。

作家的想像必須建立在合情合理的基礎上。阿恩海姆曾說過：「富於想像力的形象，並不是去歪曲真理，而是對真理的肯定。」[20：197]「想像是按照感情的邏輯來反映現實和肯定真理的。情之所往，情之所鍾，雖然不一定合乎事實，但卻合乎真理」[1：三三一]。科林伍德認為：「在想像體驗的水平上，那種粗野的、肉體水平的情感會轉化成一種理想化了的情感，或所謂審美的情感。」[15：90] 由此可見，想像是一種有意識的活動，它是有理性和情感共同參與的。審美想像將肉體的情感轉換為富有理性的、理想化了的感情。對於翻譯來說，譯者在再現原文的藝術形象時，也必須合乎藝術形象的實際。當然，作家在刻畫、描繪自己的藝術形象時，借助想像之風，傾注了熾熱的感情之火，但作家的這一想像和感情只有忠實地再現出來，其所塑造的藝術形象也才能栩栩如生地再現於譯語文本中。如果譯家對原文藝術形象的反映是扭曲的，那麼譯本中所產生的藝術形象則定然不倫不類，根本談不上什麼藝術美感。如楊貴妃曾作過《贈張雲容舞》一詩。詩是這樣的：「羅袖動香

香不已，紅蕖裊裊秋煙裡，輕雲嶺上乍搖風，嫩柳池邊初拂水。」 [33：117] 美
國詩人 Amy Lowell 這樣譯道：

Wide sleeves sway.

Scents，

Sweet Scents

Incessant coming.

It is red lilies，

Lotus lilies，

Floating up，

And up，

Out of autumn mist.

Thin clouds

Puffed，

Fluttered，

Blown on a rippling wind

Through a mountain pass.

Young willow shoots

Touching，

Brushing

The water

Of the garden pool. [33：117—118]

原詩描繪了唐代宮女翩翩起舞的形象，詩人發揮想像力，使用了一連串
的比喻，如將宮女的輕歌曼舞比喻成裊裊秋煙，輕雲搖風，嫩柳拂水，比

喻生動形象，頗有藝術美感。詩的前兩行押尾韻，整首詩節奏舒緩，從容不迫，讀之音諧韻美，意趣盎然。對於 Lowell 的譯詩，有人曾這樣評道：「這首詩譯得很好，竟不妨說比原詩好。原詩只是用詞語形容舞態，譯詩兼用聲音來像徵。第一，它用分行法來代表舞的節拍。行有長短，代表舞步的大小疾徐。不但全首分成這麼多行，不是任意為之，連每節的首尾用較長的行，當中用短行，都是有意安排的。第二，它儘量應用擬聲法，如用 puffed，fluttered，ripp — ling，touching，brushing 等字，以及開頭一行的連用三個長元音，運用三個 S 音，第二節的重複 lilies，重複 up 等等。所以結果比原詩更出色。」[33：118] 其實，從再現原詩的音形意美來說，譯詩是非常拙劣的，譯詩的「行有長短」恰恰是譯者翻譯的敗筆，不僅如此，譯詩節奏跳躍性強，變化大，而原詩各行字數相等，節奏有序。許淵沖讀完譯詩，這樣評道：「（而）譯詩給我的感受，卻像聽見美國女郎在酒吧間內跳搖擺舞，時快時慢，如醉如癡，印象大不相同。」[33：118] 許淵沖的這一評價說明 Lowell 對原文的藝術形象、作者的想像和感情等進行了歪曲性的反映，因而 Lowell 的翻譯是失敗的。許淵沖把這首詩改譯如下：

Silken sleeves sway with fragrance incessantly spread，

Out of autumn mist float up lotus lilies red.

Light clouds o』er mountains high ripple with breezes cool；

Young willow shoots caress water of garden pool. [33：119]

許淵沖的譯文避免了 Lowell 譯文的短處，忠實地再現了原詩的音形意美，譯筆用語貼切，感情濃郁，給人以不盡的美感享受。

　　作家的想像必須建立在合情合理的基礎上，這一點還表現在作家有時會把陌生的事物與人們所熟悉的事物相比較，藉以突出陌生事物之新奇、超絕和美好，這中間固然也要牽涉到現象力的運用。如雪萊曾將雲雀的歌聲與人們對愛情或酒的讚頌、婚禮的合唱、凱旋的歌曲等相比較，透過對比，人們能體會到雲雀歌聲之神奇和動聽。要譯出詩中所蘊含的想像力，譯者宜採用直譯法。請看雪萊的原詩：

Teach us，Sprite or Bird，

What sweet thoughts are thine：

I have never heard

Praise of love or wine

That panted forth a flood of rapture so divine.

Chorus Hymeneal，

Or triumphal chant，

Matched with thine would be all

But an empty vaunt，

A thing wherein we feel there is some hidden want.[38]

我是這樣來翻譯的：

告訴我，精靈或愛鳥，

什麼樣甜蜜的思想是你的，

我從未聽到

對愛或酒的美讚，

能吟唱出

狂喜的波瀾，

且如此的神聖。

婚禮的合唱，

或凱旋的歌曲，

若與你的歌聲相比，

都將是空談一句，

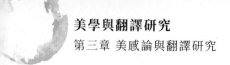

因這些歌曲不及你的歌聲，

那麼含蘊豐富。

「藝術是靠想像而存在的」[39]。想像力可使藝術永保青春的活力，在藝術想像中交融著作家的理智與情感，透過想像，生活真實可以轉化為藝術真實，生活中的美也可以轉化為文藝作品中的美。譯者在翻譯時必須同作家一樣，發揮藝術想像力，對文藝作品中的意象既要傾注充沛的思想感情，又要使自己的翻譯創新建立在理性思維的基礎上，唯有如此，原文中的想像才能在譯文中得以忠實再現。

想像不同模仿，「模仿只能造出它已經見過的東西，想像卻能造出它所沒見過的東西。用現實作為標準來假設。模仿有驚慌失措的時候，想像卻不會如此，它會泰然升到自己理想的高度」[40]。翻譯中，拙劣的模仿只能產生機械性的複製品，而合情合理的想像則能造就出富有創新性的譯作。

六、美學中有關思維與靈感的論述對翻譯研究的啟示

我們在審美時，對於所審美的對象，有時能迅速地感覺到其中的美，並能很快地理解它的美。而有的審美對象，我們雖然能感覺到其中的美，但它美在哪，美的內容、實質、意義何在，我們卻不甚了了。這時，我們的審美活動就會受到阻隔。那麼，我們如何才能開啟這扇審美的大門呢？蔣孔陽先生指出：「必須等我們經過思維的活動，理解到了它，它的美的祕密才會向我們打開。」[1：三二三]因此，思維在審美欣賞中起著重要的作用，它有助於人們理解審美對象中的美學訊息，培養審美的感覺和感情。「有了思維，美感就不僅是一種感性的活動，同時也是一種理性的活動」[1：三二三]。思維在翻譯研究中也起著重要的作用。譯者在閱讀源語文本時，其中的字詞句章所構成的符號和訊息會進入譯者的闡釋視野，但這些符號和訊息所包蘊的美學意義，譯者卻不一定能吃透和理解，如果譯者採取硬譯法機械性地將它們翻譯出來，譯文雖然完成了，但原文的美感卻無法得以再現，而且譯文因其文字的艱澀，語言結構的滯重，會讓人難以卒讀。譯者應充分發揮思維的功能，

對原文中的各種訊息進行分析，聯繫上下文，結合作者的思想觀點，深挖其中潛藏的美學含蘊，然後採取添加詞語等方法進行創造性的傳譯。現舉一例。在美國作家愛默生的《美國學者》這篇文章中，有這麼幾句：

What would we really know the meaning of？ The meal in the firkin；the milk in the pan；the ballad in the street；the news of the boat；the glance of the eye；the form and the gait of the body；— show me the ulti — mate reason of these matters；—show me the sublime presence of the highest spiritual cause lurking，as always it does lurk，in these suburbs and extremities of nature；let me see every trifle bristling with the polari — ty that ranges it instantly on an eternal law；and the shop，the plough，and the ledger，referred to the like cause by which light undulates and poets sing；——and the world lies no longer a dull miscellany and lum — ber room，but has form and order；[41]

有譯者這樣譯道：

我們真正想知道什麼東西的意義？桶裡的麥粉；鍋裡的牛奶；街頭的民歌；船隻的新聞；眼睛的一瞥；身體的式樣與走路的姿態——給我看這些事物的基本理由；給我看那最高的精神上的原因，總有這樣一個原因潛伏在這些地方——在大自然的近郊與邊疆上；讓我看每一件瑣事它裡面包含著的那種「兩極性」立刻將她列入一條永恆的定律中；將那商店與梨耙與帳簿都聯繫到同一個根源上——也就是那同一個原動力使光線波動，使詩人歌唱——於是這世界不復是一篇沉悶的雜記，一個堆雜物的房間，而是有形式的，有條理的；[42]

如果我們只看譯文，我想，恐怕沒有幾個讀者能弄懂其中的意思，英語水平好的讀原文對其中意思的理解恐要比讀譯文對其中意思的理解還要更好一些。是什麼原因導致譯者沒能成功地傳譯出原文的深含意義呢？我想，這是由於譯者沒有對原文中的各種訊息進行深入的思考、細緻的分析所造成的。我現將原文改譯如下：

我們真正想知道什麼東西的意義？桶裡的麥粉；鍋裡的牛奶；街頭的民歌；船隻的新聞；眼睛的一瞥；身體的式樣與走路的姿態——所有這些普通平凡的事物向我們展示了事物產生的最根本的原因，讓我們領略了存於這些事物中最高尚的精神因素，這些精神因素一直就潛伏於其中——在大自然的近郊與邊疆上。讓我看到在每一件瑣事中都包含著一種傾向性，這種傾向性會立刻指向一種永恆的法則。將那商店、梨耙與帳簿都聯繫到同樣的最高精神因素這一根源上，有了這樣的根源，光線才會波動，詩人才會歌唱，——於是世界不復是令人了無生趣的大雜燴，一個堆滿雜物的房間，而是賦有形式，並且秩序井然的了。

在上面的改譯中，我增添了「所有這些普通平凡的事物」。這是非常必要的，因為愛默生在上述引文的前面提到了作家應深入社會的底層，深入普通的群眾中去調查研究，作家應歌頌、讚美平凡的事物，努力從渺小、平凡的眼前事物中去獲取真知灼見。因此引文中提及的「小桶裡的麥粉；鍋裡的牛奶；街頭的民歌；船隻的新聞；眼睛的一瞥；身體的式樣與走路的姿態」是指一些普通平凡的事物。另外，「給我看這些事物的基本理由；給我看那最高的精神上的原因，總有這樣一個原因潛伏在這些地方」，語不達意，繫純粹的死譯、硬譯。譯者在譯時，沒有仔細地斟酌原文的內涵意義。根據原文，愛默生在探究普通平凡的事物產生的根本原因，他認為在任何事物中都存在著最高尚的精神因素。這與愛默生作為一個超驗主義思想家所一貫持有的思想觀念是一致的。超驗主義強調直覺的力量，它認為精神是第一性的，而物質是第二性的。精神比物質更具有實在性，永恆的現實是精神性的。愛默生還提出了「超靈」的觀念。「超靈」是無所不在、無時不有、全能絕對的精神力量，它代表著真善美，存於自然界和人類當中，構成了宇宙最重要的成分[43]。因此，文中的「最高尚的精神因素」即指「超靈」，一種精神力量。這種精神力量左右著宇宙的一切，引導著人類社會的發展。有了它，人類社會便會生機盎然、井然有序。譯文中的「兩極性」所指不明，也是硬譯的結果，「polari－ty」其實是表示「傾向性」之意。既然任何事物中都有超靈存在，因此事物是有靈性的，這種靈性的傾向性是受制於一種永恆的法則的。譯文中「同一個根源」所指含糊不清，原文中的「the like cause」是指上文

中的「the highest spiritual cause」，因此譯為「同樣的最高精神因素這一根源」，意思傳譯得明晰具體。「miscellery」譯為「大雜燴」，較為恰當。由上面的分析、論證可知，翻譯時不能望文生義，不能機械性地逐譯原文，應理性地思考原文的各種訊息，並加以分析，這樣才能理解原文，然後才可在理解的基礎上進行表達。

由上面的論證，我們還可以得出一個結論，即譯者必須具備一定的專業知識。我想，上述譯者之所以沒有譯出原文的美感，除了沒有進行理性的思維之外，還有一個原因即他對超驗主義理論不甚熟悉，所以只好訴諸死譯法。根據蔣孔陽先生的觀點，「專業知識的積累和豐富，是思維在美感中所起的另外一個作用」[1：三二三]。這一觀點對於翻譯研究是極有指導意義的，翻譯時，譯者經常會遇到一些專業性和技術性較強的審美對象，若沒有相關的專業知識，要能欣賞審美對象的美，並加以傳譯，那是不可能的。因此，一名譯者應博覽群書，善於鑽研各類專業知識，並加以積累。寬廣的知識面有利於譯者譯出原文的美感。

「美感還是一個開掘、研究和發展的過程，這裡面也需要思維的作用」[1：三二四]。要透徹地理解文藝作品的美感，把握其中的美學神韻，需要思維的深化。作家創作時，往往會幾易其稿，反覆修改，這一過程其實就是作家思維不斷深化的過程。譯者翻譯時，也常常「一名之立，旬月踟躕」[44]。翻譯家嚴復在給梁啟超的信中，當談到翻譯某些艱深的「名義」時，曾指出：「常須沿流討源，取西字最古太初之義而思之，又當廣搜一切引申之意，而後回觀中文，考其相類，則往往有得，且一合而不易離。」[44：116—117] 譯家為了弄懂並傳譯某詞語的意義，不僅探討其原始意義，並思慮再三，而且還廣泛地蒐集它的引申意義，並與原文的意義相比對，考察它們的類似之處。這一研究過程就是譯家思維不斷深化的過程。翻譯中思維的深化過程還表現在作品的重譯上。有些作品，譯者在年輕時曾譯過，年長時，隨著人生閱歷的豐富、生活經驗以及知識文化的積累，對作品的人物形象、主題意義、風格特徵的思考也在不斷地加深，常常會重譯該作品。如霍桑的《紅字》，侍桁先生早於20世紀40年代就將其譯成中文，後幾近修訂，於1996年12月出版。

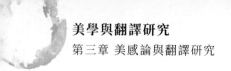
在這多年的修訂過程中，可以設想，譯者傾注了多少反覆思索、再三斟酌的心血！

另外，「美感的思維，不是抽象的邏輯思維，而是與具體的形象相結合，並滲透了感情的形象思維」[1：三二四]。譯者在對原文的美感進行思維時，要把原文的審美對象與具體的形象相結合起來，因為作者描繪審美對象所用的詞語儘管會有些抽象，但它是與具體的形象嵌合在一起的，而且其中蘊藏著作家豐富的思想情感，譯者在翻譯時，應化抽象為具體，努力再現出其中深邃的感情。為了進一步說明此問題，我們來分析許淵沖譯李白的「黃鶴樓送孟浩然之廣陵」。請看李白的詩：

故人西辭黃鶴樓，煙花三月下揚州。

孤帆遠影碧空盡，唯見長江天際流。[28：300]

下面是許淵沖的譯文：

My friend has left the west where the Yellow crane towers

For Yangzhou in spring green with willows and red with flowers.

His lessening sail is lost in the boundless blue sky，

Where I see but the endless River rolling by.[33：66]

原詩為一首送別詩，「煙花」點出了送別時的環境氛圍，「煙花者，煙霧迷濛，繁花似錦也」[28：300]。「煙花」使原詩的詩味濃郁，它「給人的感覺不是一片地，一朵花，而是看不盡，看不透的大片陽春煙景」[28：300]。由此可見，「煙花」給人以美感，但這一美感是籠統的，略帶抽象色彩，但它卻與具體的形象緊密結合在一起，因「煙花」中有花，由「花」這一具體的形象，我們可以聯想到鮮花似錦，春意濃濃的景象。許淵沖先生將煙花譯為「green with willows and red with flowers」，將略具抽象性的文學意象具體化，再現了原詩的美感。讀此譯文，我們可以領略「柳絮如煙，鮮花似錦」[33：66]的春天景象，同時從原文和譯文的遣詞用語中我們可以體察到作者和譯者對這一美好的春天景象的鍾愛之情。「遠影」也是一個略帶抽象色彩的

文學意象，它表示帆影遠去，並漸漸地模糊，以致消失於遙遠的碧空的盡頭。但它與具體的形象也是緊密結合的，因其中的「影」即為「帆影」，這是一個具體實在的審美對象，譯者同樣採取化抽象為具體的譯法，將「遠影」譯為「lessening sail」，即「越來越小的帆船」。這樣，原文的潛在意義就再現出來了，譯文讀者閱讀此譯文，可體察到作者站立江邊目送遠去的船帆，只見那船帆逐漸變小，直至消失在長空盡頭的美景，此情此景在讀者的心頭無疑會激起悠悠不絕、無限嚮往的美感。

人類的美感思維是從一個形象到另一個形象，其中，往往飽蘸著思維者的深厚的情感，它常常採取飛躍式或爆髮式的方式。「這種思維，離不開眼前的直觀，具有很大的直覺性；它又善於從一個形象捕捉到另一個形象，具有很大的聯想性和想像性；同時它還經常突然而來，具有極大的偶然性和突然性；它看似不可理喻，不可解釋，具有相當的神祕性；這種思維，一般稱之為靈感」[1：三二五─三二六]。靈感在中國傳統文化中，一般稱之為應感，即應物生感。應感理論起源於先秦。在《周易》中，我們可以見到「感應」的問題。《鹹》卦雲：

> 《鹹》，感也。柔上而剛下，二氣感應以相與，止而說，男下女，是以『亨利貞，取女吉』也。天地感而萬物化生，聖人感人心而天下和平。觀其所感，而天地萬物之情可見矣。[9：226]

此處的感應繫指相互感發和互相應和，闡述了應感的最基本的理論內容。應感作為一種完備的文學藝術創作理論在陸機的《文賦》中得到了生動具體的闡發。《文賦》指出：

> 若夫應感之會，通塞之紀，來不可遏，去不可止。藏若景滅，行猶響起。方天機之駿利，夫何紛而不理。思風發於胸臆，言泉流於唇齒。紛葳蕤以馺遝，唯毫素之所擬。文徽徽以溢目，音泠泠而盈耳。及其六情底滯，志往神留，兀若枯木，豁若涸流。攬營魂以探賾，頓精爽而自求。理翳翳而愈伏，思乙乙其若抽。足以或竭情而多悔，或率意而寡尤。雖茲物之在我，非餘力之所勠。故時撫空懷而自惋，吾未識夫開塞之所由。[9：227]

　　陸機在這裡描繪了應感來去的兩種情形。當應感到來時，一切零亂紛雜的思緒就能得以清理。思緒如風一樣從胸中生髮；疾如閃電，快如颶風；語言似流水一般從唇齒間汩汩而出，通暢自如。各種紛繁複雜的物象紛然而至，如車水馬龍、絡繹不絕，使筆錄頓感無能。眼前的物象及耳邊所聽之聲原本都是虛無飄渺的，但卻又是活靈活現、鮮豔生動的。當應感消退、感覺凝滯、思緒阻塞不暢之時，人的神情依然停留在對那情緒亢奮、性情歡愉狀態的神思遐想之中，然而，即便你有回天之力，也無法找回那種令人魂牽夢繞、魄動心驚的應感。此時，人會感到困惑異常，百思不得其解，弄不明白那種現象究竟是由什麼樣的神力所推動。陸機在這裡所描繪的「來不可遏，去不可止」的奇妙精神現象——應感與靈感是有著異曲同工之妙的。它是人力所無法控制和操縱的，有著因時、因地、因事、因人而異的隨機性、不確定性、模糊性等特點。康德曾說過：「模糊觀念要比明晰觀念更富有表現力……美應當是不可言傳的東西。我們並不總是能夠用語言表達我們所想的東西。」[45] 靈感是一種美，這種美是神祕的，也是語言所難以表達的。作家創作和譯家翻譯，其思維都有一個由漸進到突進，從量變到突變的階段，亦即都有靈感。靈感發生時，人們的思維會豁然開朗，產生頓悟，由此，富有創新性的思想會在腦海中閃現。梁蕭子顯在談自己的創作體驗時曾指出：「每有製作，特寡思功，須其自來，不以力構。」[9：232] 「不以力構」是說明靈感的發生是不以人的意志而轉移的，它具有突發性和創造性，非人力所能控制。靈感來臨時，鐘嶸感到「語有神助」；劉孝綽覺得「思若有神」；皎然認為「宛如神助」[9：232]，這些都在強調靈感思維的敏捷和神祕。如李白寫過這樣的名句，「抽刀斷水水更流，舉杯銷愁愁更愁」[28：314] 杜甫說過：「窗含西嶺千秋雪，門泊東吳萬里船」[28：554]。在這些詩句中，我們看到隨著作家思維的活動，藝術形象從一個到另一個，從「刀」到「水」，從「窗」至「雪」，從「門」到「船」，只在作家轉瞬之間，揮手之際，靈感如連珠炮似的，一個接著另一個，而這其中又蘊含著詩人多麼豐富深邃的思想感情。譯家翻譯時，在理解原文的藝術形象方面，往往會躊躇再四，反覆思慮，有時竟會夜不能寐，寢食難安，但常常於一念之間，靈感突現，妙譯誕生。英國著名的翻譯家比爾德（Bilder）將譯家的精神世界提高到「靈感」（inspiration）

的程度。他在《翻譯與靈感》一書中認為：「『靈感』可將翻譯導入佳境。
十分『構思』不如一分『靈感』。即所謂的『十年辛苦無從覓，得來只在
一念間』。（what is inaccessible to ten years』pains is available at a
whim of the moment.）翻譯手法之高低，取決於靈感之有無。」[46] 黃龍
先生在長期的翻譯實踐和研究中就深感靈感的重要作用。他曾談到「在翻譯
『a gazing smile』一詞時，曾經三易其稿，躊躇不定。有一天偶閱白居易
的《長恨歌》，看到其中一行『回眸一笑百媚生』時，觸動靈機，立刻想起『a
gazing smile』的相應的漢語是『凝眸一笑』。『凝眸』兩字譯出了笑者的
眼神和柔態，一個傾送秋波，含情脈脈的形象立刻浮現於腦際。真是『萬種
風韻何處是？盡在凝眸一笑中』」[46：568]。黃龍先生接著指出：「靈感來自
不同的源泉，上述譯文源於聯想。」[46：568] 這一觀點與上文提及的靈感的特
點，即「具有很大的聯想性和想像性」是相一致的。「靈感是美感思維的一
種特殊的心理功能，客觀存在」[1：三二六]，我們在翻譯實踐和研究中，應十
分珍視靈感的作用。

　　靈感並非是什麼虛無飄渺、不可思議、難以捉摸的東西，「它是我們長
期實踐、辛勤勞動的結果」[1：三二六]，靈感源於現實生活，它是客觀世界在
人們意識中的一種反映。靈感是可以培養的。譯家只要堅持勤學苦練，認真
鑽研各類學科知識，不斷地深入生活，體察民情、積累經驗，就一定能培植
出啟人心智的靈感來，做到翻譯創新。陸游曾說道：「天機雲錦用在我，剪
裁妙處非刀尺」[9：237]，即是說，藝術家們的靈感是取自於生活的，它不能
超越生活，它只能在作家對社會、人生的深刻體驗、潛心感悟中產生。沒有
豐富的生活閱歷、紮實的實踐基礎；沒有對文化知識的精心積累，靈感是不
會輕而易舉產生的。無數譯家在翻譯實踐中所取得的巨大成就早已證明了這
一點。如唐玄奘翻譯的佛經歷來為人們所稱頌，曾有「靈譯」[46：569] 之說。
其時道宣曾說過：「自前代以來所譯經教，初從梵語倒寫本文；次乃回之，
順同此俗；然後筆人觀理文句，中間增損，多墜全言。今所翻傳，都由奘旨，
意思獨斷，出語成章。詞人隨寫，即可披玩。」[44：30] 玄奘譯文不同於那些
或增或減，常失原意的先前譯文。他的譯文新穎獨到，譯者譯時，出口成章，
流利自如。這樣的譯文中固然可以瞥見譯者靈感的火花，但它並非什麼神靈

夢囈，而是玄奘長期的宗教實踐、博覽群書和刻苦求學的結果。他曾於 29 歲時，從長安出發，歷盡千辛萬苦，歷時 17 年，抵達印度。在印度，他認真學習瑜珈行學說，還飽讀唯識、中觀、小乘各部的毗曇，因明（邏輯）、聲明（文字音韻）諸學科的書籍；同時，他還積極參加佛教方面的學術辯論[44：30]。豐富的宗教實踐經驗，對漢梵兩種語言文化的精熟，以及對佛理的深通，方使玄奘譯出為後人嘖嘖稱讚的佛經。其譯文「意譯直譯，圓滿調和，斯道之極軌也」[44：31]。其實不獨玄奘，後來許多譯家如嚴復、馬建忠等的絕妙佳譯都與他們自身所從事的社會實踐活動，以及廣博的文化知識，有著密不可分的關係。

▌七、通感與翻譯研究

「通感是故意把適用於甲類感覺器官的詞語巧妙地用於乙類感覺器官，從而打破各種感覺器官如視覺、聽覺、嗅覺、觸覺等之間的界限的修辭方式」[47]。通感在心理學上，又可稱為聯覺。錢鍾書先生曾就此作了詳細的說明。他指出：

在日常經驗裡，視覺、聽覺、觸覺、嗅覺、味覺往往可以彼此打通或交通，眼、耳、舌、鼻、身各個官能的領域可以不分界限。顏色似乎會有溫度，聲音似乎會有形象，冷暖似乎會有重量，氣味似乎會有體質。諸如此類，在普通語言裡經常出現。[48]

這種現象即為通感。法國象徵主義的代表作家波德萊爾也對此進行了具體的闡述，他的觀點可視為通感理論的經典論述。他認為人的精神情感與自然是普遍應和的。他在《對幾位同時代人的思考》一文中指出：

而靈魂更為偉大的斯威登堡早就教導我們說，天是一個很偉大的人，一切，形式，運動，數，顏色，芳香，在精神上如同在自然上，都是有意味的，相互的，交流的，應和的。[49]

由此可見，通感所著力展現的是人的精神情感與自然界之間的息息相通，融合一體，它能使各種不同的感覺互相融通，從而整合出一種嶄新的藝術形

象和令人神往、玄妙新奇的精神境界。如「思念似霜」，思念是人的一種思維活動，霜是一種自然物體，將思念比作秋霜，使人的精神世界與自然界之間息息相通，這是一種典型的通感句例。讀此句例，我們彷彿能見到思念之人淒涼哀惋、冷若冰霜的心理世界，並在眼前浮現出一名怨婦心懷荒涼情緒苦苦思念遠方情人的情景。這意境頗似李清照的「尋尋覓覓；冷冷清清，淒淒慘慘戚戚」中的意境。通感有如下幾種情形，翻譯時一般可採取直譯法。下面分而述之。

第一種，為了讓讀者更好地、更充分地欣賞到原文的美，一種感覺器官往往不足以實現這樣的目的，因此，常常需要借助其他感官作為必要的補充，來幫助實現[1：三二九]。如：The earth warms——you can smell it，feel it，crumble April in your bands[50]。「April」（四月份）是表示時間概念的詞語，它到來時，人們可以看到四月特有的景象，還可以嗅到四月各種奇花異草所散發出的各種氣味。但作者為了真切地描繪四月給人們帶來的美感，從視覺和嗅覺的角度似乎還不足以達到預定的目的，故從觸覺的角度來進行描寫，他以「crumble」（弄碎）作用於「April」，似乎給讀者一種切膚貼骨之感。宋德利先生將上句譯為：「大地開始變暖——這，你既可以嗅到，也可以觸摸到——抓起一把泥土，四月便揉碎在你的手心裡了。」[51]譯者以直譯法譯原文，譯文意足神似，再現了原文的美感。

第二種，審美的心理活動包括聯想或想像，它往往將讀者的美感從一種感覺器官過渡或擴大至另外的一種感覺器官[1：三二九]，如：In some years，April bursts upon our Virginia hills in one prodigious leap——and all the stage is filled at once，whole choruses of tulips，ar－abesques of forsythia，cadenzas of flowering plum[50：62]。作者以「tulips」（鬱金香）修飾「choruses」，用「flowering plum」修飾「cadenzas」，採用的就是通感修辭法。鬱金香種類繁多，花色駁雜，但排列有序，即如「choruses」（大合唱）一樣，各種聲音交匯一處，有男聲，有女聲；有高音，有低音，但安排組合整齊有序；「plum」綻放，露出怡人的笑臉，看後讓人爽心悅目，故作者以之修飾「cadenzas」，即「（樂曲末尾的）華彩段，華彩句」[52]，以後者樂音的美妙動人突出洋李的燦爛美麗。宋德利先生這樣譯道：「四月，

有時不知怎地一躍，就來到了弗吉尼亞的山坡上——轉眼之間，到處生機勃勃。鬱金香組成了大合唱，連翹構成了阿拉伯式圖案，洋李唱出了婉轉的歌聲。」譯者對原文通感的處理也是直譯法。

再如：《老殘遊記》第二回中有這麼一段文字：

那王小玉唱到極高的三四疊後，徒然一落，又極力騁其千回百折的精神，如一條飛蛇在黃山三十六峰半中腰裡盤旋穿插，頃刻之間，周匝數遍。從此以後，愈唱愈低，愈低愈細，那聲音漸漸地就聽不見了。滿園子的人都屏氣凝神，不敢少動。約有兩三分之久，彷彿有一點聲音從地底下發起。這一出之下，忽又揚起，像放那東洋煙火，一個彈子上天，隨化作千百道五色火光，縱橫散亂。[53]

這一段是描寫王小玉說書時聲音的優美迷人，它給聽眾帶來的聽覺上的美感。作者充分發揮視覺的想像，以「一條飛蛇在黃山三十六峰半中腰裡盤旋穿插」來描寫王小玉聲音的抑揚頓挫、跌宕起伏，又以「像放那東洋煙火，一個彈子上天，隨化作千百道五色火光，縱橫散亂」來描繪其聲音之高亢激越、熱烈奔放、灑脫自然。作者透過視覺形象的聯想和想像，將聽覺的美及其獨特魅力充分完滿地描繪和刻畫了出來。請看楊獻益和戴乃迭的譯文：

When Little Jade reached the highest pitch her voice suddenly dropped and，winding skillfully with all its art，seemed like a flying snake weaving its way down through the many ridges of the mountain and circling round and round in a very short space.Her voice dropped lower and lower until it gradually became inaudible，and all the people in the theatre held their breath in suspense and dared not make the least move — ment.In two or three minutes there seemed to be a small voice coming slowly out from beneath the ground to flare up again like foreign fire — crackers or like a rocket soaring up and multiplying into a thousand trails of coloured light before scattering down again.[53：57]

譯者以直譯法譯文中的通感，給譯文讀者帶來真切、形象、生動的美感。

　　再如，雪萊在《雲雀頌》中，為了突出雲雀歌聲之美妙絕倫，也採用通感修辭手法，他發揮浪漫主義的想像，將雲雀的歌聲與「玫瑰」、「春天的陣雨」、「花蕊」相比，創造出獨特的意境，產生了不同凡響的藝術效果。請看：

Like a rose embowered

In its own green leaves，

By warm winds deflowered，

Till the scent it gives

Makes faint with too much sweet those heavy－winged thieves：

Sound of vernal showers

On the twinkling grass.

Rain－awakened flowers，

All that ever was

Joyous，and clear，and fresh，thy music doth surpass.[54]

我在翻譯時，採用了直譯法，請看譯文：

像一朵玫瑰，

盛開在綠葉的懷抱裡。

暖風吹來，

清香四溢，

芳香馥馥，讓暖風陶醉。

像春天的陣雨，

落在晶瑩剔透的草葉上，

雨後甦醒的花蕊，

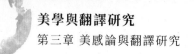

　　曾經的一切，歡快，清新和鮮亮，

　　卻不及你音樂的美麗。

　　第三種，「透過各種感覺器官的交互作用，常常可以產生一種特殊的審美感受」[1：三三○]。作者為了豐富美感的內容，常常以一種感覺加強另一種感覺，從而使它們在相互作用中增強感覺的色彩，加強美感的力度。如：

On the sprigs riot run vernal charms，

And on the warbling orioles smile the dancing red blossoms.

——Theodore[55]

　　這兩句英詩描寫了鮮花盛開，鳥兒啼鳴，一派生機盎然的春天景色。意境絢麗而秀美。「vernal charms」是很重要的文學形象，繫「What is delighting and attractive in spring」之意，具體地講，應指「the vigorous vital and joyful scene in spring」（倒譯之，「春之生機勃勃，生趣盎然的氣象」）。「vernal charms」這個形象由動詞詞組「run riot」修飾描繪，「run not」意即「become violent and uncontrollable」，為「鬧」之意。就「not run」，我們既可從視覺，又可從聽覺的角度來說明，同時它同觸覺、味覺、動覺都有一定的關係。「vernal charms」繫表示靜態的事物，而作者寓靜於動，用「run riot」這個表示動態的詞語去描述它，從而使「vernal charms」這個形象變得栩栩如生。王國維在評價北宋詞人宋祁的詩句時說道：「『紅杏枝頭春意鬧』，著一『鬧』字而境界全出；『雲破月來花弄影』，著一『弄』字而境界全出矣。」[15：279]「紅杏枝頭春意鬧」是寫春天杏花鬥豔的景色，作者透過「鬧」字將視覺、聽覺、觸覺、味覺等意象同動覺意象相連通，從而構成一幅完整統一的春日美景圖。「雲破月來花弄影」是寫烏雲散去，明月灑下清輝，月下花影婆娑的夜晚景色。作者透過「弄」字也實現了與「鬧」字相類似的藝術效果。原文中的「riot run」讓我們領略了百花鬥豔、眾鳥競歌的春天景象。黃龍先生本著直譯的方法譯上述英詩，譯文將原詩的美感傳譯得既真切又出神入化。請看譯文：

　　枝頭春意鬧，

飛紅笑啼鶯。[55：232 — 233]

再如，在 James J.Kilpatrick 的「Spring」一文中，有這麼一句「Look to the rue anemone，if you will，or to the pea patch，or to the stubborn weed that thrusts its shoulders through a city street.」[50：63] 該句中，「thrusts its shoulders through a city street」既可給讀者提供視覺感受，又可提供聽覺感受，同時，它與觸覺、嗅覺也有關聯。它用在句中修飾「weed」，具有擬人色彩，極言野草長勢迅猛、茂盛豐潤。請看宋德利的譯文：「如果願意，你就去看一看吧！看一看薈香銀蓮，看一看萋萋芳草，看一看無邊的豌豆田，尤其是那萋萋芳草，早已甩開臂膀，穿過市街。」[51：65] 譯者以直譯法譯原文，再現了原文的美感。

八、審美欣賞活動的心理特徵與翻譯研究

審美主體面對審美對象時所最初而又最直接地表現出來的一種心理活動的形式，是形象的直覺性[1：三四二]。譯者閱讀文本時，會首先被文本中生動逼真的人物形象、風景描寫等所吸引，並被牢牢地抓住，這就是形象的直覺性，它也是譯者進入翻譯過程進行審美欣賞所必然具有的一種心理特徵。形象的直覺性會將譯者帶入到文本的審美欣賞中，下一步便是譯者注意力的高度集中，這是審美欣賞時心理活動的另一個重要特徵[1：三四三]。譯者在對審美對象進行審美閱讀時，把自己的注意力集中起來，將自己的全部的思想感情投入到對象中去，與對象心神相契，從而達到與其水乳不分、神與物游的交融契合境界。透過這一過程，譯者能在一種令人心馳神往的愉快心境中，對美的對象進行全神觀照。要理解審美對象必須對其進行審美感受。感受對象，要注意其完整性。蔣孔陽先生認為：

每一個作為審美對象的形象，它都是一個有生命的自成一個小天地的整體。因此，我們必須把它當成一個整體來欣賞，才能欣賞到它的美。[1：三四四]

一部成功的藝術作品，所刻畫的成功的藝術形像是具有有機整一性的。作品中的某人物形像在某一特定的歷史背景下會表現出某種特定的性格特

徵、審美愛好、人生價值取向，隨著歷史環境、人生境遇或時代氛圍的改變，該人物的人格、人品、個性等也會發生變化。作家在刻畫該人物時，對其變化前後的性格特徵的描繪，在遣詞造句、感情色彩方面是不一樣的，但這種差異性又是符合邏輯性的，合乎人物性格變化、發展的常理和規律的。譯者在翻譯前應通讀整部作品，對人物形象整體的性格特徵要有精湛的把握和理解。這樣，譯家才能吃透作家蘊含在語言符號中的細微而深邃的感情。如作家在刻畫變化前的某人物形象時，對其所作所為、所思所慮、一言一行在總體上是持肯定態度的，但在總體肯定的同時，對其心理狀態的某些細微波動或面部表情某些細微變化的描繪會帶有某種否定性情感因素，而這種否定性情感因素也會為該人物形象後來的性格嬗變埋下伏筆。譯者在翻譯時要能敏銳地從語言模式中捕捉到這種否定性情感因素，並在譯文中加以準確的再現，這樣，譯者在譯文中就能為我們再現出一個性格複雜，但性格發展自然、連貫，並富有邏輯性的完整的人物形象來。

譯者譯詩也應從整體上去把握詩。一首詩是由它的語言、結構、韻律、節奏、韻式、音節等多要素構成的。這些要素形成了詩特有的主題意義，構成了它特有的情調、意味和感情色彩。譯者譯時只有將它多方面的要素巧妙地再現出來，才能譯出該詩特有的主題、內容、情調和情感特徵，讀者也才能欣賞到該詩整體的美。美是美在形象的整體性上，這就如跟我們欣賞某張容貌姣美的面孔一樣，我們說某張面孔美，是說這張由額頭、眼睛、鼻子、嘴巴、下巴以及皮膚等共同構成的面形是美的，而不是單指其中的某部分，如眼睛是美的。許淵沖先生所主張的譯詩要譯出音形意美，說的也是這個道理。如果只譯出其中的一美，那麼所譯出的詩稱不上美。因為三美在一首詩中是有機統一、不可分割的，如果只再現出其中的一種，那麼這種美可能並不屬於原詩所固有的美，譯詩在再現原詩的美感方面可能會顯得牽強、不自然。詩詞的三美，不在於她們各自本身，而在於她們所構成的藝術意境的整體。因此，翻譯時，從整體上理解藝術形象，從全局上來把握藝術形像是尤為重要的。

另外，作為譯者主體，他也應當將全部的思想感情融化到作為整體的審美對象中去。羅曼．羅蘭在談自己撰寫《約翰．克利斯朵夫》時，說道：

請相信我，其中每一卷都使我的頭髮變白了（或者說得更正確一些，都使我的頭髮脫落了），我的主人翁所經歷的一切危機把我震動得和他一樣──甚至，比他更厲害。[15：379]

美國作家菲茲傑拉德在《四月的信》中指出：

我每寫一篇小說，就要注進我的一滴什麼──不是眼淚，不是精血，而是我內心更本質的東西，是我所有的精華。[15：379]

陀思妥耶夫斯基在談自己的創作體會時，說道：

我跟我的想像、同親手塑造的人物共同生活著，好像他們是我的親人，是實際活著的人；我熱愛他們，與他們同歡樂、共悲愁，有時甚至為我的心地單純的主人翁灑下最真誠的眼淚。[21：181]

巴金也曾談論過類似的感情體驗。他說：

我寫《家》的時候，我彷彿在跟一些人同受苦，一同在魔爪下面掙扎。我陪著那些可愛的年輕生命歡笑，也陪著他們哀哭，我一個字一個字寫下去，我好像在挖開我記憶的墳墓，我又看見了過去使我的心靈激動的一切。[56]

作家在創作時，將自己的意志、思想、情感、想像、直覺等傾注到審美體驗的過程中、作家審美主體性的建構中。譯家在翻譯時，也應將自己的全部心血和精華投入到對源語文本的思想內容、精神實質的審美體驗中，努力使自己的思想感情與作品中的人物及作者的思想感情交融契合，化成一片，同作者及作品中的人物同喜共憂，同愛共憎，有時，譯者還得扮演作品中的某一人物形象，以體驗其在文本世界中所經歷的一切，唯有如此，作為整體的審美主體和作為整體的審美對象才能融合為一。審美主體──譯者在整個審美活動中所獲得的審美感受才具有完整性這一心理特徵，這會為其完好無損地創造性復現原著的藝術形象提供必要的條件。

審美欣賞心理活動的最後一個心理特徵是「想像的生動性」[1：三四六]。文藝創作過程是離不開想像的。黑格爾曾指出過：「最傑出的藝術本領就是想像。」[57] 人對美的欣賞，「事實上也是一種想像的思維活動」[1：三四六]。譯家在對文本進行審美欣賞時，是在作家想像創造的基礎上，透過自己的想

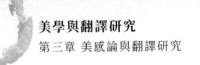

像進行再創造。下面僅舉一例進行具體闡述。在查爾斯．迪更斯的《大衛．科波菲爾德》中，有這麼一句：

I repair to the enchanted house，where there are lights，chattering，music，flowers，officers and the eldest Miss Larkins，a blaze of beau — ty.[58]

作家發揮浪漫主義的想像，將「house」描繪為「the enchanted house」，即「有神仙出沒其間的場所」。那麼譯者是如何來翻譯的呢？請看譯文：

我現在朝著那家仙宮神宇走去，那兒燈火輝煌、人語嘈雜、樂音悠揚、花草繽紛、軍官紛來，還有拉欽斯大小姐，真是儀態萬千。[58：137]

譯者將「the enchanted house」譯為「仙宮神宇」，想像奇特。譯者繼續展開想像的羽翼採用增詞法，將「lights，chattering，music，flow — ers，officers」幾個極其普通的名詞分別譯為「燈火輝煌、人語嘈雜、樂音悠揚、花草繽紛、軍官紛來」，逼真地再現出「仙宮神宇」中的奢侈豪華、人頭攢動、熱鬧非凡的場面。譯者所添加的詞語雖為文中所無，但由「enchanted」一詞展開聯想，它們卻又是文中所必不可少的訊息。譯者接著將「a blaze of beauty」譯為「儀態萬千」，遣詞雅緻，再現出小姐的優雅風度。由這一譯例，可以得知：想像再現出原文藝術形象的美感。

九、翻譯研究中個性與社會性的矛盾的統一

同文藝創作一樣，美感欣賞是一項富有個性色彩的活動。每個人有每個人的個性特徵，因此每個人有每個人的審美觀。在審美活動中，我們應當充分尊重人的個性，個性是一個人成為一個人的標誌，它是一個人思想感情和精神品質的結晶[1：三五三]。它也是人類文化、生存環境、教育經歷、生活閱歷等長期作用的結果。一個具有個性的人，除了其區別於他人的個別性之外，還應當具備以下兩個條件：

　　第一，精神上具有獨立自主性[1：三五三]。一個具有個性的人必須具有判斷是非、明辯真假、識別美醜的能力，他還必須堅持自己的目的。有了這種獨立自主的個性，才能在美感欣賞中表現出屬於自己的個性特徵。翻譯中，譯者在閱讀、理解、闡釋文藝作品時，也應在精神上具有獨立自主性。一部文本在該譯者閱讀之前，可能已被很多讀者閱讀過，被很多譯者翻譯過，被很多的評論家批評、評析過，或者被一些編劇在將其改編成電視劇或電影過程中進行過新的闡釋和評價，這些不同的審美欣賞主體在對該作品的欣賞過程中，會各有自己不同的見解，因他們都是具有獨立自主個性的人。譯者對該作品的翻譯也應體現出自己獨特的個性，不能人雲亦雲。儘管他可以對不同的審美欣賞主體的批評、闡釋和解讀作些參考，但他應有區別於他人的獨到見解和創新特質，這樣才能顯示其作為譯者所應具有的美感欣賞的個性特徵。

　　第二，表現形式的自由性[1：三五四]。要把個性自由地表現出來，必須掌握一定的形式，因個性的存在不是抽象的，而是具體的、現實的。譯者在翻譯中要體現自己獨特的個性特徵，必須具有獨特的藝術風格，如其譯筆流暢清新、語言色澤鮮明，不假雕飾，能適應作品情節需要，善用方言俗語點綴其間；或其譯筆粗獷樸直，語言健勁有力；或其譯筆深沉凝重、詞藻華美。

　　譯者的這些藝術風格也是其個性的體現，是譯者自由地表現其個性的形式。譯者在選擇作品翻譯時一般會按自己所習慣表現的風格來挑選合適的作品來翻譯。「個性應當是作為人的獨立自主性與作為表現形式的自由性，二者的結合」[1：三五五]。馬克思恩格斯曾指出：

　　對象性的現實在社會中對人來說到處成為人的本質力量的現實，成為人的現實，因而成為人自己的本質力量的現實，一切對象對他說來，也就成為他自身的對象化，成為確證和實現他的個性的對象，成為他的對象而這就是說，對象成了他自身。[59]

　　譯者在選擇所要翻譯的文藝作品時，會從作品中接受到各種各樣的審美訊息，但最能引發他的審美興趣和審美感知的是那些與其自身的經驗、期望、個性相投合的審美對象。這些與譯者自身的本質構成相諧合適應的對象，也

就成了譯者按自己的個性的審美需要主動選擇的對象。譯者作為接受主體，在這些對象世界即文藝作品中找到了自己，並能使自己的獨特的本質力量得以發揮和實現。我們在閱讀、評析某譯本時，往往會領略到譯者的獨立自主的個性特徵以及這種個性特徵在其藝術風格上的體現。這正是譯者獨特的本質力量在對象世界——譯本中得到實現和確證。「人不僅透過思維而且以全部感覺在對象世界中肯定自己」[59：125]。袁錦翔先生在評論巴金譯《快樂王子集》的翻譯風格時，曾作過這樣一段評價：

　　熟悉巴金著作的讀者還可進一步發現：譯本的語言風格和《家》、《春》、《秋》中的筆調何其相似！兩者用詞都平易清淡，不用濃墨渲染，不尚精雕細縷；兩者同樣清麗酣暢，韻味醇厚。這說明了文學家的創作風格與其譯文風格往往是相互影響，相輔相成的；也反映出巴金像其他一些有經驗的譯家一樣，樂於選用其創作風格與自己風格相近的外國作品來翻譯，以求譯文在風格上儘可能與原文合拍。[60]

　　巴金的創作風格體現了巴金作為一個作家所應具有的個性，誠如西諺所雲：「The style is the man」[61]。中國古語「文如其人」說的也是藝術作品的風格與作家的個性特徵的諧和一致性。巴金的個性特徵在其譯文中又得到了生動形象的體現，這是巴金作為一個譯家所應具有的個性與其獨特的藝術風格的完美結合，這一結合受到了袁錦翔先生的肯定和讚揚。

　　我們提倡翻譯中要弘揚譯者的個性，但這一個性必須受到社會性的規範和制約。社會性主要體現為一個社會的政治體制、道德倫理、風俗習慣、文化傳統、價值觀念等，這些因素與一個人的個性特徵有相互矛盾的一面，但它們之間也有相互統一的一面。這是因為人是社會的人，人的個性來自於其社會性，來自於人與人之間的關係。在一個人的成長發展過程中，他所賴以生存的社會的政治、文化環境、意識形態等對他的個性的形成是起著很關鍵的作用的。離開了社會，人無處安身，不能存在，也就無所謂個性。人的「活動和享受，無論就其內容或就其存在方式來說，都是社會的，是社會的活動和社會的享受」[59：121–122]。譯者翻譯時必須充分發揮自己的個性，因這是保證其譯文具有創造性的關鍵所在。但譯者個性的發揮必須受制於社會性。

只有個性與社會發展的規律相符合，與社會前進的節拍相協調，同人民大眾的審美接受性相吻合，個性才會變得鮮明獨特，並為人們所認可、歡迎。如果譯者的個性不能與社會性相接軌，譯者聽任其個性在譯文中肆意放縱，那麼其譯文便不會擁有審美接受者。如某譯者喜歡閱讀和欣賞那種色情肉慾描寫，原文文本在這方面雖略有描述，且描述得較為隱晦曲折，但該譯者在翻譯時卻添油加醋、大肆渲染，一任自己的個性衝決社會的樊籬，更不顧審美大眾對這種描寫在心理上所具有的本能牴觸和反感，這樣的譯文將個性與社會性絕對地對立起來，無疑是產生不了審美接受者的。譯者在張揚自己的個性時要考慮所譯出來的作品是否能符合社會道德風尚的接受要求，是否符合歷史前進規律的社會性。只有將個性與社會性統一起來，譯作才會擁有審美欣賞者。

▍十、翻譯研究中的具象性與抽象性的矛盾的統一

形像是具體的，審美欣賞也必須是具體的，亦即「要有『具象性』」[1：三五七]的特點。我們無論是以外在的感覺器官，還是以內在的心靈去感受美、欣賞美，這一過程都會帶有具象的特點。因為我們所感知、欣賞的對像是具體可感的，而感覺器官本身亦是具體的。審美欣賞時，人們的心理活動是圍繞著具體的形象來進行的。審美欣賞的心理活動還包含著抽象性的成分。「具象性與抽象性，本來是人類心理結構中一對既矛盾而又統一的範疇。它們不是絕對地相互排斥，而是相反相成」[1：三五八]。抽象性與具象性相交相融，可加強審美的感受和美感。失卻了抽象性，具象性將孤獨無依，欣賞者也享受不到美感的滋潤。

具象性與抽象性相結合，可在審美欣賞者的心中激起想像的浪花，這樣可以有助於審美意境的營造。翻譯研究中，譯者閱讀文本時，會在具體的形象上面久久徘徊，思慮良久，因為譯者要試圖捕捉具象性的形象身上所蘊含的抽象性的因素。譯者在反覆思考時應發揮藝術的想像力，在自己的內心把具象性的形象與抽象性的概念統一起來，從而使無生命的形象賦有生機和活力。我們來看一看《贛南遊擊詞》一詩中的第一段：「天將曉，隊員醒來早，

露侵衣被夏猶寒，林間唧唧鳴知了。滿身沾野草。」[33：129] 這一段詩行長短不齊，其實，這是該詩詩行排列所具有的具象性特點之一。但在這一具象性的特點中卻蘊涵著抽象性的意義，讀者只要想像一下，就會很自然地把詩行排列的特點與游擊隊員們在繁茂蔥鬱的森林間時隱時現、時進時出的情形聯繫在一起。譯者翻譯時要善於將具象性與抽象性結合起來，充分譯出原詩詩行長短不齊的特點，因這有助於原詩的藝術美感的傳達。許淵沖先生正是這樣做的，請看他的譯文：

Towards daybreak，

Early our men awake.

Our bedding wet with dew，in summer we feel cold.

Among the trees cicadas shrill.

With grass our clothes bristle still.[33：130]

再如，在吳敬梓的《儒林外史》第二十七回中，有這麼兩句：

南京的風俗：但凡新媳婦進門，三日就要到廚下收拾一樣菜，發個利市。這菜一定是魚，取『富貴有餘』的意思。[58：208]

這裡的「魚」是一個具有具象性的形象，但該字無論是從其讀音，還是從其物質實體本身都具有抽象性的意義。讀者只要展開聯想即可捕捉其抽象性。從讀音而言，「魚」與「餘」為諧音字，因此，該詞可讓讀者聯想到「餘」，而「餘」有「剩餘」之意，就財富而論，它可指上文中的「富貴有餘」之謂。從物質實體而言，經常食魚者，可為大富大貴之人，此意亦與文中的「富貴有餘」相諧。譯者翻譯時必須將「魚」的具象性特點與其所蘊含的抽象性意義結合起來，以譯出原文的藝術意境。有譯者這樣譯道：

The custom in Nanjing is for all brides to invite good luck by going to the kitchen on the third day and cooking a fish which stands for for — tune.[58：208]

　　譯者將「富貴有餘」譯為「fortune」，堪稱妙譯，「fortune」不僅意思與「富貴有餘」相當，而且該詞與「fish」押首韻 f。譯者以首韻譯原文的諧音，以「fortune」（大量財產；大筆財富）譯「富貴有餘」，完好地再現了原文具象性與抽象性結合融通這一特點。人們讀譯文會產生與讀原文相似的聯想。

　　另外，「抽象化對於形式美的表現，尤其具有不可思議的效果」[1：三六〇—三六一]。具象的東西之所以美，是與它的形式不可分的。一個特定的物象，吸引審美欣賞者的，首先是它的外形，然後才是它的內涵、氣質和神韻。一首詩的形像是由它的語言、韻律、節奏、韻式，詩行等形式因素構成的。讀者對詩歌的鑒賞是從形至神。神「是文學藝術作品所表現的意趣、哲理、言外之意、象外之象以及形象的神采等」[9：128—129]。「形與言、象相連，神與意、理為伴。」[9：129] 讀者對詩的審美欣賞是透過詩的形式的窗口進入到詩的內在意蘊當中去的。詩詞的格律化，規範化是要把形式加以抽象化。讀者從詩詞特有的抽象化形式能捕捉到它獨有的內涵意蘊、藝術美感。胡經之、李健指出：

　　形使我們直覺到這個物象的獨特之所在，它是進入形象創造和審美體驗的第一個階梯。由外在的形引發想像與聯想才切入內在的神，神融合了文學藝術審美創造的諸多理性因素。[9：119]

　　例如十四行詩，由十四行組成，每行均為抑揚格五音步。這種詩體傳統上一般以吟詠愛情為主，後來其題材得到了大大的豐富和深化，不但描寫愛情，而且還表達英國文藝復興時期的人文主義新思想，宣揚新的價值觀念，人生理想 [62]。譯者拿到一首詩，先要對它的藝術形式進行分析，如發現它是一首十四行詩，那麼，透過它的抽象化形式窗口，即可進入到該詩的內在意蘊當中，與此同時，譯者對該詩所著力描寫的主要內容也能有大致的瞭解。詩的節奏對詩的藝術意境的營造起著很大的作用，如一首詩各行節奏均為「重——輕——重」，那麼這首詩讀起來一定顯得鏗鏘有力，詩歌中所描寫刻畫的藝術形象也一定具有剛毅、堅強、不屈不撓的品格。譯者在對詩的節奏進行細緻準確的分析之後，就可以直入詩的內容，努力再現詩的特有情

調和美感。形式是「有意味的形式」。文藝作品的形式中凝結著作家、藝術家深厚的思想情感、文化修養，形式是作家、藝術家內在情感、思想觀念的外在顯現形式。從文藝作品的形式，我們應該能深味和領略到作家、藝術家們的生活經歷、人生經驗、道德觀念、美學品格、個性氣質等。我們在鑒賞、理解和闡釋文藝作品的形式的同時，其實就是在與作者對話、與作者進行心靈的溝通、情感的交流。形式中蘊含著「味外之旨」和「韻外之致」[9：419]。有些後現代主義作品的藝術形式突破了傳統藝術形式的規範，顯示出詭異奇譎的特徵，這些藝術形式其實也是旨在表現藝術的內在意蘊，譯者在對抽象化的藝術形式進行深入研究的基礎上，亦應著力譯出藝術內容的獨特美感。再如譯者要譯出英國詩人密爾頓那種「莊嚴，高昂，壯麗」[63]的美學風格，那麼，對其詩歌的抽象的藝術形式須要有精湛的把握。密爾頓「不僅運用多音節詞，而且構築長長的詩段，在音韻上造成管樂奏鳴的效果」[63：177]。另外，「密爾頓喜用大字僻詞，句子也常是拉丁文式的，喜用顛倒結構（例如『Him who disobeys/Me disobeys』—V，611—612），再加上典故過多，因此自來都有讀者感到難讀，認為他寫得僵硬。確實，密爾頓寫的是莊嚴體，與口語體是迥然不同的」[63：176]。譯者若能對密爾頓詩歌的藝術形式的上述抽象性因素瞭如指掌，那麼在譯其詩時，便能對其詩歌的具象性成分，如他所刻畫的藝術形象、描寫的偉大事件，以及語言風格上的莊美、激昂等能有透徹的理解從而為準確的再現打下必要的基礎。

▍十一、翻譯研究中自覺性與非自覺性的矛盾的統一

「美感欣賞的一個重要的心理特徵，是在我們內心的結構中，表現為自覺性與非自覺性的矛盾的統一」[1：三六二]。所謂非自覺性，是說我們在美感欣賞時，會情不自禁地為審美對象中的美所吸引，並為之而陶醉、沉迷，從而感到無限的幸福和愉快。這種感覺是非自覺性的，它處於人類心理結構中的無意識層次。我們每個人都能感受到美感之精妙絕倫，但卻又說不清道不明。然而人類的美感欣賞並非都是非自覺、非理性的，它雖有非自覺的一面，但這一面卻「是與自覺的一面統一在一起的，歸根到底，它是自覺的」[1：三六三]。老藝術家在美感欣賞時，其感知美的能力比普通人要高，常常能於審

美對象中發現別人所見不到的東西，之所以如此，是因為他經過了長期的社會實踐、藝術實踐的鍛鍊，其美感欣賞更加具有自覺性。在翻譯研究領域中，一些老翻譯家辛勤耕耘了數十載，積累了豐富的翻譯實踐經驗，因此，他們對美的感覺能力也要比一般人高得多，其美感欣賞的自覺性比一般人要強得多，其所譯出來的作品往往能達到相當高的水平。翻譯工作者，應著力提高自己的審美自覺性，如譯一部作品前，應對作家的生平及其生活的時代背景作一些考察和研究，對作品所涉及的一些歷史典故等作一些探討、分析，對作品所描繪的時代特點進行必要的調查，這對理解作品的美感是極有意義的。如譯《紅樓夢》，譯者譯前若能對曹雪芹及其生活的時代歷史背景有所研究，那麼這對其理解作品中的人物形象如賈寶玉等，以及作品的主題意義無疑是極有幫助的。固然，曹雪芹並不能等同於賈寶玉，但「作者總是不知不覺地透過他的主人翁，來表示他對世態和人生的種種看法，來說明他所追求的美學理想」[1：三八九]。這卻不能不說是事實。另外，對上述因素進行探研，可使譯者在遣詞造句方面能把握好分寸，併力求貼近作者的心理實際及作品的潛在意義。如李商隱的《海上謠》中有兩句「桂水寒於江，玉兔冷秋咽」[1：三六四]，這裡的「寒」和「冷」，我認為就不能譯為「cold」，因為此處的「寒」和「冷」均具有抽象性意義，它們均形容作者被貶桂林時，那種抑鬱悲涼，淒冷哀怨的心情狀態。作者感覺桂水要比長江之水還要寒冷——雖然從地理意義上來說，灕江之水要暖於長江之水，在桂林見到玉兔要比聽到秋天的聲音更讓他不寒而慄，心緒冷落。我將上面兩句譯為：「The Gui River chillier than River Chang，the Jade Moon frigider than the autumn choke.」這裡，我選用了 chilly 和 frigid 兩詞，我認為，它們對於再現作者的心理狀態及原詩淒清的藝術意境是極為有益的。「chill」除具有「an unpleasant coldness」之義外，還有比喻意義，可表示「a depress－ing influence；discouraging feeling」[24：354]。「frigid」也可用於比喻意義，意為「cold in feeling or manner；stiff；chilling」[24：855]。這兩個詞均可用來描繪和形容作者壓抑、悲戚的心理狀態。羅丹曾說過：「偉大的藝術家總是完全意識到他們做的是什麼。」[64] 翻譯家不僅要學貫中西、博古通今，而且要經常參加社會實踐，接觸生活，積累經驗，努力培養、併力求提高自

身的美感欣賞的自覺性，力爭以深得原意，且藝術水準達至精湛圓熟的譯本奉獻給讀者大眾。

▌十二、翻譯活動中功利性與非功利性的矛盾的統一

「功利性，指的是作為一種工具或手段，以達到一定的目的，滿足一定的慾望，並取得一定的利益」[1：三六六]。美感欣賞，是否具有功利性呢？從一定的意義上來說，美感欣賞是應擺脫世俗的利害感和功利打算的。康德在《判斷力批判》中認為：

> 關於美的判斷只要混雜有絲毫的利害在內，就會是很有偏心的，而不是純粹的鑒賞判斷了。我們必須對事物的實存沒有絲毫傾向性，而是在這方面完全抱無所謂的態度，以便在鑒賞的事情中擔任評判員。[65]

我們在欣賞某件物體時，若從純然欣賞者的角度去欣賞它，會對它的顏色、形態、風格等發出由衷的讚美，覺得它美得妙不可言；但若從實用者的角度去欣賞它，考慮到人們如何去使用它，使用在什麼樣的場合等，它就不再具有什麼美感。在翻譯研究中，我們提倡譯者應進入原文文本，在第八節「審美欣賞活動的心理特徵與翻譯研究」中，我曾提出，譯者在對審美對象進行審美閱讀時，應把自己的注意力集中起來，將自己的全部的思想感情投入到對象中去，與對象心神相契，從而達到與其水乳不分、神與物游的交融契合境界。在美感欣賞活動中，要達至這樣的境界，是不能有什麼功利打算的，只有臻於如此境界，譯者才能深味原文中的藝術美感，並為準確傳譯打下鋪墊。但這僅是美感欣賞的一個方面。其實，美感欣賞還有更為重要的一個方面，即它的功利性一面。「美感欣賞本身是社會生活實踐的產物，它是適應人類社會生活實踐的需要而後產生的」[1：三六七]，而「社會生活實踐的本身就是富有功利性的」[1：三六七]。我在《翻譯學的建構研究》一書中，曾就接受美學對翻譯研究的意義進行過深入的探討，指出翻譯活動要考慮到不同層次的讀者群和文化圈的需要，考慮到潛在讀者對作家創作的制約和左右，以審美價值為中心的多元價值系統對翻譯活動的影響，以及翻譯作品的社會接受效果對翻譯活動的制約等因素[66]，所有這些因素都是帶有功利目的的。

魯迅於 1920 年在自己所創作的《〈域外小說集〉序》中，對自己在東京翻譯外國小說的目的作了說明，他「以為文藝是可以轉移性情，改造社會的」[14：189]。魯迅在這裡也認為翻譯是具有功利性的，即它可以提高人們的精神境界，並達到改造社會的目的。這裡需要強調的是，我所說的翻譯功利目的性以及魯迅先生所言的翻譯功利性都是具有積極意義的，這是因為它們對翻譯研究的健康發展，文化市場的繁榮，人民群眾精神文化生活的改善和提高均具有促進作用，它們超出了個人狹隘的功利打算和利害感，能將翻譯活動帶入到人類高級精神活動的美感欣賞中。

翻譯活動中，我們應倡導其具有積極意義的功利性一面，而對其具有消極意義的功利性一面應加以抵制。如有些譯者從事翻譯活動，是為了拿點兒稿酬，為了達此目的，他們不惜喪失自己的人格去翻譯那些充滿色情肉慾描寫、兇殺打鬥場景內容的作品，這些作品翻譯質量低下，流傳於市井攤販手中，汙染了社會風氣，不符合社會發展、文明進步利益這一功利目的，這種帶有消極意義的功利目的性是我們翻譯工作者應加以批判的。翻譯工作者應以塑造和完善人類靈魂、促進全人類精神的自由、全面的發展，努力將人提升為另一個主體（馬克思語）作為從事翻譯工作的唯一目的性，不把賺錢當作自己從事翻譯事業的目的。馬克思曾說：「作家當然必須賺錢才能生活、寫作，但是他絕不應該為了賺錢而生活、寫作。」「詩一旦變成了詩人的手段，詩人就不成其為詩人了」[14：176]。翻譯家一旦將翻譯當作謀生的手段，那麼他作為翻譯家所應具有的人格、精神、人性也就喪失殆盡了。其實，即使是在西方，很多的文藝工作者也是以提升、淨化人的心靈作為審美旨趣，而不將追逐經濟效益、尋求感官刺激作為文藝創作的功利目的性的。誠如有的論者所指出的那樣，連資產階級的政治家柯林頓都曾大聲疾呼，要求好萊塢的影視製作重視這一方面的工作，而不要把目光僅僅盯在性和暴力上，從而謀取利潤。社會主義的文學藝術更不能如此，它有著以社會主義精神鼓舞人的光榮使命[67]。

在提倡具有積極意義的功利性方面，我們還可以吸取老莊的一些思想。老莊曾將虛靜這種修養狀態進行了發揚光大，他針對紛擾喧囂的世俗生活對人的精神所產生的不良影響，具有消極意義的功利行為對人精神狀態的肆意

侵害，憤然指出，這些均妨礙了人思維的自由展開，人們自由創造能力的提高。他主張脫俗，要求人們在修身養性和文藝創作時，能保持一種無功利的心態，以虛靜為主導[9：221]。虛靜能使人的心境處於一種無功利的狀態，它鄙棄一切庸俗、自私、嫉妒、仇恨等不健康的心理，強調人透過無功利的直觀，而通達「朝徹」的清明之途。虛靜還能使人「思接千載；……視通萬里」[9：221]。在虛靜狀態中，作家們可以充分發揮自己的藝術創造才能，做到「吟詠之間，吐納珠玉之聲，眉睫之前，卷舒風雲之色」[9：221]。譯者在翻譯時亦應如此，因這對譯者以一種素樸清淡的心境去感悟人生，思索藝術的本真問題，理解文藝作品的深刻含義，是大有裨益的。另外，我們張揚具有積極意義的功利目的性與提倡翻譯過程中譯者應全身心地投入到原文藝術意境的傳達中去並不相互矛盾。譯者在審美閱讀原文文本時，聚精會神，凝神觀照，努力吃透原文的內涵意蘊，這是理解原文文本所必須的。理解時排除一切私心雜念，世俗利害，這樣可保證理解的深刻、透徹和細緻。這一過程是準確翻譯的前奏。

另外，譯者應時時注意內心生活的純淨和精神境界的提高。這對其選擇翻譯作品以及確立和追求適宜的語言、文體風格都是很有益處的。現實世界，五光十色，光怪陸離，這裡有商場角逐、權力鬥爭，還有日常生活中的瑣碎雜務，譯者應在這繁忙紛擾的鬧市區域為自己尋覓到一個僻靜之所，在這波濤洶湧、危機四伏、險象環生的人生大海上為自己找到一片寧靜的港灣，這樣，他可於沉思默想中，回歸心靈的探索之旅，從而提高自己的精神境界。誠如黑格爾在《哲學史講演錄》中所說的那樣，時代的艱苦使人對於日常生活中平凡的瑣屑興趣予以太大的重視，現實上很高的利益和為了這些利益而作的鬥爭，曾經大大地占據了精神上一切的能力和力量以及外在的手段，因而使得人們沒有自由的心情去理會那較高的內心生活和較純潔的精神活動，以致許多較優秀的人才都為這種艱苦環境所束縛，並且部分地被犧牲在裡面。因為精神世界太忙碌於現實，所以它不能轉向內心，回覆到自身。[15：50]

黑格爾的論述啟示譯者應注重由外在探尋返回人自身的心靈的探尋。

再者，翻譯活動中富有積極意義的功利性還表現在譯者能自覺地接受社會生活條件的制約。一定的社會、一定的民族、一定的社會階層有著自己特定的審美趣味、審美意識、審美理想和概念。普列漢諾夫在對原始部落民族的審美意識的形成過程進行考察和調研之後，就曾指出：

為什麼一定社會的人正好有著這些而非其他的趣味，為什麼他正好喜歡這些而非其他的對象，這就取決於周圍的條件。[68]這些條件說明了一定社會的人（即一定的社會、一定的民族、一定的階級）正是有著這些而非其他的審美的趣味。[68：30]譯者在選擇所翻譯的作品，運用適宜的翻譯美學思想、翻譯的技巧和方法以及追求恰當的翻譯風格方面，應顧及到特定的歷史時期的社會的主流意識形態、人民群眾的普遍的審美旨趣和欲求，這樣，其所譯出來的作品才會具有積極的社會功利意義。

羅丹曾說過：「我相信藝術家是最有用的人。」[64：124]翻譯工作者應做最有用的人，應把功利性與非功利性的矛盾統一起來。做社會主義精神文明的建設者。

十三、翻譯活動中的美感教育與人的心理氣質和精神面貌

美感，作為人類的高級的精神活動，是以美感教育作為它的目的的。「美感教育又稱審美教育，或者簡稱美育。它和德育、智育、體育等一樣，都在於把人提高」[1：三七０]。美感教育著重「陶冶人的精神，轉移人的氣質」[1：三七一]，「培養人，發展人，使之成為身心健康的完美的人」[1：三七二]。魯迅曾指出：「美術可以輔翼道德」[15：397]，他將美育與道德培養結合了起來，認為，「美偉強力」的藝術力量，可以「宣彼妙音，傳其靈覺，以美善吾人之性情，崇大吾人之思想」[14：188]。蔡元培先生在談到美育的教育意義時，指出：「純粹之美育，所以陶養吾人之感情，使有高尚純潔之習慣，而使人我之見、利己損人之思念，以漸消沮者。……破人我之見，去利害得失之計較，則其所以陶養性靈使之日進於高尚者，固已足矣。」[69]美育對人的精神情操的淨化作用對於翻譯研究也是極有啟發意義的。

翻譯研究中的美感教育一方面體現在作品的選擇上。譯者應選擇那些對讀者的精神和心理具有陶冶和感染作用的作品來翻譯，因為文學藝術如同鏡子一樣，人們在鏡子中觀照自己，就可以得到道德上的教誨，這是文藝復興時代的達．芬奇和莎士比亞所持的觀點[1：三七二]。根據羅馬時代的賀拉斯，娛樂與教育應統一起來，即應「寓教於樂」[70]。黑格爾認為，「審美帶有令人解放的性質。」[57：180] 審美教育對人的思想道德、精神境界所具有的這些積極的、正面的作用在翻譯研究領域中為很多譯者所推崇。如「五四」時期，譯者們翻譯了不少馬克思主義理論著作以及無產階級文學作品，當時，不少的讀者，尤其是一些熱血青年在讀完譯作後，能用馬克思主義思想武裝自己的頭腦，從而對中國的國情以及未來做出理性的分析和科學的預測。還有很多革命志士受文學作品中一些英雄人物，如《鋼鐵是怎樣煉成的》中的主人翁保爾．柯察金的英勇業績的感染而投身到反帝反封建、為勞苦大眾謀福利的偉大鬥爭中去。這是美感教育對人的精神和心理產生陶冶和感染作用的典型事例。「美感教育在人類的社會生活中，佔有極其重要的地位，起著極其重要的作用」[1：三七四]。「在休息娛樂時，……主要的是美育」[1：三七四]。譯者在選擇所要翻譯的作品時，可以選擇那些有助於愉悅身心，怡情養性，給人以美的薰陶的作品來翻譯。如英國浪漫主義詩人華茲華斯的一些抒情短詩，其中有些描寫優美的自然風光，有些吟詠辛勤勞作的農村姑娘，有些謳歌兄妹之間的互相關愛之情，這些詩語言清新素樸，觀察細緻，感情真摯，聯想豐富，顯現出浪漫主義詩歌所獨有的藝術魅力。將這些詩歌翻譯出來，讓讀者在工作之餘嚐閱讀，可為他們的閒暇帶來樂趣。誠如亞里士多德所說的那樣，讀者們可以「俯仰於這樣的宇宙之間，樂此最好的生命……無往而不盎然自適」[71]。人類的文化，經過譯者生花妙筆的傳譯，可為讀者們創造更高的情趣。歌德曾說過：

鑒賞力不是靠中等作品，而是靠觀賞最好的作品才能培育成——所以我讓你看這好的作品，等你在最好的作品中打下了牢固的基礎，你有了用來衡量其他作品的標準，估價不至於過高，而是恰如其分。[15：406]

　　譯者經常翻譯優秀的文藝作品，可以提高自己的審美趣味和藝術鑒賞力，而讀者們經常閱讀一些高雅脫俗、健康純淨，且又經受住了歷史汰變的優秀譯品，也可以獲得正確的藝術鑒賞力和深刻的美感教育。

　　翻譯研究中的美感教育另一方面還體現在對譯者的要求上。譯者應自覺地接受美的薰陶，應恥於那些為眾人所不齒、不屑的事情。譯者既要有所為，又要有所不為。對於那些有益於促進社會主義精神文明建設、有益於人民群眾的身心健康的作品，譯者應有所為，力求譯好、譯美、譯準。對於那些有害於社會主義精神文明建設，汙染社會風氣，毒害人民身心健康的作品，譯者應表現出有所不為的品格，應拒譯，加以抵制。譯者應具有獨特的風趣和高尚的情操，他應具有藝術家的心理氣質和精神風貌。譯者應學習和鑽研古今中外優秀的文學作品，培養文學鑒賞能力，提高自己的精神境界。有些作品中的文學意象雖然普通平常，但其中融注著作家豐富獨特的想像和濃厚的感情色彩，若將這些意象聯繫起來，譯者就能揭示出它們的普遍性的意義以及其中所蘊含的深刻的哲理，這些意義和哲理會長久地銘刻在譯者的心靈之上，並於不知不覺之間轉移譯者的心理氣質和精神面貌。另外，譯者應與周圍的自然和社會環境建立全面的、密切的、豐富的關係，這是因為人是作為社會關係的總和而存於這個世界上的。首先，譯者應熱愛自然。大自然中蘊藏著豐富的美的資源。譯者面對大自然，陶醉徜徉於大自然的懷抱之中，就能感受到自然美的啟迪和教育。屈原遭放逐後，輾轉徘徊於江湖之間，目睹祖國山川秀美的景色，排遣胸中的鬱悶哀怨，山川草木成了他抒發自己內心感受的最早象徵。歐陽修曾說道：

　　　凡士之蘊其所有，而不得施於世者，多喜自放於山巔水涯，外見蟲魚草木風雲鳥獸之狀類，往往探其奇怪。[9：75]

　　詩人借助自然界的草木蟲魚、風雲鳥獸，寄託自己的心靈感受、理想情感和遠大志向。陶淵明退出官場後，寄情於大自然，並從自然界中獲取身心的自由、寧靜和閒適。大自然陶冶了陶淵明的心靈，他於自然中能達到忘我的境界，自然使他超脫、使他高尚，並能使他坦然地面對現實生活中的一切。他在《形影神》之《神釋》中寫道：「縱浪大化中，不喜亦不懼。應盡便須

盡，無復獨多慮。」[9：109] 因此，自然美是「陶冶性靈和培育知識分子心態的一個重要方面」[1：三八五]。譯者經常深入自然，欣賞自然的美，其性情就能得到陶冶，在翻譯文藝作品中有關自然篇章的時候，就能吃透文本內容，理解作家的思想情操、觀點心態。如美國超驗主義思想家愛默生和梭羅吸取了中國古代思想家老子、莊子等人的天人合一、人與自然和諧相處的思想，在其作品中對自然之美進行了熱烈的讚頌，他們認為，自然對於人的精神具有有益於健康的作用，自然之美即為人的精神之美，自然不僅將其物質性展示給人類，而且還教給人們道德的觀念[43：30]。梭羅為了獲得對生活的真知灼見，還在康科德的瓦爾登湖自己建造小木屋，自種莊稼，捕魚摸蝦，接近大自然[43：36]。譯者若沒有親往自然界中去實踐、感受和領悟的經歷，要想譯出愛默生和梭羅作品中的自然情結，那是難以想像的。另外，譯者還應深入社會。人離不開社會，正如魚兒離不開水一樣。「社會美也是各種各樣的，十分豐富和複雜的。它有屬於個人的心靈美、形體美，有屬於人際之間的語言美、服裝美，有屬於群體活動的環境美、人情美，等等。它們都不是人們自由選擇的結果，而是在社會歷史和經濟發展的基礎上，客觀地形成起來的」[1：三八五]。譯者經常接觸社會，就能飽嘗社會美對於人的教育和影響，進而對社會美有著深切的認識、理解和體察。而社會美又是反映在文藝作品之中的，這樣，當譯者在翻譯文藝作品時，對其中的社會美就會有著深透的理解，並能為準確再現創造必要的條件。自然美和社會美對於譯者心靈的培育，個性的和諧完美的發展，乃至其審美心理的完善都具有重要意義。

譯者經常深入自然和社會，就會積累起豐富的人生經驗，這些人生經驗的積累，在譯者理解闡釋文藝作品，併力圖對其中的審美對象進行感知、想像、分析、欣賞時，會有助於其對文本的思想內容、風格特徵和精神實質的審美體驗的深化，也就是說，審美體驗的加深和拓展是建立在深度的人生體驗和廣泛的日常生活體驗基礎之上的。而這深度的審美體驗可使譯者獲得深度的美感教育。如約瑟夫．布蘭克（Joseph P.Blank）在「迎戰卡米爾颶風」（Face to Face with Hurri － cane Camille）這篇散文中，對約翰．柯夏克一家迎戰卡米爾號颶風進行了驚心動魄的描寫，生動逼真地展示了作家從

現實生活中所獲得的審美體驗，及美感教育的過程。當卡米爾號颶風真地到來時，柯夏克家的房屋遭到了颶風猛烈的襲擊：

Seconds after the roof blew off the Koshak house，John yelled，「Up the stairs－into our bedroom！Count the kids.」The children huddled in the slashing rain within the circle of adults.Grandmother Koshak im－plored，「Children，let』s sing！」The children were too frightened to re－spond.She carried on alone for a few bars；then her voice trailed away.

Debris flew as the living－room fireplace and its chimney col－lapsed.With two walls in their bedroom sanctuary beginning to disinte－grate，John ordered，「into the television room！」This was the room far－thest from the direction of the storm.

For an instant，John put his arm around his wife.Janis understood.Shivering from the wind and rain and fear，clutching two children to her，she thought，Dear Lord，give me the strength to endure what I have to.She felt anger against the hurricane.We won』t let it win.

Pop Koshak raged silently，frustrated at not being able to do any－thing to fight Camille.Without reason，he dragged a cedar chest and a double matress from a bedroom into the TV room.At that moment，the wind tore out one wall and extinguished the lantern. A second wall moved，wavered，Charlie Hill tried to support it，but it toppled on him，injuring his back.The house，shuddering and rocking，had moved 25 feet from its foundations.The world seemed to be breaking apart.

「Let』s get that matress up！」John shouted to his father.「Make it a lean－to against the wind.Get the kids under it.We can prop it up with our heads and shoulders！」

The larger children sprawled on the floor，with the smaller ones in a layer on top of them，and the adults bent over all nine.The floor tilted ⋯⋯John grabbed a door which was still hinged to one closet wall.「If the floor goes，」he yelled at his father，「let』s get the kids on this.」[72].

「You』re great，」John said.「And this town has a lot of great people in it.It』s going to be better here than it ever was before.」

Later，Grandmother Koshak reflected：「We lost practically all our possessions，but the family came through it.When I think of that，I re－alize we lost nothing important.」[72：9]

柯夏克家的屋頂一被掀走，約翰就高喊道：「快上樓——到臥室裡去！數數孩子。」在傾盆大雨中，大人們圍成一圈，讓孩子們緊緊地擠在中間。柯夏克老奶奶哀聲切切地說道：「孩子們，我們大家來唱支歌吧！」孩子們都驚呆了，根本沒一點反應。老奶奶獨個兒唱了幾句，然後她的聲音就完全消失了。

客廳的壁爐和煙囪崩塌了下來。弄得瓦礫橫飛。眼看他們棲身的那間臥室也有兩面牆壁行將崩塌，約翰立即命令大夥：「進電視室去！」這是離開風頭最遠的一個房間。

約翰用手將妻子摟了一下。詹妮絲心裡明白了他的意思。由於風雨和恐懼，她不住地發抖。她一面拉過兩個孩子緊貼在自己身邊，一面默禱著：親愛的上帝啊，賜給我力量，讓我經受住必須經受的一切吧。她心裡怨恨這場颶風。我們一定不會讓它得勝。

柯夏克老爹心中窩著一團火，深為自己在颶風面前無能為力而感到懊喪。也說不清為什麼，他跑到一間臥室裡去將一只衫木箱和一個雙人床墊拖進了電視室。就在這裡，一面牆壁被風颳倒了，提燈也被吹滅。另外又有一面牆壁在移動，在搖晃。查理．希爾試圖以身子撐住它，但結果牆還是朝他這邊

塌了下來，把他的背部也給砸傷了。房子在顫動搖晃，已從地基上挪開了 25 英呎。整個世界似乎都要分崩離析了。

「我們來把床墊豎起來！」約翰對父親大聲叫道。「把它料靠著擋擋風。讓孩子們躲到墊子下面去，我們可以用頭和肩膀把墊子撐住。」

大一點的孩子趴在地板上，小一點的一層層地壓在大的身上，大人們都彎下身子罩住他們。地板傾料了。……約翰抓住一扇還連在壁拒牆上的門，對他父親大聲叫道：「假若地板塌了，我們就把孩子放到這塊門板上面。」[73]

「您真了不起，」約翰說道。「這鎮上有許多了不起的人物。將來一定會比以往更美好。」

後來，柯夏克老奶奶沉思道：「我們的財物損失殆盡，可一家人全都活下來了。這樣一想，我就覺得我們並沒有損失什麼要緊的東西。」[73：7]

颶風到來時，柯夏克一家在瘋狂肆虐的颶風面前，表現出了大無畏的鬥爭精神，以及一種團結友愛、互助互幫的崇高品格。老人們首先想到的是孩子的安全，他們圍成了一圈，讓孩子擠在了中間；約翰摟住了妻子，給妻子送去了溫暖；妻子摟著孩子，給孩子傳遞著母愛的溫情。當颶風變得更為猛烈之時，老的護大的，大的保小的，柯夏克一家成了一堵堅不可摧的鋼鐵長城。當颶風結束，作家透過柯夏克老奶奶表達了自己的審美體驗，這種體驗也可以說代表了柯夏克一家、作家本人，以及散文閱讀者在這場自然災害中所獲致的崇高的美感教育。柯夏克老奶奶認為颶風雖然摧毀了她家的房屋、財產，但她並不覺得損失了什麼緊要的東西，她及她的家人全部存活了下來，這場自然災害鍛鍊了他們的意志和品格，加強了家庭成員之間的凝聚力及團結互助的精神，和對生命的摯愛之情，有了這種對生命、親人的愛，他們一定能建造一個更為幸福的家。上面一段記述表明了作家從人生體驗向審美體驗的轉化，也表明了作家從自然和社會生活中獲取了深度的美感教育。譯者在翻譯時，表現出了對原文的內容和精神的深刻理解，他從原文中所獲得的審美體驗逼真地再現了作家從自然生活中所獲得的審美體驗。同時，我們也可以想見，譯者對作家審美體驗之所以再現如此真實、形象也是與譯者經常深入自然和社會、體驗人生、體會人與人之間的情愫分不開的。譯者在譯

文中的遣詞用語無不展示出他從深度的人生體驗和生活體驗中所獲得的審美體驗和美感教育。如以「哀聲切切地說道」譯「implored」，以「摟」譯「put his arm a－round his wife」，將「clutching two children」譯為「拉過兩個孩子緊貼在自己身邊」，「a lot of great people」譯為「了不起的人物」，「I realize we lost nothing important」譯成「我就覺得我們並沒有損失什麼要緊的東西」。這些譯文皆貼切、生動、樸實，充溢著一股股濃郁的人情味，同時它們又能傳達出一種美感，給人以教育和啟迪。

再如，英國女小說家和詩人 V. 薩克維爾──韋斯特（V.Sack－ville－West）在其著名的散文「海上無路標」（No Signpost in the Sea）

中做過一段審美體驗的記述，作家以細膩生動的文筆、豐富的想像展示了主角獲致美感教育的過程。請看：

The young moon lies on her back tonight as is her habit in the trop－ics，and as，I think，is suitable if not seemly for a virgin. Not a star but might not shoot down and accept the invitation to become her lover.When all my fellow－passengers have finally dispersed to bed，I creep up again to the deserted deck and slip into the swimming pool and float，no longer what people believe me to be，a middle－aged journalist tak－ing a holiday on an ocean－going liner，but a liberated being，bathed in mythological waters，an Endymion young and strong，with a god for his father and a vision of the world inspired from Olympus.All weight is lif－ted from my limbs；I am one with the night；I understand the meaning of pantheism.How my friends would laugh if they knew I had come to this ！ To have discarded，as I believe，all usual frailties，to have become inca－pable of envy，ambition，malice，the desire to score off my neighbour，to enjoy this purification even as I enjoy the clean voluptuousness of the warm breeze on my skin and the cool support of the water.Thus，I imag－ine，must the pious feel cleansed on leaving the confessional after the so — lemnity of absolution.^[36：290—291]

　　今夜的一彎新月仰面料躺在天空，這是月亮在熱帶地區常見的姿勢。在我看來，這種姿勢對一個少女來說雖說有些不稚，但卻還是適宜的。沒有哪一顆星星不願飛射下來接受邀請做她的情人。當船上的其他乘客最後一個個都回艙就寢之後，我一個人又悄悄爬上空蕩蕩的甲板，滑入游泳池，在水面上浮游著。這時我已不再是人們所熟悉的那位在遠洋海輪上渡假的中年記者了，而是一個無拘無束的沐浴著天池神水的自由快樂的人，就像神話中那位有天神做父親並有一雙奧林匹斯山諸神所賜的觀察人世的慧眼，年輕健壯的恩底彌翁。我只覺身體四肢輕飄飄的沒有任何重量，並且和夜的世界合為一體。我悟出了泛神論的真正意義。我的那些朋友們若知道我已變成這樣，他們不知會笑成什麼樣子！在享受著這暖風浴膚，涼水托體所帶來的清新快感時，我相信我的心靈也得到了淨化，丟棄了凡人皆有的種種弱點，變锝不會嫉妒，沒有野心，沒有惡意，與世無爭。照我想像，那些虔誠的教徒在做完莊嚴的懺悔儀式離開懺悔室時，他們心靈得到淨化的感覺一定就像我此時的感覺一樣^[37：318—319]。

　　文中的主角於誘人的月夜爬上空蕩蕩的甲板，進入游泳池，當他悠閒自得地沐浴在天池神水中時，他覺得自己幸福無比，似與自然界融為一體，在這種物我兩忘，渾化同一的審美境界中，他理解了生活的真諦，其精神境界也獲得了純淨和提高。他變得不會嫉妒，沒有野心，沒有惡意，與世無爭，成為了一個高尚、純潔、寬厚、善良的人。主人翁「由耳目感官愉悅向心靈的精神沉醉的拓進過程，是一種體會宇宙精神，把握人生境界，滲透自然之氣，講求靈肉內修的流動過程。因而只有體味了宇宙人生中那無法明狀、不可言喻的『無聲之和』，才能求索到生活內在而質樸的意蘊，獲得真正的審美的人生態度和審美體驗深度」^[15：77]。主人翁的這種深度的審美體驗使其獲得了深度的美感教育。作家對這種審美體驗和美感教育的細膩描寫無疑得益於他對自然和生活所做的深度體驗。譯者以忠實、流暢、貼切、優美的文筆真實地再現了作家對主人翁的審美體驗和所獲得的美感教育所進行的精心描繪，這與譯者豐厚的人生體驗和生活經驗也是分不開的。

參考文獻

［1］蔣孔陽 . 美學新論［M］. 北京：人民文學出版社，2006：二九八 .

［2］趙辛爾 . 從兩部英譯古詩集看近年來古詩英譯之趨勢［J］. 外語學刊，1986，（4）：112.

［3］王佐良 . 英語文體學論文集［C］. 北京：外語教學與研究出版社，1980：27.

［4］現代外語 .1989，（2）. 轉引自楊自儉劉學雲編 . 翻譯新論［C］. 武漢：湖北教育出版社，1994：66 － 67.

［5］王佐良 . 英國詩史［M］. 南京：譯林出版社，1993：41 － 43.

［6］金啟華主編 . 中國古代文學作品選（上）［Z］. 南京：江蘇人民出版社，1983：416.

［7］金啟華主編 . 中國古代文學作品選（中）［Z］. 南京：江蘇人民出版社，1983：96.

［8］高爾基 . 給皮雅特 . 尼茨基 . 轉引自胡經之 . 文藝美學［M］. 北京：北京大學出版社，1999：194.

［9］胡經之，李健 . 中國古典文藝學［M］. 北京：光明日報出版社，2006：6.

［10］王向峰 . 美的藝術顯形［M］. 北京：首都師範大學出版社，2001：48.

［11］漢文學史綱要，魯迅全集第 8 卷，第 257 頁，轉引自胡經之 . 文藝美學［M］. 北京：北京大學出版社，1999：194.

［12］詩品序 . 轉引自蔣孔陽 . 美學新論［M］. 北京：人民文學出版社，2006：三 0 八 .

［13］叔本華 . 作為意志和表象的世界［M］. 北京：商務印書館，1982：100.

［14］陳傳才 . 當代審美實踐論［M］. 廣州：暨南大學出版社，2002：62.

［15］胡經之 . 文藝美學［M］. 北京：北京大學出版社，1999：42.

［16］考夫卡 . 藝術與要求性，載李普曼 . 當代美學 . 第 412 頁 . 轉引自朱立元 . 現代西方美學史［M］. 上海：上海文藝出版社，1993：821.

［17］朱立元 . 現代西方美學史［M］. 上海：上海文藝出版社，1993：828 － 829.

［18］藝術與視知覺 . 第 3 頁 . 轉引自朱立元 . 現代西方美學史［M］. 上海：上海文藝出版社，1993：828.

［19］魯道夫 . 阿恩海姆 . 藝術與視知覺 . 第 53 頁 . 轉引自蔣孔陽 . 美學新論［M］. 北京：人民文學出版社，2006：三一三 .

［20］魯道夫 . 阿恩海姆 . 藝術與視知覺［M］. 北京：中國社會科學出版社，1984：5

［21］彭立勛 . 審美經驗論［M］. 北京：人民出版社，1990：90.

［22］阿恩海姆 . 視覺思維［M］. 北京：光明日報出版社，1986：37.

［23］馬克思 .1844 年經濟學哲學手稿［M］. 北京：人民出版社，2000：86.

［24］The World Book Dictionary［Z］.Doubleday & Company，Inc.1981：493.

[25] 鄭易裡.英華大辭典［Z］.轉引自黃龍.翻譯技巧指導［M］.瀋陽：遼寧人民出版社，1986：174.

[26] 熊威.縱古論今陶朱公.南京工業大學報，2006－4－3，11：39：10ht－tp：//www.cunews.edu.cn

[27] 闕勛吾.許凌雲等譯註.古文觀止下冊［Z］.長沙：湖南人民出版社，1982：15.

[28] 蕭滌非，程千帆，馬茂元等.唐詩鑒賞辭典［Z］.上海：上海辭書出版社，1983：249.

[29] 中國古詩精品三百首［Z］.許淵沖譯.北京：北京大學出版社，2004：191.

[30] 馮慶華.實用翻譯教程［Z］.上海：上海外語教育出版社，1997：124.

[31] 莎士比亞全集第5卷［Z］.北京：人民出版社，1978：241－242

[32] 利契奈洛.文杜裡.《西歐近代畫家》［Z］上冊.北京：人民美術出版社，1979：100.

[33] 許淵沖.翻譯的藝術［C］.北京：中國對外翻譯出版公司，1984：127.

[34] 十九世紀英國詩人論詩［M］.北京：人民文學出版社，1984：61

[35] 許淵沖，陸佩弦，吳鈞陶編.英漢對照唐詩三百首新譯［Z］.北京：中國對外翻譯出版公司，1992：305.

[36] 張漢熙主編.高級英語第一冊［Z］.北京：外語教學與研究出版社，1995：213.

[37] 張鑫友主編.高級英語修訂版學習指南（第一冊）［Z］.武漢：湖北人民出版社，2000：237

[38] 吳偉仁編.英國文學史及選讀第二冊［Z］.北京：外語教學與研究出版社，1988：66.

[39] 高爾基文學論文選［M］.北京：人民文學出版社，1959：47.

[40] 詩學／詩藝，第158頁，轉引自趙憲章.西方形式美學［M］.北京：人民出版社，1996：116.

[41] 吳定柏.美國文學欣賞［Z］.上海：上海外語教育出版社，2002：38.

[42] 範道倫編選.愛默森文選［Z］.張愛玲譯.北京：生活.讀書.新知三聯書店，1986：26.

[43] 吳定柏.美國文學大綱［M］.上海：上海外語教育出版社，1998：30.

[44] 陳福康.中國譯學理論史稿［M］.上海：上海外語教育出版社，2000：116.

[45] 阿爾森.古留加.康德傳［Z］.北京：商務印書館，1981：113.

[46] 楊自儉，劉學雲編.翻譯新論［Z］.武漢：湖北教育出版社，1994：567.

[47] 黎千駒.模糊修辭學導論［M］.北京：光明日報出版社，2006：205.

[48] 錢鍾書.通感.七綴集.上海：上海古笈出版社，1996：65.

[49] 波德萊爾.波德萊爾美學論文集［M］.郭宏安譯.北京：人民文學出版社，1987：97.

[50] James J.Kilpatrick.Spring.中國翻譯，1988，（4）：62.

[51] 中國翻譯，1988，（4）：65.

[52] 新英漢詞典［Z］.上海譯文出版社編.上海：上海譯文出版社，2000：176.

[53] 中國翻譯，1988，（2）：56.

[54] 吳偉仁編.英國文學史及選讀［Z］第二冊.北京：外語教學與研究出版社，1988：66.

[55] 黃龍.翻譯學［M］.南京：江蘇教育出版社，1988：232.

[56] 巴金論創作［M］.上海：上海文藝出版社，1983：212.

[57] 黑格爾.美學第1卷［M］.北京：商務印書館，1979：357.

[58] 馮慶華.實用翻譯教程［Z］.上海：上海外語教育出版社，1997：136－137.

[59] 馬克思恩格斯全集［M］.第42卷.北京：人民出版社，1979：168.

[60] 中國翻譯，1987，（4）：30.

[61] 黃龍.翻譯技巧指導［M］.瀋陽：遼寧人民出版社，1986：3.

[62] 吳翔林.英詩格律及自由詩［M］.北京：商務印書館，1993：180－181.

[63] 王佐良.英國詩史［M］.南京：譯林出版社，1993：177.

[64] 羅丹藝術論［Z］.沈琪譯.北京：人民美術出版社，1978：93.

[65] 康德三大批判精粹［Z］.楊祖陶鄧曉芒編譯.北京：人民出版社，2001：425.

[66] 董務剛.翻譯學的建構研究［M］.北京：線裝書局，2007：136－159.

[67] 金元浦，陶東風.闡釋中國的焦慮.北京：中國國際廣播出版社，1998：23.

[68] 普列漢諾夫美學論文集（Ⅰ）［C］.北京：人民出版社，1983：332.

[69] 蔡元培教育文選［M］.北京：人民教育出版社，1980：30－32.

[70] 伍蠡甫主編.西方文論選［M］.上卷.上海：上海譯文出版社，1979：97.

[71] 亞里士多德.形而上學［M］.北京：商務印書館，1981：248.

[72] 張漢熙主編.高級英語第二冊［Z］.北京：外語教學與研究出版社，1995：5—7.

[73] 張鑫友主編.高級英語學習指南（修訂本）第二冊［Z］.武漢：湖北人民出版社，2000：4—5.

第四章 符號論哲學對翻譯研究的意義

在第三章中，我從美學有關語言對感官的刺激的角度探討了翻譯中再現音形意美重要性的問題；還從美學的一個重要分支，文藝心理學的角度探究了感覺、直覺觀、知覺和表象觀、記憶與聯想觀、想像觀、思維與靈感觀、通感觀等對翻譯研究的啟迪；我還深入研究了審美欣賞活動的心理特徵與翻譯研究的關係；美學中的幾大矛盾的統一性，如個性與社會性的矛盾的統一、具象性與抽象性的矛盾的統一、自覺性與非自覺性的矛盾的統一、功利性與非功利性的矛盾的統一與翻譯活動的關係；還探究了翻譯活動中的美感教育與人的心理氣質和精神面貌。在本章，我將從符號論哲學角度來研討翻譯研究的問題，這是因為符號論哲學對美學、藝術心理學的發展是起過很大的推動作用的，因此，它對翻譯研究的發展也有著極大的促進作用。《世界藝術百科全書》這樣指出：

從最初系統地闡述移情說開始到恩斯特. 卡西爾和蘇珊. 朗格的符號說，可以說是美學和藝術心理學發展的主線。現在，藝術心理學很難脫離符號學這種學說。[1]

符號學為藝術心理學一個很重要的分支，符號和藝術水乳交融、密不可分。黑格爾在《美學》中就認為，不同種類的藝術可視作不同性質的符號。他指出，建築是「用建築材料造成一種象徵性的符號」，詩是以聲音造成的「一種起暗示作用的符號」[2]。鮑列夫認為：

符號是藝術篇章最基本的元素，符號構成了藝術表達。[3]

作為藝術作品最基本元素的符號是集感性因素和意義因素於一體的，它們構成了文藝作品中的藝術形象，傳遞著文藝作品的思想內容、情感訊息。我們討論從美學角度來建構翻譯學是不可能不觸及符號論哲學對翻譯研究的意義這一重要論題的。譯家翻譯時，要理解源語作品中的藝術形象，就必須理解構成藝術形象的藝術符號，因此，藝術符號問題成為譯家理解、闡釋源語作品一個不容忽視的問題。這一問題處理得好與壞，會直接關聯著譯作的質量及其在讀者中的接受性。本章將就這一問題做深入細緻的探討。

▌一、符號論哲學理論簡介及其對翻譯研究的啟示性

20 世紀的符號論哲學理論是由德國哲學家、美學家卡西爾於 20 年代提出的，及至 40、50 年代在蘇珊．朗格的大力發展下趨於成熟完善。卡西爾的符號論哲學奠基於康德學說，他在對該學說進行揚棄，以及對表現主義和形式主義理論進行辨證綜合的基礎上，對人類文化的各種不同表現形式進行了精湛的研究，從而得出了一個重要的結論：人是透過符號活動而使其本質力量得以不斷實現和對象化的。人的這種符號創造活動使人類從童蒙無知走向文明進步，並進而誕生了多姿多彩的人類文化。

卡西爾認為，一切在某種形式上能為知覺揭示出意義的現象，都可稱之為符號，人是透過符號這一媒介來認識世界、交流思想的。語言、藝術是文化的重要組成部分，也是文化得以存在、豐富和發展的先決條件，語言是人們交往、認識和固定意義的工具。卡西爾的哲學思想對語言符號的功能和重要性給予了深刻的關注，這對翻譯研究無疑有著重要的啟發意義，因為翻譯活動涉及的就是兩種語言、文化之間的轉換傳輸活動，人類是透過兩種語言符號的編碼和解碼過程來進行交際和認識世界的。翻譯活動的操作對像是社會文化訊息，而社會文化訊息的載體就是各種各樣的符號體系。整個的人類文化就是人類透過符號的使用和創造來積累、傳授和交融其共同經驗的。我們透過對卡西爾、蘇珊．朗格哲學思想的學習，發現其理論的很多方面都能為翻譯研究提供理論上的支撐。下面從五個方面來具體探討它對翻譯研究的意義。

▌二、符號論哲學對科學符號與藝術符號的界定及科學文獻與文學文本的翻譯策略

卡西爾對科學符號和藝術符號不同的構成規律進行了深入的探討。卡西爾認為，科學是對實在的縮寫。科學的符號以一種客觀的方式描繪了現實事物，它研究事物的效果和性質，準確地反映了現實世界的真實性和內部規律。藝術是以藝術符號來重構這個世界，進行藝術創造和發現事物的形式的。即使是自古希臘以來，人們所信奉的模仿說也不是把藝術品單純地侷限在對客

觀世界的機械性複寫上。「所有的模仿說都不得不在某種程度上為藝術家的創造性留出餘地」[4]，科學家們是以科學的符號對客觀世界進行真切而準確的描述的，而藝術家們則以藝術的符號對客觀實在性加以重構和創造。藝術家們不是在被動地記錄自己對客觀事物的印象，而是透過一種構造活動努力發現自然事物的美。他們能以藝術家的敏銳從自然界的各種色彩和聲音中發掘出富有動態的有生命活力的形式的力量。

　　科學的思維過程屬於抽象思維過程，它從紛繁複雜的各種現象中總結提煉出基本規律，而藝術則是一個具體化的過程，它側重於人們對客觀世界的感受和體驗。「藝術不是印象的複製，而是形式的創造」[5]。科學是立足於概念公理的推導和抽象，它要發現事實，探究事物的性質及自然界各種現象之間的因果關係。在科學文獻中，我們可以清楚地看出科學符號的這一重要特徵。無論是在科技論文、科技新聞報導，還是在科技著作中，我們都可以看到其語言簡明扼要，句法結構整齊有序。「科技語言是以文字語言為主，輔以數學語言和工程圖學語言，以運載科技思想為職能，以詞彙含義量擴大、句型擴展、句子成分之間關係複雜、用詞力求準確經濟、語法結構嚴密和要表達的思想全部字面化為主要特點的一種語言」[6]。科技語體「不追求語言的藝術性，而把適切性、準確性、客觀性、邏輯性、嚴密性、連貫性、簡明性和規格性作為它們的基本特性」[7]。藝術追求的是感性形態的藝術世界。誠如卡西爾所言，「藝術王國是一個純粹形式的王國，它並不是一個由單純的顏色、聲音和可以感觸的性質構成的世界，而是一個由形狀與圖案、旋律與節奏構成的世界。從某種意義上可以說一切藝術都是語言，但它們又只是特定意義上的語言。它們不是文字符號的語言，而是直覺符號的語言。假如一個人不懂得這些直覺符號，不能感覺到顏色、形狀空間形式、圖案、和聲和旋律的生命，那麼他就同藝術作品無緣」[5 : 166]。藝術符號的這一基本特性在藝術文本中有顯明的表現。我們在詩歌及優美的抒情散文中會強烈地感受到那優美的旋律帶給我們的審美快感。埃德加．愛倫．坡曾經說過：「I would difine，in brief，the Poetry of words as The Rhythmical Creation of Beauty.」[8] 其意即「我會把詩簡單地定義為美的有韻律的創造」。這就一語道破了詩的重要的美學特徵：旋律與節奏美。即使是在小說

中，我們也可體驗到藝術形式帶給我們的審美感受。象意識流小說就以它那無限豐富、波詭雲譎的藝術形式強烈地感染了我們的審美情緒。從詞彙變異、語法變異、語序顛倒、句子殘缺不齊、不用標點斷句等新奇的藝術形式中，我們可以體察到藝術家們的匠心獨運，捕捉到那活躍於新鮮活潑的藝術形式中的生命的律動。

科學符號和藝術符號的差異性使得科學文獻和文學文本在語言風格和文體方面具有了不同的特點，也使我們在翻譯時必須採取相應的不同策略。對於科技文獻，我們在語言程式、體例，甚至在譴詞造句方面，都必須遵循傳統的規矩，按定型的程式或語句模式來進行翻譯。因為科技語言往往表達簡潔，句法規範嚴密、精練整齊，因此譯者在翻譯時應緊扣科技英語這一語言結構特色，按照原文的句式進行準確轉換。

對於文學文本，譯者則應力求再現出原文的音韻特點。漢語中，即使是一個虛詞，一個兒化讀音，英語中即使是一個冠詞，一個大寫字母都在語言傳遞的訊息中起著重要的作用。若是詩歌，則音韻美的再現則更顯重要，因為音韻、形式、旋律應是構成詩歌的藝術世界。請看李商隱一首著名的《無題》詩的前四句詩行及其譯文：

相見時難別亦難，東風無力百花殘。

春蠶到死絲方盡，蠟炬成灰淚始乾。[9]

It』s difficult for us to meet and hard to part，

The east wind is too weak to revive flowers dead.

The silkworm till its death spins silk from love－sick heart；

The candle only when burned has no tears to shed.[10]

原文押 aaba 韻，譯文押 abab 韻，原文與譯文一樣音協韻美，讀之低徊往復。我在本書的第二章第二節「意境理論與翻譯研究」中，曾對該詩的頷聯進行了評析。我是這樣認為的：原文中「絲」同「思」繫諧音詞，譯者匠心獨運，將「絲」譯成「silk」，然後又把「思」譯成「love－sick」，

因「silk」與「sick」音近形似，這樣譯者就把詩人所要表達的那種象蠶絲一樣綿長無盡的思念之情成功地傳譯了出來。從格律而言，譯詩中運用抑揚格六音步，讀之抑揚頓挫，舒緩自然，對原詩意美的傳達又造成了有力的烘托作用。

在《尤利西斯》的最後一章中，喬伊斯以 60 多頁的文字記載了布盧姆太太莫莉半夜醒來後在床上神思遐想，無序混沌的意識流程。作者以文字上無標點，且重複個別詞語的形式來反映這一無意識活動的特點。請看：

……and the figtrees in the Alameda gardens yes and all the queer little streets and pink and blue and yellow houses and the rosegardens and the jessamine and geraniums and cactuses and Gibraltar as a girl where I was a Flower of the mountain yes when I put the rose in my hair like the Andalusian girls used or shall I wear a red yes and how he kissed me under the Moorish wall and I thought well as well him as an — other and then I asked him with my eyes to ask again yes and then he asked me would I yes to say yes my mountain flower and first I put my arms around him yes and drew him down to me so he could feel my breasts all perfume yes and his heart was going like mad and yes I said yes I will Yes. [11]

還有阿拉梅達那些花園裡的無花果樹真的那些別緻的小街還有一幢幢桃紅的藍的黃的房子還有一座座玫瑰花園還有茉莉花天竺葵仙人掌少女時代的直布羅陀我在那兒確是一朵山花真的我常像安達盧西亞姑娘們那樣在頭上插一朵玫瑰花要不我佩戴一朵紅的吧好的還想到他在摩爾牆下吻我的情形我想好吧他比別人也不差呀於是我用眼神叫他再求一次真的於足他又問我願意不願意真的你就說願意吧我的山花我呢先伸出兩手摟住了他真的然後拉他俯身下來讓他的胸膛貼住我的乳房芳香撲鼻，他的心在狂跳然後，我才開口答應願意真的我願意。[12]

原文在形式上典型地反映出了意識流小說的特點。文中無標點，且「yes」一詞重複了近 8 次之多。作者在該章中認為女人特別喜說「yes，這

是個女人詞，因此文中「yes」的重複就具有了重要的形式意義，它能體現出女性進行長篇內心獨白的心理特點。金隄先生曾撰文分析過「yes」的幾重涵義。他認為，喬利用該詞，一方面是想體現出女人（莫莉）的性格；另一方面是要表示對人的價值的強烈肯定。[13] 譯者在翻譯時反覆斟酌，以無標點譯無標點，以「真的」這一漢語中表示強勢肯定的常用詞語譯「yes」，選詞精當，從形式上造成了與原文一樣的強化作用。

卡西爾還對詩歌陳述與科學陳述的差異性進行了闡述。他認為，科學陳述必須符合真的陳述規則，因為它傳達了有關實在世界的內容，而詩歌陳述則屬於一種「擬陳述」，因它不需要訴諸真偽判斷。科學語言傾向於指稱功能，而在詩歌語言中，審美功能占了主要的地位。科學語言是一種「系統地尋求消除歧義的言論策略，在另一端是詩歌語言，它從相反的選擇出發，即保留歧義性，以使語言能表達罕見的、新穎的、獨特的因而也是非公眾的經驗」[14]。非文學語言，尤其是科學語言，往往只重視語言的意義層面，作者在對事物本質的揭示過程中，力求從語言上消除歧義，使意義顯豁透明。而文學語言則對意義和聲音兩個層面都很關注。誠如卡西爾所言，「一首詩的內容不可能與它的形式——音韻、音調、韻律一分離開來。這些形式成分並不是複寫一個給予的直觀的純粹外在的或技巧的手段，而是藝術直觀本身的基本組成部分」[15]。在詩歌中，詩人往往會透過迴環悅耳，富於韻律感的文字，借助聲音層面的意義蘊涵來取得言有盡而意無窮的審美效果。詩歌語言往往透過比喻、修辭和特殊的語言組合來保留歧義，營造出一種水中月，霧中花的朦朧美。科學語言和文學語言的差異性昭示我們，在翻譯中，我們應針對它們各自的不同特點，靈活採取不同的翻譯方法。

三、符號論哲學對藝術形式中情感內容的強調與翻譯研究

卡西爾認為：

每一件藝術作品都有一個直觀的結構，而這意味著一種理性的品格。每一個別的成分都必須被看成是一個綜合整體的組成部分。如果在一首抒情詩

中，我們改變了其中的一個語詞、一個重音或一個韻腳，那我們就有破壞這首詩的韻味和魅力的危險。[15：283]

蘇珊．朗格進一步指出：

藝術品作為一個整體來說，就是情感的意象。對於這種意象，我們可以稱之為藝術符號。[15：341]

卡西爾和蘇珊．朗格都充分肯定了藝術形式中所包蘊的情感內容。既然如此，我們在翻譯中，就應充分尊重原文的藝術形式。構成原文藝術形式的每一個成分，如一個語詞、韻律、甚至是詞重音都是其整體結構的不可或缺的組成部分，它們對我們理解詩的深刻涵義，把握其藝術魅力起著至關重要的作用。如果我們在翻譯中對詩的韻律和音調的變化無動於衷，那麼我們也就理解不了詩了。藝術作品中滲透著豐富的情感或富有生命力的經驗，但藝術形式本身則是理性的產物。任何一件藝術品都有一種理性的品格。誠如歌德所言，「藝術是第二自然，也是神祕的東西，但卻更好理解，因為它本身產生於理智」[15：283]。在翻譯時，譯者必須以理性的精神來對待原文的藝術形式，儘管譯者會被藝術形式中的情感因素所感染，但要理解藝術形式，把握其深邃的意蘊，並在譯文中加以成功的再現，則必須有理智的態度。

我們所說的情感不是某一個別藝術家倏忽即逝的激情衝動。誠如卡西爾所言，「如果藝術品只是某一個別藝術家的異想天開的激情衝動，那它就不具有這種普遍的可傳達性」[15：255] 了。卡西爾所說的藝術的普遍的可傳達性是一種審美的普遍性，即是說「美的賓語不是侷限於某一特殊個人的範圍而是擴展到全部作評判的人們的範圍」[15：255]。偉大的抒情詩人不是將他們支離破碎的生活片段展示給我們，也不是在宣洩自己一時的強烈情感，他們的作品能昭示出一種深刻的統一性和連貫性。藝術家們將這種統一性和連貫性凝定在藝術形式中，使這些藝術形式成為可見的和可認知的。譯者在翻譯時不僅要有生動活潑的激情，同時還要有豐富的審美經驗，對藝術形式要細加玩索，努力體察蘊藏於藝術形式中的深厚情感。當譯者以一種在平靜中回憶，在安寧中體驗的理性態度來理解闡釋原文時，那逐漸被詩人激起的激情就不再屬於遙遠的過去，它們彷彿就在此時此地活動著。那澎湃在譯者心中的情

感就不再是隱祕不可測知的，而是透明清澈的了，這時譯者對藝術情感的體察就達至極致，將其完美地再現出來也就成為可能。

朗格和卡西爾一樣，都認為藝術所表現的情感不應是個人瞬間的情緒，他們還反對把這種情感看作純粹的自我表現。朗格主張藝術符號應是一種「能將人類情感的本性清晰地呈現出來的形式」[16]，即是說藝術要表現一種人類的普遍情感。朗格把人的情感分為「主觀的情感」和「客觀的情感」。「主觀情感」蘊涵在主體自身內，客觀情感包含在非人格的事物中。「客觀情感」是主觀情感的外化或對象化，這是人類普遍能理解、感受的情感。我們說文學藝術是反映客觀世界的，當作家在文藝創作時，他會用藝術符號的形式將自己的主觀情感凝結在自己所反映的客觀實在性上，這樣，文藝作品中所滲透的情感便是一種客觀情感，但這是一種凝結著作家主觀情感的客觀情感。譯者在翻譯時，首先應力求理解、闡釋文學文本中的客觀情感，但在理解和闡釋的過程中，他不可避免地會將自己的主觀情感，他的經驗，內心生活等投射到文本的客觀情感中，這樣，當他以藝術符號的形式將文本中的客觀情感再現出來的時候，這種情感就不是個人進行純粹的自我表現的情感了，它展示了人類普遍的情感形式。正如朗格所說的，「藝術品也就是情感的形式或是能夠將內在情感系統地呈現出來以供我們認識的形式」[17]。對於翻譯藝術品這一符號形式而言，其所包蘊的內在情感便不是某一作家，或某一譯家進行自我表現的瞬間情感了。蘇珊.朗格的這一藝術符號觀將表現主義與形式主義綜合了起來，對於前些年盛行的解構主義翻譯觀有一種糾偏的作用。前些年，由於一些學者在闡釋德里達的解構理論時，沒有對之作具體、全面的分析和研究，以致在認識上帶有明顯的主觀推斷性，他們所創立的解構主義翻譯理論張揚了譯者主體的自由意志，使譯者對原文藝術符號的解碼成為一種不斷播撒的衍義行為，譯者放任自己主觀情感的肆意揮灑，任憑譯文語言符號延異狂歡，絲毫不顧原文語言符號中所蘊涵的客觀情感，這樣的解碼無疑使譯文語言符號中所體現的情感成為譯者一種狹隘的自我表現，使翻譯失卻了展示人類普遍情感形式的意義。

　　蘇珊．朗格把藝術品看成表現人類情感和生命的「有意味的形式」，而要發現或把握這種生命的意味，就必須透過藝術知覺，即一種直覺。朗格批駁了克羅齊與柏格森的直覺非理性觀，認為：

　　直覺是邏輯的開端和結尾，如果沒有直覺，一切理性思維都要遭受挫折。[18]

　　這樣，她就把直覺納入了人的基本的理性活動範圍，提出了直覺是「最基本的理性活動」[18：439]的重要主張。這一主張跟我在本書的「前言」中對直覺性質的論述以及在第三章第二節「美學中的感覺、直覺觀對翻譯研究的啟迪」中，對蔣孔陽的直覺定義進行解讀，進而提出「直覺具有理性的性質特徵」的觀點也是一致的。朗格對「直覺」的認識包括以下幾種涵義：

　　(1) 直覺是對事物「外觀」的一種洞察過程；

　　(2) 它是對事物「外觀」的邏輯形式的一種把握與洞察；

　　(3) 它同主體對客觀事物的經驗密切相關，並且是在經驗基礎上形成的；

　　(4) 它對事物外觀與形式的洞察是直接的、頓悟式的、不假道於概念和推理；

　　(5) 但它並不神祕，它具有內在的邏輯性並參與理解活動，因此屬於人的基本理性活動；

　　(6) 它是邏輯思維的基礎、開端，又是其結尾[19]。

　　蘇珊．朗格的直覺觀對翻譯研究無疑有著深刻的啟示意義。譯者在翻譯時面對的是由一個個語言符號按照邏輯形式組合排列的藝術文本，如前所述，這些語言符號中均蘊涵著豐富的藝術情感，它們可以觸動譯者的藝術情思，藝術知覺，並能引導著譯者從一個直覺過渡到另一個直覺。當句法符號、詞彙涵義直接地呈現在譯者的意識中時，頓悟即產生，這是一種邏輯性直覺，這種直覺不僅體現在詞、句的理解上，而且也體現在語段、篇章的理解上。在詞句段章這些藝術符號中搏動著情感的音符，它們可以引發譯者的藝術想

像，當譯者根據自己對客觀事物的經驗，將藝術想像，藝術知覺加以符號化時，我們說譯者就具有了直覺能力，即認識一件優秀的藝術品中所體現出來的情感生命的能力。從這裡，我們可以看出，譯者的這種直覺無疑是一種理性的直覺，它對上文所論及的解構主義翻譯觀的偏狹性無疑也造成了糾正作用。根據上文所論及的解構主義翻譯觀，譯者對原文藝術符號的認識中無疑包含了較多的非理性主義的、神祕主義的成分，這種認識所導致的後果會使譯者對原文藝術符號的解碼變成一種無終止的循環和無止限的衍義，進而徹底消解了原文藝術符號的規律性和邏輯性。

▌四、符號論哲學對情感與理性關係的論說與翻譯過程

如前所述，藝術形式與人的情感是緊密相聯的，藝術是一種有著情感生命的形式。偉大的作家都具有深厚的情感，若非如此，他是不可能創造出富有生命力的藝術作品來的。華茲華斯曾將詩定義為「the spontaneous overflow of powerful feeling」[20]，即「強烈情感的自然湧流」。作家們以自己敏銳的藝術直覺將自己的藝術情感熔鑄在藝術作品中，那麼作為讀者，我們應如何感受、理解、體驗藝術符號背後情感生命的律動呢？卡西爾認為：

要想感受美，一個人就必須與藝術家合作。不僅必須同情藝術家的感情，而且還須加入藝術家的創造性活動。[15：275]

卡西爾的這一觀點揭示出翻譯過程第一階段的主旨，即譯者必須深入作家，深入作品。譯者不僅要熟諳作家的社會時代背景，作家的人生觀、價值觀、審美觀，其作品所通常表現的主題、藝術風格等，瞭解作家創造作品的心理歷程，而且還要對他作品中所描寫的人物，所反映的社會生活，作品的語言形式內容有著精湛的理解和把握，這樣譯者才能做到真正地進入作品，與作家達到心理上的共鳴，與作品中的人物息息相通。譯者進入作品後，實際上就開始了與作家，作品中的人物進行對話的過程。正如卡西爾所說的那樣，「像語言過程一樣，藝術過程也是一個對話的和辯證的過程。甚至連觀眾也不是一個純粹被動的角色。從某種程度上可以說，如果不重複和重構一

件藝術品笈以產生的那種創造過程，我們就不可能理解這件藝術品」[15：259－260]。在對話中，譯者會充分發揮自己的主動性，運用自己的想像力，努力體驗作家的創作感受，創作經驗，作品人物的所思所想，他們的歡樂與痛苦、希望與恐懼、幸福與悲傷。有時譯者會被作品中強烈深邃的情感所打動，而一味地沉湎和陶醉於情感的氛圍中，這時譯者還應善於從作品中走出來，以冷靜的態度對藝術符號的情感內容進行理性的思考，並對之進行再現和解釋，由此便進入翻譯過程的第二階段。在這一階段，譯者的工作必須服從理性的原則，他應將自己的注意力集中於對原文藝術符號的解碼，原文藝術形式的迻譯和創造上，若他仍「專注於他自己的快樂或者『哀傷的樂趣』那就成了感傷主義者」[15：252]了。譯者經過第一階段對作家的情況、作品的全貌有了深刻的領會之後，應在第二階段站在一個更高的位置上，客觀地分析、判斷作者及作品中的各種訊息，抓住主旋律，把握作品的主題思想和總體的藝術風格，確保譯文的整體性和一致性。在這一階段，譯者應著力把握藝術品的意味，因為「一件藝術品的意味實際上就是它們的『生命』，『意味』與藝術品的關係，就像『生命』與生命體的關係一樣，是密不可分的」[15：342]。而要把握「意味」，譯者就必須高屋建瓴，從總體上去感知那內在於作品中的，充滿了豐富的情感，偉大的生命和富有個性的東西。

▌五、符號論哲學的藝術創造論對翻譯研究的意義

如前所述，文學是反映現實生活的，但這種反映不是簡單的、機械的、消極的反映。馬克思在《關於費爾巴哈的提綱》中指出：

從前的一切唯物主義——包括費爾巴哈的唯物主義——的主要缺點是：對事物、現實、感性，只是從客體的或者直觀的形式去理解，而不是把它們當作人的感性活動，當作實踐去理解，不是從主觀方面去理解。[21]

列寧也指出：

智慧（人們）對待個別事物，對個別事物的臨摹（＝經驗），不是簡單的、直接的、照鏡子那樣死板的動作，而是複雜的、二重化的、曲折的、有

可能使幻想脫離生活的活動；不僅如此，它還有可能使抽象的概念、觀念向幻想……轉變（而且是不知不覺的、人們意識不到的轉變）。 [22]。

列寧還說道：

世界不會滿足人，人決心以自己的行動來改造世界。 [22：228]

馬克思、列寧的這些論述告訴我們，客觀存在一旦進入主體的把握之中，就不是純客觀的了，人對客觀事物的描述與認識不是一種僵死的反映，而是摻入了主觀因素的二重化的、曲折的反映。當主觀因素進入反映過程時，其中的想像力就會發生積極的能動的作用，從而使反映成為一種創造活動，創造新的現實的活動。

卡西爾的藝術創造論與馬克思列寧的反映論有著相似的特質。

卡西爾認為：

為了理解美，我們總是需要一種基本的活動，一個人心的特殊能力。在藝術中我們不是對外來刺激作簡單的反映，不是簡單地再造我們自己頭腦的敘述。為了欣賞事物的形式，我們必須創造它們的形式。藝術是表現，但是一個積極的而不是消極的表現。它是想像，但是創造的而不是再造的想像。 [15：298]

卡西爾這裡所說的「一個人心的特殊能力」即指人認識世界的主觀能動性，也是譯者在翻譯研究中認識、理解、分析、闡釋原文藝術形式中美的意蘊的一種不可或缺的能力。翻譯藝術是創造的。為了欣賞原文的藝術形式，我們並不是簡單地加以再造，而是進行積極的表現和創造。藝術是表現，但這表現不是消極的、靜態的，而是積極的、富有動態力量的。作家在創作時面對的是自然界的光、色、影、形等，這些在日常經驗中被看成現成的感覺材料，人們憑著自己的邏輯思想和經驗對之爬羅剔抉，進行整理，從而建立起外部世界的概念，在藝術中，作家們會以一種新的眼光，一種活生生的形式媒介來看待這些感覺材料，運用自己的藝術經驗和想像力將之加工成活生生的藝術形式。在翻譯中，譯者面對的是經過作家對日常經驗中的感覺材料加工過的活生生的藝術形式，要充分地理解欣賞原文藝術形式中的美學意義，

譯者必須運用自己的想像力，對原文的藝術形式進行加工整合和創造，以便再現出原作藝術符號中的韻味和精神。請看下面的例子：

尋尋覓覓；冷冷清清，淒淒慘慘戚戚。[23]

I look for what I miss，

I know not what it is，

I feel so sad，so drear，

So lonely，without cheer.[24]

原文為李清照《聲聲慢》的起首三行，譯文為許淵沖先生所譯。女詞人以七對疊詞傳達出一種憂鬱惆悵、孤寂無助的情緒。翻譯時若生搬硬套，對此進行機械性的復現，則原文藝術形式所激起的那種纏綿悱惻、悲悲切切的感染力便會喪失殆盡。如有位譯者將這三行譯為：

Seek，seek；search，search；

Cold，cold；bare，bare；

Grief，grief；cruel，cruel grief.[25]

第一行重複了兩個動詞，第二行重複了兩個形容詞，第三行重複了一個形容詞及一個名詞。三行之間既無語法上的關聯，又顯累贅不自然。許淵沖先生對原文形式進行創造性改造，將原文疊詞所傳達的審美意義巧妙地融進了同義詞和同句型的重複之中。如前三行出現四次」I」，前兩行出現了兩次「what」。後兩行中用了三個 so 子結構，再以 without cheer 譯「戚戚」，加之「sad」，「drear」，「lonely」等詞所傳達的相似的情感訊息便將詞人那種百無聊賴，悽慘憂戚的苦悶心情恰切地傳譯了出來。尤值稱道的是，譯文第一行的「miss」和原文第一行的「覓」，譯文第四行的「cheer」與原文第三行的「戚」已達「音似」效果。譯文自然流暢，既照顧到了原文的藝術形式，又完好地傳譯出了原文藝術符號中所蘊含的美學意義，是譯者發揮藝術想像力，對原作進行藝術創造的成功範例。

▌六、蘇珊．朗格對藝術符號與藝術中使用的符號的區分於翻譯研究的意義

如前文所述，蘇珊．朗格將作為一個整體的藝術品，也就是表達情感的意象，稱之為藝術符號。藝術符號是一個有機統一的結構體，在這個整體中，每一個組成部分都為藝術品的意味的形成作出了自己的貢獻和力量。但若脫離了整體，其中的單個成份是無法獨立地去表達某種意味的。藝術符號是一種生命符號，「它的意味並不是各個部分意義相加而成」[26]。既然如此，那麼，為什麼很多的藝術家又喜歡以各種不同的符號來組成自己的作品呢？為此，朗格對藝術符號與藝術中使用的符號作了區分。

朗格認為，藝術中確實包含多種多樣的符號，它們的確為藝術價值的形成和確立造成了很大的作用。如我們閱讀一首詩時，會發現詩中出現大海、藍天、高山、河流、田野、花朵等意象，這些是詩人們經常使用的符號。在朗格看來，藝術作品中所使用的符號「都是一些真正的符號，它們都具有自己的意義，而且是一些可以用語言表達出來的意義」[26：131]。這些符號在文藝作品中會具有強烈的象徵意義，如大海可以代表胸懷寬廣，高山可以像徵品德高尚、意志剛強，花朵可以像徵著幸福的愛情和婚姻等等。這些意義進入詩歌中，會成為其有機的組成部分，參與創造並最終形成詩歌的有機形式。但朗格指出：

這些符號的含義卻不是整個藝術品傳達的『意味』的構成成份。

它只能作為傳達這種意味的形式的構成成份或是這個表現性形式的構成成份。[26：131]

這些符號對藝術品，如詩歌的藝術性的增強是很有促進作用的，它們能使作品產生生動感人、乃至動魄驚心的藝術效果，但儘管如是，朗格仍然認為，這些符號所起的作用仍然超出了它們自身，它們依然屬於一種普通的符號，所起的作用充其量不過是構造藝術或構造表現性形式，但卻不是表現性形式本身。那麼，什麼是表現性形式呢？朗格指出：

一種表現性的形式，能夠表現出任何一種由多種概念組成的綜合體。經過某種投影原則的作用，就可以使這種綜合體看上去與這種表現性的形式相一致，或使它看上去就是這個表現性形式本身。[26：20－21]

從這裡，我們可以看出表現性形式與藝術符號的不同，表現性形式並不傳達某種超出它自身的意義，它其實是藝術符號，能夠將各種概念、意象、經驗加以客觀化、或形式化。

蘇珊 . 朗格對藝術符號與藝術中使用的符號的區分於翻譯研究是極有啟發意義的。翻譯中，譯者所面對的源語文本是一個集多種成份於一體的有機結構體，這些成份，作為符號，能表達各種不同的意味，這些意味，在文本的表現性形式下，創生了源語文本的意味。譯者在譯前，應對源語文本的意味有著透徹的瞭解和通盤的把握。如一部小說中，它的故事情節的設置、結構的安排、人物形象的言行舉止和他們對人和事的情感態度、小說中自然風景的描寫、作家所選用的詞語的感情色彩等對這部小說的表現性形式會起著創造和接合作用。譯家應從頭至尾通讀原著，並閱讀和參考有關原著的各種學術背景資料，對小說中的各種細枝末節都應諳熟於心，這樣，譯家在動手翻譯時，才能對藝術符號的意義成竹在胸。郭沫若在談自己翻譯雪萊詩歌的體會時，說道：

譯雪萊的詩，是要使我成為雪萊，是要使雪萊成為我自己。譯詩不是鸚鵡學話，不是沐猴而冠，男女結婚是要先有戀愛，先有共鳴，先有心聲的交感。我愛雪萊，我能感聽得他的心聲，我能和他共鳴，我和他結婚了。——我和他合二為一了。他的詩便如像我自己的詩。我譯他的詩便如像我自己在創作的一樣。[27]

郭沫若的體會啟示譯者應對原著做精湛的研究，要精確把握原著的語神、語勢、風格、內涵，使原著似如己出。有時譯家所譯的儘管是作品的某一部分，他也應對作品加以通盤的瞭解，這樣其譯文才能忠於原著的總體精神和風格。我們在對不同的譯家翻譯同一部作品的譯作進行對比研究時，常常會發現，源語文本中的某一段在不同的譯家的筆下會呈現出不同的風貌特徵。有時，作品中的某人物形像在不同的譯本中竟會呈現出大相逕庭的性格特點，

造成這種差異的一個重要原因，我想，應是由於有些譯家對源語文本的表現性形式，亦即它的藝術符號意義未作深透的瞭解和掌握。譯者一拿到作品，即動手翻譯，專注於源語文本的一字、一詞、一句、一章，而對該文本的藝術符號意義則未做深刻的探研，這種對文本進行割裂式的翻譯是將藝術符號與藝術中使用的符號相混淆的翻譯方法。這種譯法是無法再現藝術文本的藝術符號意義的。若從藝術符號意義觀之，有時，這些譯家所譯出來的文本片段意義非但於整體形象無貢獻作用，相反卻會扭曲它、背離它，以致源語文本的藝術符號意義在翻譯中遭到曲解，而使不同的語言文化之間的交流受到影響。其實，這種對文本的意義採取割裂式的翻譯方法在中國古代思想家孟子那兒就曾遭到了否定。我在第一章「中國古代闡釋學理論對翻譯研究的意義」中，論及了孟子的觀點：「故說詩者，不以文害辭，不以辭害志」[28]，這一觀點對於我們在翻譯中正確區分藝術符號與藝術中使用的符號，不斷章取義，不拘泥於語言的表層意義也是很有啟發性的。

參考文獻

［1］立勛. 審美經驗論［M］. 北京：人民出版社，1999：274.

［2］黑格爾. 美學［M］第 3 卷下冊. 北京：人民文學出版社，1981：16.

［3］鮑列夫. 美學［M］. 北京：中國文聯出版公司，1986：489.

［4］卡西爾. 人論［M］. 上海：上海譯文出版社，1985：177.

［5］卡西爾. 語言和神話［M］. 北京：三聯書店，1988：166.

［6］薑氓山. 從解決「語言危機」方法的不同看科技語言與文學語言的區別［J］. 外語教學與研究，1983（1）. 轉引自楊自儉，劉學雲編. 翻譯新論［C］. 武漢：湖北教育出版社，1994：163.

［7］袁崇章. 論科技譯文的語體特徵［J］. 外語教學，1987（4）. 轉引自楊自儉，劉學雲編. 翻譯新論［C］. 武漢：湖北教育出版社，1994：164.

［8］桂揚清，吳翔林. 英美文學選讀［Z］. 北京：中國對外翻譯出版公司，1985：316.

［9］蕭滌非，程千帆，馬茂元，周汝昌，周振甫，霍鬆林等. 唐詩鑒賞辭典［M］. 上海：上海辭書出版社，1997：1172.

［10］許淵沖，陸佩弦，吳鈞陶編. 唐詩三百首新譯［Z］. 北京：中國對外翻譯出版公司；香港：商務印書館（香港）有限公司，1992：347.

［11］James Joyce.Ulysses［Z］.Nanjing：Yilin Press，1996：932 − 933.

［12］喬伊斯. 尤利西斯［Z］. 金隄譯. 北京：人民文學出版社，1996：1060.

[13] 金隄．尤利西斯選譯［Z］．天津：天津百花文藝出版社，1987：5（序）．

[14] 胡經之．20 世紀西方文論選［M］．第 3 卷．北京：中國社會科學出版社，1989：296.

[15] 陸揚．二十世紀西方美學經典文本［Z］．第 2 卷．上海．復旦大學出版社，2000：268.

[16] 藝術問題［M］．北京：中國社會科學出版社，1983：107.

[17] 蘇珊．朗格．哲學新解［M］．紐約，1962：242.

[18] 蘇珊．朗格．情感與形式［M］．北京：中國社會科學出版社，1986：434.

[19] 朱立元．現代西方美學史［M］．上海：上海文藝出版社，1997：756.

[20] 劉炳善編著．英國文學簡史［Z］．鄭州：河南人民出版社，2007：213.

[21] 列寧．卡爾．馬克思［A］．馬克思恩格斯選集［C］．第 1 卷，北京：人民出版社，1972：16.

[22] 列寧．列寧全集［M］．第 38 卷．北京：人民出版社，1963：421.

[23] 唐圭璋主編．唐宋詞鑒賞辭典［M］．南京：江蘇古笈出版社，1987：682.

[24] 唐宋詞一百五十首［Z］．許淵沖譯．北京：北京大學出版社，1998：309.

[25] 許淵沖．翻譯的藝術［C］．北京：中國對外翻譯出版公司，1984：14.

[26] 蘇珊．朗格．藝術問題［M］．北京：中國社會科學出版社，1983：130.

[27] 郭沫若．批判意門湖及其他［J］創造．第 2 卷第 1 號．上海：上海泰東圖書局，1922 年 8 月 25 日版．

[28] 周裕鍇．中國古代闡釋學研究［M］．上海：上海人民出版社，2003：38.

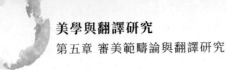

第五章 審美範疇論與翻譯研究

　　美學是論美的，從審美而言，有的美可稱之為崇高，那麼，崇高美是如何產生的呢？美學認為，當美向著高處走的時候，它「不斷地將人的本質力量提高和昇華，以致超出了一般的感受和理解，在對象中形成一種不可企及的偉大和神聖的境界，這時就產生了崇高」[1]。因此崇高美是美學的一個重要範疇。「當美向著低處走，愈走愈低微卑賤，以致人的本質力量受到窒息和排斥，而非人的本質力量卻以堂皇的外觀闖進了我們審美的領域，這時，它在對象中顯現出來的就不是美，而是醜」[1：四0七]。醜是作為美的對立面而存在的。在人們的審美活動中，有審美，也有審醜。本章從美學中有關崇高美和醜的論述的角度來探討翻譯研究的問題，以揭示審美範疇論於翻譯研究的意義。

一、崇高美與翻譯研究

　　我們所生活的自然界，有各種各樣的美，對於人類的心靈體驗來說，美感也是異彩紛呈的。有的美讓人賞心悅目，怡情愉神，而有的美則能讓人心靈震撼、魂魄懾服。後一種美在美學上一般稱為崇高。康德認為，自然界中存在著崇高美。他指出：

　　險峻高懸的、彷彿威脅著人的山崖，天邊高高堆聚抉帶著閃電雷鳴的雲層，火山以其毀滅一切的暴力，颶風連同它所拋下的廢墟，無邊無際的被激怒的海洋，一條巨大河流的一個高高的瀑布，諸如此類，都使我們與之對抗的能力在和它們的強力相比較時成了毫無意義的渺小。但只要我們處於安全地帶，那麼這些景象越是可怕，就只會越是吸引人；而我們願意把這些對象稱之為崇高，因為它們把心靈的力量提高到超出其日常的中庸，並讓我們心中一種完全不同性質的抵抗能力顯露出來，它使我們有勇氣能與自然界的這種表面的萬能相較量。[2]

　　自然界中的崇高美能把人內心中的想像力和創造力提高到超乎尋常的地步，使人產生一種超越自然、力圖駕馭自然的使命感。文藝作品是反映自然

生活和社會生活的。現實世界的崇高美也必然會反映到文本世界中。我們在文藝作品中，常常會領略到那種富有陽剛之氣的崇高美。姚姬傳在《復魯契非書》中就曾談到過這種美。他說：

其得於陽與剛之美者，則其文如霆如電，如長風之出谷，如崇山峻崖，如決大河，如奔聯驥；其光也如杲日，如火，如金鏐鐵。[1：三九四]

明謝榛也曾談到過這種美，他說道：

熟讀初唐盛唐諸家所作，有雄渾如大海奔濤，秀拔如孤峰峭壁，壯麗如層樓疊閣，……老健如朔漠橫鵰，……高遠如長空片雲……奇絕如鯨波蜃氣。[3]

對「崇高」這一美學範疇進行較為系統的探討的，「一般都認為是羅馬時代的朗加納斯（Longinus）」[1：三九四]。朗加納斯認為，「文章要有崇高的語言和風格，而崇高的語言和風格來自崇高的思想和心靈。」[1：三九五]他指出：「崇高就是偉大心靈的回聲。」[1：三九五]朗加納斯在這裡無疑對作家提出了要求，他要求作家應具有崇高的思想和崇高的心靈，只有達到這樣的要求，才能創作出風格崇高的作品。朗加納斯希望作家要樹立遠大的奮鬥目標，要有莊嚴崇高的思想，絕不能做卑鄙無恥的人。他說：

作卑鄙無恥的傢伙並不足大自然為我們——它所挑選出來的子女——所訂定的計劃，絕不是的；它生了我們，把我們生在這宇宙間，猶如將我們放在某種偉大的競賽場中，要我們既做它豐功偉績的觀眾又做它的雄心勃勃的競賽者；它一開始就在我們的靈魂中植有一種不可抗拒的對於一切偉大事物、一切比我們自己更神聖事物的渴望。因此，就是整個世界，作為人類思想的飛翔領域，還是不夠寬廣，人的心靈還常常越過整個空間的邊緣。[4]

朗加納斯的要求對譯家也是適合的。譯家要理解文藝作品中「莊嚴偉大的思想」、「強烈而激動的情感」，「運用藻飾的技術」、「高雅的措辭」[5]，必須重視人的精神品質的培養、思想道德水平的提高、價值觀念的確立和完善。譯者應透過不斷的學習和研究，排除思想中瑣屑、狹隘、卑微、渺小的東西，追求高尚、偉大、神聖、卓越的東西。譯者不應終日汲汲於功名

利祿的追求，而應孜孜於自身精神境界的提高。一個人不能滿足於做一種卑微的小動物，他應努力使自己變得偉大、高潔。譯者應做人類靈魂的塑造者，將譯作看作是傳播崇高理想、道德觀念的工具。賀拉斯說道：

> 詩人的願望應該是給人益處和樂趣，他寫的東西應該給人以快感，同時對生活有幫助。在你教育人的時候，話要說得簡短，使聽的人容易接受，容易牢固地記心裡。一個人的心裡記得太多，多餘的東西必然溢出。虛構的目的在引人歡喜，因此必須切近真實，……寓教於樂，既勸諭讀者，又使他喜愛，才能符合眾望。[6]

孔子在《禮記．經解》中指出：「其為人也，溫柔敦厚，《詩》教也。」[3：106] 詩教中蘊含著儒家豐富的倫理觀念、道德思想。孔子認為只有透過詩教，透過倫理道德內容的傳授，才能使人的靈魂得到淨化，使人成為一個溫柔敦厚的人，一個完人。美國超驗主義思想家梭羅針對美國當時物慾橫流、一切向錢看的社會現實曾痛心疾首地指出：

> 我們仍然卑戲地活著，就像螞蟻一般，雖然寓言告訴我們，我們早於很久以前，就變成了人，但我們仍如矮人一樣同長頸鶴爭執搏鬥，這真是錯上加錯，弄巧成拙。我們最好的品質曾一度變得非常的可怕，而這可怕既無必要，也可避免。我們整日忙於瑣碎的事情，生命因此而被浪費掉。[7]

梭羅要求人們注重精神境界的改善和純淨，鄙棄物質世界的平庸和無聊。譯者「不應當只是讚賞小溪小澗的美，而要讚賞尼羅河、多瑙河、萊茵河，讚賞海洋，讚賞那些不平凡的、偉大的、巍然高聳著的東西」[1：三九六]。這就是一種崇高的思想。有了這種崇高的思想，譯者翻譯文藝作品中的崇高的語言和風格，就能既深切理解，又能駕馭自如。

譯者要培養崇高的品質，必須深入自然、生活，作細緻的觀察。每當我們看到皚皚大雪覆蓋在廣闊無垠的大地上，繁茂蔥鬱、高大結實的森林綿延伸展，消失於視野的盡頭，我們的心頭會頓生一種崇高的感情。這種感情，有時會稍縱即逝，但作為譯者，我們應善於捕捉住它，讓它能較為長久地停留於自己的心中，這樣，我們就可以細細地品味賞鑒，若有可能最好能即景成詩，將眼前的美景，胸中的崇高之情筆錄於詩歌之中。有了這樣實際的觀

察，心靈的體驗，我們在翻譯文藝作品中類似的風景描寫時，無論在理解還是在語言表達方面，都能感到得心應手。馬克思在 1842 年所寫的一篇論文《第六屆萊茵省議會的辯論》中觸及到了藝術家必須深入生活才能創造美的藝術典型問題。馬克思指出：

> 歌德曾經說過：畫家要成功地描繪出一種女性美，只能以他至少在一個活人身上曾經愛過的那種美作為典型。出版自由也有自己的美（儘管這種美絲毫不是女性的美），要想能保護它，必須喜愛它，我感到我真正喜愛的東西的存在足必需的，我感到需要它，沒有它我的生活就不能美滿。[8]

馬克思儘管是從出版自由來展開論述的，但卻從一個側面啟示我們，藝術家必須以生活中的美作為典型才能成功地塑造出藝術中的美。藝術家們必須對生活中的美產生「曾經愛過」、「感到需要」、「沒有它我的生活就不能美滿」這樣的藝術情愫，也就是對現實、生活中的美有過深切的情感經驗，並對之真正的理解和思考過，這樣才能將現實中的美融為自己審美意識中的東西，由此也才能進入藝術形象的孕育過程。譯家在觀察生活、體驗人生時，也必須像這些藝術家一樣，善於捕捉生活中的美，並以此作為典型，對之作深切的情感體驗，努力使自己的情感昇華，達到「愛過」、「感到需要」、或「沒有它我的生活就不能美滿」的境界，這種細膩、逼真的情感蘊積和昇華過程，譯者最好能進行忠實生動的描繪和記載，以使之銘記於心。這樣，當他在閱讀藝術文本時，遭遇到類似的美的典型，以及作家對美的情感體驗，譯家會產生一見如故、感同身受的心理意識，不僅能理解得深刻透徹，而且譯起來也覺得輕便自如。

譯者在現實生活中，有時會觀察到那如萬馬奔騰、響聲如雷、從天而降的瀑布，還會看到那波濤洶湧、白浪滔天的大海，以及那高聳險峻的懸崖峭壁，有時譯者的心中會產生某種不可預測，驚駭震懾的情感。這時，譯者不應該被自然的威力所嚇倒，他應憑藉自己多年來所積蓄起來的精神修養和人格力量，從心理上征服自然，他應想到人定勝天，海洋再兇險，人卻能駕馭著航船平穩自如地航行於碧波之上；高山再險峻，人卻能登上珠穆朗瑪峰；人「可上九天攬月，可下五洋捉鱉」，再大、再險的自然在人類的面前都是

可以征服的，在這樣的自然面前，人的本質力量是可以找到施展的場合的。想到這些，自然就不再是可怕的了，它會成為一個莊嚴崇高的世界，譯者應將這樣的心理變化細緻地記錄下來，並深深地體味，因這是一個分析、欣賞、品味崇高感情的過程。這樣的過程，若譯者反覆經歷，對提高其賞析文藝作品中類似的崇高感的能力是大有裨益的。

譯者要培養崇高的品質，必須善於養氣。關於氣，著名學者徐復觀先生曾說道：

其實，切就人身而言氣，則自《孟子.養氣章》的氣字開始，指的只是一個人的生理的綜合作用；或可稱之為『生理的生命力』。若就文學藝術而言氣，則指的是一切個人的生理的綜合作用所及於作品的影響。凡是一切形上性的觀念，在此等地方是完全用不上的。一個人的觀念、感情、想像力，必須透過他的氣而始能表現於其作品之上。同樣的觀念，因作者的氣的不同，則由表現所形成的作品的形相（style）亦因之而異。支配氣的是觀念、感情、想像力，所以在文學藝術中所說的氣，實際上是已經裝載上了觀念、感情、想像力，否則不可能有創造的功能。但觀念、感情、想像力，被氣裝載上去，以傾卸於文學藝術所用的媒材的時候，氣便成為有力的塑造者。所以一個人的個性，及由個性所形成的藝術性，都是由氣所決定的。[9]

從這裡，我們可以看出，氣是受制於觀念、感情、想像力的，而氣又可作為觀念、感情、想像力的表徵。一個人的觀念、感情、想像力與其個性、人格、氣質、性格、道德觀、價值觀等又是緊密相關的。在中國傳統的儒道佛三家哲學中，儒家是最為重視人的主體人格的鍛造，積極入世、勇於承擔社會責任，著力推動社會前進的品格修養的。孟子曾提出「浩然之氣」的主體養氣理論。「浩然之氣」是一種「至大至剛」、「配義與道」、「集義所生」[3:184]之氣。這種氣剛毅、雄壯、強大，富有道義感、社會的使命感。我們在文藝作品中，常常會領略到那種「富貴不能淫，貧賤不能移，威武不能屈」[3:184]的英雄主義精神，這種精神就是一種「浩然之氣」。英雄們為了擔當起道義的大任，社會和人民賦予的光榮使命，不惜一切艱難困苦，頑強地格守自己的信念，勇敢地追求自己的人生理想。譯者要理解這些人物形象的崇高品

質，必須善於培養「浩然之氣」。那麼，如何培養這種「浩然之氣」呢？「首先，要培養自己的仁愛之心，能以仁厚的態度待人接物」 [3：184]。孟子曾提出「老吾老，以及人之老，幼吾幼，以及人之幼」 [3：185] 的主張，譯者應有拳拳的仁愛之心，愛人類，想他人之所想，憂他人之所憂，只有以一顆仁愛之心去解讀崇高人物的崇高品質，才能理解崇高人物身上真善美的一面。「其次，要加強內在意志的磨煉，要能忍受艱苦環境的考驗」 [3：185]。崇高人物往往捨生取義，懂得道義貴於生命，為了實現道義，常常不惜赴湯蹈火。譯者要理解這一品質，必須做好接受磨難的準備，要能以坦蕩的心胸去面對生活中的挫折，人生道路上的坎坷。孟子曾說道：

> 故天將降大任於斯人也，必先苦其心志，勞其筋骨，餓其體膚，空乏其身，行弗亂其所為，所以動心忍性，曾益其所不能。 [3：185]

譯者應以此作為自己的座右銘，這樣，他就能理解文藝作品中英雄人物所經歷的千辛萬苦、艱難曲折，也能進而理解人物崇高品質形成的原因。

孟子的「浩然之氣」理論還體現在文體風格上。氣是作家主體性的一個重要的組成部分，它在作家的文藝創作中起著主導的作用，作家最終表現在文藝作品中的總體風格也是這氣所使然。氣可外化為文藝作品的風格特徵。謝榛在《四溟詩話》中指出：

> 自古詩人養氣，各有主焉！蘊乎內，著乎外，其隱見異同，人莫之辯也。熟讀初唐、盛唐諸家所作，有雄渾如大海波濤，秀拔如孤峰峭壁，壯麗如層樓疊閣，古稚如瑤琴朱弦，老健如朔漠橫雕，清逸如九奉鳴鶴，明淨如亂山積雪，高遠如長空片雲，芳潤如露蕙春蘭，奇絕如鯨波蜃氣：此見諸家所養之不同也。 [10]

作家養氣各有主焉，因而其藝術個性也各有不同，其表現在藝術文本中的文體風格也各有其鮮明的特色。劉勰在《文心雕龍．風骨》篇中按孟子的「浩然之氣」理論，從藝術和審美的層面，提出了一種「骨勁氣猛」的審美品格。他說道：

結言端直,則文骨成焉;意氣駿爽,則文風清焉。若豐藻克贍,風骨不滅,則振彩失鮮,負聲無力。是以綴慮裁篇,務盈守氣、剛健既實,輝光乃新,其為文用,譬征鳥之使翼也。[3：187]

作家養「浩然之氣」能使文學作品具有一種剛健的品格,因作家在創作時會將自己奮發有為、昂揚向上的主體人格凝注到文本的風格之中,譯家經常養氣就能很好地理解文藝作品中剛健有力、雄渾勁健的風格,作品所描繪的恢弘氣勢、壯烈場面、盛大氣象,以及作家所著力表現的大氣磅礴的精神狀態。

二、翻譯活動中「醜」的形象再現

人類的審美情感有崇高,亦有醜,醜是在審美主體的本質力量遭到了窒息和壓抑,而非人的本質力量堂而皇之地闖入人們的審美領域,並在審美對象中顯現出來的。醜是作為美的對立面而存在的。「審醜歷來都是人們審美活動的一個重要方面,因此,歷來的文學藝術都有表現奇醜怪異的傑作」[1：四0六]。在文藝作品中,我們會見到怪誕兇惡的面貌、神祕恐怖的場景、畸形獰獰的形象,這些醜的典型在現實生活中,我們也時常會領略到。文學的職責是再現生活的真實。「文學所以叫做藝術,就因為它按照生活的本來面目描寫生活。它的任務是無條件的、直率的真實」[11]。譯家要忠實地再現文藝作品中醜的藝術形象,必須要善於觀察生活、深入生活。現實生活中有醜陋扭曲的相貌,還有扭曲、變態、怪異的靈魂;有骯髒、無序、凌亂不堪的自然環境,還有肆意毀壞自然環境,如縱火焚燒綠樹青山等醜惡現象,諸如此類的「醜」的現象,我們應一邊觀察,一邊思考,不僅要熟悉、瞭解它們,而且還應探討其產生的根源,如社會根源和心理根源,這對於我們理解文藝作品中與之類似的「醜」會大有裨益。美國評論家亨利.路易斯.門肯(Henry Louis Mencken)在其「The Libido for the Ugly」《愛醜之欲》中,極盡誇張、諷刺、挖苦、反襯、對比之能事,對美國人生活中的醜陋現象進行了細膩的描繪。儘管描述屬於印象主義的,帶有強烈的主觀色彩,但卻與他平時對美國的自然環境、社會生活、美國人的性情癖好的觀察和研究分不開。

從其描述中，我們可以想像得到，門肯一定將自己在日常生活中的所見、所聞、所感、所思、所嗅、所嘗逼真地記錄了下來，同時還將自己對所觀察到的結果的情緒反應進行了記載和評述。我們來欣賞其中的一段文字：

From East Liberty to Greensburg，a distance of twenty — five miles，there was not one sight from the train that did not insult and lacerate the eye.Some were so bad，and they were among the most pretentious — churches，stores，warehouses，and the like — — that they were downright startling；one blinked before them as one blinks before a man with his face shot away.A few linger in memory，horrible even there：a crazy lit — tle church just west of Jeannette，set like a dormer — window on the side of a bare leprous hill；the headquarters of the Veterans of Foreign Wars at another forlorn town，a steel stadium like a huge rattrap somewhere further down the line.But most of all I recall the general effect — of hide — ousness without a break.There was not a single decent house within eye — range from the Pittsburgh to the Greensburg yards.There was not one that was not misshapen，and there was not one that was not shabby.[12]

......

But what have they done？They have taken as their model a brick set on end.This they have converted into a thing of dingy clapboards，with a narrow，low — pitched roof.And the whole they have set upon thin，preposterous brick piers.By the hundreds and thousands these a — bominable houses cover the bare hillsides，like gravestones in some gi — gantic and decaying cemetery.On their deep sides they are three，four and even five stories high；on their low sides they bury themselves swin — ishly in the mud.Not a fifth of them are perpendicular.They lean this way and that，hanging on to their bases precariously.And one and all，they are streaked in grime，with dead and eczematous patches of paint peeping through the streaks. [12：110－111]

　　從這些描述中，我們可以看出，若作者不是生活的有心人，是產生不了這樣細緻生動的文筆的。譯者要忠實地再現原文的文風，亦必須對生活有真切的觀察，認真的思考。只有透過日常生活經驗的點滴積累，譯者才能吃透原文作者的深刻寓意及原文的思想內涵和風格。請看下面的譯文：

　　從東自由鎮到格林斯堡，在這全長 25 英哩的路上，從火車上看去，沒有一幢房子不讓人看了感到眼睛不舒服和難受。有的房子糟得嚇人，而這些房子竟還是一些最重要的建築——教堂、商店、倉庫等等。人們驚愕地看著這些房子，就像是看見一個臉給子彈崩掉的人一樣。有的留在記憶裡，甚至回憶起來也是可怕的：珍尼特西面的一所樣子稀奇古怪的小教堂，就像一扇老虎窗貼在一面光禿禿的、似有麻風散鱗的山坡上；參加過國外戰爭的退伍軍人總部，設在珍尼特過去不遠的另一個淒涼的小鎮上。沿鐵路線向東不遠處的一座鋼架，就像一個巨大的捕鼠器。但我回憶裡出現的主要還是一個總的印象——連綿不斷的醜陋。從匹茲堡到格林斯堡火車調車場，放眼望去，沒有一幢像樣的房子。沒有一幢不是歪歪扭扭的，沒有一幢不足破破爛爛的。[13]

　　可是，他們實際上是怎麼做的呢？他們把直立的磚塊作為造房的模式，造出了一種用骯髒的護牆板圍成的不倫不類的房屋，屋頂又窄又平，而且整個地安放在一些單薄的、奇形怪狀的磚堆上。這種醜陋不堪的房屋成百上千地遍佈於一個個光禿禿的山坡上，就像是一些墓碑豎立在廣闊荒涼的墳場上。這些房屋高的一側約有三四層，甚至五層樓高，而低的一側看去卻像一群理在爛泥潭裡的豬玀。垂直式的房屋不到五分之一，大部分房屋都是那樣東倒西歪，搖搖欲墜地固定在地基上。每幢房屋上都積有一道道的塵垢印痕，而那一道道垢痕的間隙中，還隱隱約約露出一些像濕疹癩一樣的油漆斑痕。[13：161]

　　譯者以忠實、細膩、流暢、自然的譯筆再現了原作者的思想感情和原文的文風，這一再現中滲透了譯者多少的人生閱歷和深邃的人生思考！

　　另外，譯者要理解文藝作品中醜的形象，有時還應做到反思。人是從動物發展而來的，人儘管經過進化、改造而成為社會的人、有理性的人，但其身上仍然保留著動物的許多特性，如非理性，而這非理性是構成人身上反人性的本質力量。譯者在日常的學習、工作和待人接物中，有時會在心理上產生一些非理性的衝動，這是人的潛意識層次中某種反人性的本質力量在作怪。只不過譯者有著人類文化的長期發展所積累起來的精神修養和文明素質，所以他能在非理性衝動進入意識層次之前，就將其控制住，因此，譯者仍能以一種理性的態度，平和的心態去面對、處理現實生活中的一切。但是，潛意識中的這種「惡」，譯者是應經常反思的，因在文藝作品中，作家們在描寫惡的現像之前，往往不厭其煩、細緻周詳地探討即將爆發的「惡」的心理根源，主人翁心靈的微妙波動和震顫，都會盡收作家的筆下。譯者若能經常反躬自身，對自己潛意識層次中多種非理性的因素、惡的衝動進行審視、檢驗和研究，這對其理解文藝作品中主人翁的心理變化，惡產生的心理根源是極為有益的。胡經之先生曾指出：

　　真正的藝術家敢於揭示自己的生命的真實，哪怕那裡有惡欲，有汙髒，有晦暗，他用解剖刀一般犀利的筆，將自己意識和潛意識的衝突、人性和獸慾的衝突、真善美與假醜惡的衝突揭示出來，並藝術地描繪出來。[14]

　　作家借助藝術的描繪蕩滌著靈魂中黑暗的一面，而譯家借助翻譯藝術的再現功能為自己的心靈射入生命意義之光。再者，譯者在觀察生活時，有時會發現「生活中的醜不僅不以醜的面目出現，而且作乖弄醜，風枝招展，把自己打扮得似乎很美」[1：四三○]。譯者應擦亮眼睛，不能為生活的表面現象所迷惑，要能透過現象看本質。譯者要多觀察、多瞭解、多探討、多研習，以明辨是非、識別真假、認清美醜。這樣，當譯者解讀文藝作品中一些性格複雜的人物時，就能透過他的外貌舉止、言語談吐，認識他的本質靈魂，抓住其思想性格中的主旋律。當他真正落筆成文時，在遣詞造句方面就能做到胸有成竹。最後一點，譯者儘管必須忠實生動地再現文藝作品中醜的形象，但譯者本人在現實生活中則必須始終與醜惡作鬥爭。譯者需要熟悉醜，甚至接觸醜，但卻不能與醜同流合汙。文藝作品中常常會出現一些意志薄弱、經受不住生活的誘惑而腐化墮落的人物形象。這樣的人物形像在現實生活中，

我們也會常常接觸到。譯者要善於節制自己的慾望，抵制住燈紅酒綠的奢華生活對自己道德品質的侵害。孟子曾說道：

養心莫善於寡慾。其為人也寡慾，雖有不存焉者，寡矣；其為人也多欲，雖有存焉者，寡矣。[3：185]

譯者應以孟子的這句話作為自己與醜惡現象做鬥爭的武器，培養「浩然之氣」的指南針，努力做一個情操高尚、品質優秀的人。譯者需要不斷地與自己潛意識中醜的力量作鬥爭，否定它，超越它，這樣才能高屋建瓴地理解文藝作品中醜的現象。「出淤泥而不染，濯清蓮而不妖」。譯者應以周敦頤《愛蓮說》中的這兩句話作為自己的座右銘，用忠實的譯筆再現文藝作品中的醜。

參考文獻

[1] 蔣孔陽 . 美學新論 [M] . 北京：人民文學出版社，2006：四〇七 .

[2] 楊祖陶，鄧曉芒編譯 . 康德三大批判精粹 [Z] . 北京：人民出版社，2001：478.

[3] 胡經之，李健 . 中國古典文藝學 [M] . 北京：光明日報出版社，2006：218.

[4] 郎加納斯 . 論崇高 [M] . 伍蠡甫胡經之主編 . 西方文藝理論名著選編（上）[Z] . 北京：北京大學出版社，2000：126.

[5] 伍蠡甫主編 . 西方文論選 [Z] 上卷 . 上海：上海譯文出版社，1979：125.

[6] 賀拉斯 . 詩藝 . 楊周翰譯 . 《詩學 . 詩藝》. 北京：人民文學出版社，1984：155.

[7] 吳定柏 . 美國文學欣賞 [Z] . 上海：上海外語教育出版社，2002：44.（引文由本書作者自譯）

[8] 馬克思恩格斯全集 [M] . 第 1 卷 . 北京：人民出版社，1960：41.

[9] 徐復觀 . 中國藝術精神 [M] . 上海：華東師範大學出版社，2001：97.

[10] 暢廣元 . 文藝學的人文視界 [M] . 北京：首都師範大學出版社，2001：144.

[11] 契訶夫論文學 [M] . 北京：人民文學出版社，1958：35.

[12] 張漢熙主編 . 高級英語 Book II [Z] . 北京：外語教學與研究出版社，1995：109 － 110.

[13] 張鑫友主編 . 高級英語學習指南（修訂本）第二冊 [Z] . 武漢：湖北人民出版社，2002：160 － 161.

[14] 胡經之 . 文藝美學 [M] . 北京：北京大學出版社，1999：134.

第六章 文藝美學的「藝術真實觀」與翻譯研究

在第三章中，我從藝術心理學所論述的感覺、直覺觀，知覺和表象觀，聯想與記憶觀，想像觀，思維與靈感觀，通感觀，以及審美欣賞活動的心理特徵的角度探討了翻譯研究的問題，這一角度是從藝術心理學這一闡釋視角出發的，側重於譯者作為審美欣賞者對審美對象的理解和感受。在從符號論哲學角度研究翻譯問題時，又著重探討了符號論哲學對藝術形式中情感內容的強調於翻譯研究的意義。

在第五章中，我還就美學中有關崇高美和醜的論述，探究了翻譯中如何理解和傳達原文中的崇高美，以及如何理解和再現原文中的「醜」的藝術典型，論及了譯者如何培養崇高品質，識別生活中的「醜」的問題。以上研究均著眼於譯家自我的藝術心理研究以及藝術心理能力的培養。在這方面的研究中，譯家要掌握好翻譯的「度」，如若不然，就會產生無視現實生活，忽視源語作品及作家，以致過於依仗譯家自我的主觀感受，甚或將自己的主觀感受和印象強加於客觀現實這樣的主觀唯心主義的錯誤。我們知道，文學是離不開現實生活的。文學最重要的特點是必須忠於客觀現實，反映社會人生，並著力揭示現實生活中的各種矛盾和衝突。對於翻譯來說，譯者是離不開作家和源語作品的。沒有作家和源語作品，也就無所謂譯家和譯作。因此，翻譯研究中，如何真實地再現作家的人格、個性，作家所處的歷史時代背景，如何真實地傳譯出源語作品的思想主題和藝術風格，便成為翻譯的首要任務。為此，在本章中，我從文藝美學的「藝術真實觀」的角度來討論翻譯研究問題。

一、文藝美學的「藝術真實即藝術生命的敞亮」觀與翻譯研究

　　藝術美是一種訴諸於感覺的美。這種美是與真和善相等同的。可以說，真與善即為美，而美即是真和善。普羅丁指出：「真實就是美，異乎真實的自然就是醜。醜與惡本來是一回事，正如善與美，或者說善行與美質，是一回事……」[1]。翻譯藝術貴在真實，譯文不僅要忠於原作的語言文字，而且要忠於語言文字所體現的特有的風格特色，越是逼真地再現了原作的語言風格、文化特色、藝術形象，及創作主題的譯作，其審美價值就越高，這誠如作家在文藝創作時，應追求逼真地再現生活中的事物、典型環境中的典型人物以創造出為大眾所喜聞樂見、極富藝術審美價值的文藝作品一樣。法國著名作家巴爾扎克對真實發表了自己新穎的見解，他指出：「當我們在看書時，每碰到一個不正確的細節，真實感就向我們叫著：『這是不能相信的！』如果這種感覺叫得次數太多，並且向大家叫，那麼這本書現在與將來都不會有任何價值了。獲得全世界聞名的不朽的成功的祕密在於真實。」[2]巴爾扎克的觀點啟示重譯者及譯作的接受者們應抱著一種質疑的心態，帶著一種勇於懷疑的眼光去看待譯著，在對照原著閱讀譯作時，重譯者和譯作的審美閱讀者們應敢於挑戰權威，應追問譯文是否真實地再現了原著的精神、內容和風格；如若沒有，則應勇於否定前者，並提出真實再現原著自然美的獨到方法。

　　一般的重譯者及譯作的審美接受者在閱讀某部作品的譯作尤其是權威譯者的譯作時，往往會有這樣的心理定勢，即前譯已臻於很高的藝術水準，於是在心理上會產生一種難於超越和突破的情緒。其實沒有任何譯作能達到藝術的巔峰，以至難以企及。我們所接觸到的譯作從藝術審美的角度來說，有時可能並沒有完全地再現原作的自然美質。若對照原文，人們會發現，其中可能會有不少有違原文的語言風格，藝術形象描寫的東西，而這些是對原文自然美的破壞和褻瀆。它們是有待重譯者和審美閱讀及批評者們加以批評和修正的。

　　濱田正秀在談文學創作時，說過一段頗有啟發意義的話，他說：

　　真實在何處？又何謂真實？在主體文學是虛構之前，首先必須弄清真實之所在。柏拉圖說現實並不是真實只是真實的影子。海德格爾認為真實是隱藏著的東西，需要使之敞亮。我們周圍的現實有不少並不真，為很多偶然的東西以及假象和片段所歪曲。文學是一種使現實更接近於真實的努力，它要把被歪曲和掩蓋著的東西發掘出來，創造出更具價值的東西，並使全部生命得以復活。真實不是別的，乃是生命的真實。[2：172]

　　柏拉圖和海德格爾的論點啟示譯者及審美閱讀或批評者們在閱讀權威譯者的譯文時，應透過前譯語言文字的表象，努力挖掘出前譯者在譯文中所闡發滲透的思想是否真實地再現了原作者在原作中所要表達的觀念，重譯者應將其本質力量總體地對象化於原作和前譯中，將譯者所應具備的知情意全面介入翻譯過程，努力把被前譯者所歪曲和掩蓋著的東西發掘和揭示出來，並使之敞亮，然後創造出更具審美價值的譯品，以再現出生命所應具有的、閃閃發光的自然美。這樣，譯作的存在就成為真理的再現，生命的延續，存在的一種自然澄明，人生也就詩意般敞亮，再現和揭示了出來。

　　就藝術真實問題，胡經之先生認為，這其實「就是文學藝術真實地反映了現實中主體和客體的審美關係」[2：174]。他指出，這包含兩個層次：「一是它反映了作家這個主體和客體的真正存在的審美關係，是作者自己的真實的體驗，而不是偽造的、搬來的；二是作家與客體的審美關係，是和歷史發展必然要求相一致的，是合理的存在，是人類正常的關係。」[2：174]胡經之先生的這一觀點若用於翻譯中，即指翻譯藝術必須真實地反映譯者主體同作為客體的作家及作品之間的審美關係。這樣的審美關係也應包含兩個層次，從第一層次而言，它是譯家這個主體與作為客體的作家及其作品真正存在的審美關係。

　　譯家閱讀作品，調動自己前理解結構中的知識文化，及翻譯美學觀，體驗作家在文藝作品中所傾注的情思理想，將自己的本質力量對象化於文本中，從而再現出具有譯者獨到闡釋視角、富有譯者本人獨特的審美情感的譯作。應該說譯者對作家及作品的理解、闡釋，對作家以及作品中的思想情感的體驗是真實的，沒有任何虛飾、偽造的成分。從第二層次而言，譯家與作為客

體的作家及作品的審美關係應與歷史發展的必然要求相符合。作家創作文藝作品時,會將特定的歷史時期的價值觀念、道德倫理觀、審美觀等反映並融注到文藝作品中,這從文藝作品的人物刻畫、情節描寫和設置、主題意義的揭示方面可以清楚地看出來。譯家在翻譯時,必須真實地再現作家所描繪和反映的那個歷史時期的特點,亦即應與歷史發展的必然要求相一致,也只有一致,譯家與客體的審美關係才是合理的存在。若譯家對作家所描繪和反映的那個歷史時期的特點肆意篡改,則譯家與客體的審美關係也就不再存在。如 Even King 在翻譯老舍先生的《駱駝祥子》時,將原文悲慘的結局改變成為一個大團圓的場面。祥子最後從白房子中將小福子救出,並與之喜結良緣[3]。老舍先生在原文文本中所安排的悲慘的結局是符合祥子和小福子所生活的時代和歷史環境的特點的,他們的悲慘身世反映了他們所生活的那個時代的社會黑暗,普通老百姓生存境遇之悽慘,但 Even King 所改的大團圓的結局則不僅有違老舍先生的創作意圖,而且也嚴重篡改了歷史的真實,與歷史發展的必然要求相背離,這使「老舍先生十分氣憤。他不承認 Even King 所譯的是他的小說」[2:77]。這樣,由於譯家的擅自改動而使譯文的內容與原作品中所揭示的歷史發展的必然要求相違背,而使譯家與作為客體的作家及作品的關係成為一種不合理的存在,不正常的關係。老舍先生的義憤反映出作家客體的主觀態度,這態度說明了客體與主體的關係是一種否定的、對抗的和不自由的關係,它是文學藝術未能真實地反映主體和客體的審美關係所導致的結果。馬克思在評論歐仁．蘇、莎士比亞和巴爾扎克時,曾指出,一個作家要使其藝術形象產生巨大的魅力,絕不能像歐仁．蘇在《巴黎的祕密》中那樣,以自己的主觀意圖去取代人物性格心理的發展邏輯,而應當如巴爾扎克和莎士比亞那樣,從主體對複雜的社會矛盾的把握和理解中來展現人物性格的豐富性和複雜性,並生動地反映時代特徵[4]。恩格斯對巴爾扎克按現實主義的創作原則真實、客觀、正確地反映生活也甚為欣賞。他曾指出:

　　巴爾扎克就不得不違反自己的階級同情和政治偏見,他看到了他心愛的貴族們滅亡的必然性,從而把他們描寫成不配有更好命運的人;他在當時唯一能找到未來的真正的人的地方看到了這樣的人,——這一切我認為是現實主義的最偉大勝利之一,是老巴爾扎克的最偉大的特點之一。[5]

他還說道：

巴爾扎克在政治上是一個正統派，他的偉大作品是對上流社會必然崩潰的一曲無盡的輓歌；他的全部同情都在注定要滅亡的那個階級方面。但是儘管如此，當他讓他所深切同情的那些貴族男女行動的時候，他的嘲笑是空前尖刻的，他的諷刺是空前辛辣的。而他經常毫不掩飾地加以讚賞的人物，卻正是他政治上的死對頭，聖瑪利修道院的共和黨英雄們，這些人在那時（1830～1836年）的確是代表人民群眾的。[5：463]

馬克思恩格斯的這些論述啟示譯者在翻譯時不能滑向「純審美論」和單純「表現自我」的歧途，應尊重源語文本所揭示的社會歷史生活的普遍規律，唯有如此，翻譯作為一門藝術所具有的審美特質才能同社會歷史生活的普遍規律相統一。老舍先生是按馬克思恩格斯所倡導的現實主義原則，描寫在特定的社會環境、社會關係和矛盾衝突中主人翁的獨特的、典型的性格特徵和他們的悲劇命運，祥子和小福子藝術形象能揭示出他們所處的那個時代的社會生活的種種矛盾。譯者應傾聽源語文本的聲音，遵從源語文本中所揭示的社會生活的邏輯，並以此為標準來抑制自己意識中那種慣於「自我表現」的思想傾向性，調整、修正、改造自己頭腦中那些有違實踐規律性的東西，按現實主義的原則來再現源語文本中的一切。因此，翻譯藝術要達到真實，尤其是上述第二層次的真實，譯者必須能夠敏銳地洞察、深透地理解源語文本中所蘊含的社會歷史內容、時代特點及其本質特徵；譯者還必須進入源語文本，走進源語文本中的人物的心靈世界，與其對話和交流，與其同呼吸、共命運，以忠實流暢的譯筆譯出人物內心的真切感受，身世命運的沉浮起落，這樣，才能使翻譯藝術實現真切可感的藝術效果。

文藝美學還就藝術真實與科學真實的根本差異進行了論述。胡經之先生指出：

求索科學之真，必須揚棄個別而掌握一般，也就是說對現實生活中的個別的偶然的現象加以剝離、揚棄，從而形成抽象的概念和範疇，去對生活或反映對象的本質規律加以掌握。而藝術真實所要求的恰恰是不拋棄個別和偶然，而是運用個別以豐滿地精確地把握本質規律，即選擇並抓住人們現實生

活中豐富多彩而又獨具特徵的現象進行典型概括和提煉，從而創造出表現生活普遍必然的本質的藝術形象，使人們透過藝術形象而獲得審美體驗，感悟到生活和生命的真實。[2：174—175]

簡而言之，科學真實要求人們在感性的基礎上形成理性認識，透過一般來真實地概括個別。而藝術的真實則要求人們在理性的指導下發揮感性作用，透過個別來真實地體現一般。根據藝術真實，「普遍的東西應該作為個體所特有的最本質的東西而在個體中實現」[6]。沒有事物的個別性、獨特性，也就不會有鮮明真切、生動感人、富有創新性的藝術典型。胡經之先生於上文中所論及的科學真實和藝術真實的一些特點也是翻譯研究這門學科所具有的。在翻譯研究中，我們也需要對翻譯實踐中多種個別的和偶然的現象進行歸納、總結、選擇、提煉、甄別和揚棄，進而形成一些抽象的概念和範疇，以反映和揭示翻譯的本質規律。如英語中長句子頗多，這是由英語語言特有的句法結構所致，但是在翻譯中如何處理呢？搞過翻譯實踐的人，會知道，各人會有各人的方法，有的譯得歐化味頗濃，漢語譯句同英語原文一般長短，讀起來尤顯滯重生澀，而有的則能把它譯成多個短句，讀來自然流暢，頗似道地的漢語寫作；有的既能吃透原文的文體色彩，理解長句中所蘊涵的氣勢、語調，又能把它傳譯得不長不短，讀起來跌宕有致、韻味濃郁。翻譯研究者們在對各式長句的譯法進行比較，對照、研習過程中，固然會發現有些譯法不符合漢語表達需要，也未能傳達出原文長句的精神實質，這些長句譯法將會被淘汰和拋棄，而有些長句譯法則因其既達意又傳神；既忠實又道地則會被保留下來，成為一種概念，一種對長句翻譯這一現象加以反映和揭示的規律。如黃龍先生在對英語長句多年探究的基礎上，總結出 24 種翻譯方法，如：七步法（septiphase method）；剝皮法（sentence—peeling）；拆句法（sentence — — splitting）；逆譯法（inversion method）；順譯法（translation in regular sequence）；子句取代法（clause—replace — ment method）；短縮法（shortening method）；冒號法；括號法；破折號法；主語重複法（reiteration of subject）；短語子句法（transformation of phrase into clause）；詞語單獨處理法；追溯法（retrospective method）；駢體法（antithesis method）；加詞法；

反轉法（adversative method）；移位法（transposition）；連詞轉化法（conversion of conjunction）；時序調整法（rearrangement of time order）；同詞異譯法（diverse rendering of the identical word）；續述法（uninterrupted statement）；介詞結構的轉化法（conversion of prepositions）；綜合法。[7] 這 24 種方法皆有很強的規律性，並極具指導意義，對處理英語中的長句譯法的確很有作用。我們可以想像，這是黃龍先生在翻譯實踐中，對大量的長句譯法實例進行剝離、揚棄、去粗取精、去偽存真所得出的真知灼見。從這點而言，我們可以看出翻譯研究所具有的科學性，亦即科學真實的特點。但我們同時還可想見，這 24 種規律又是黃龍先生對無數個別和偶然的長句譯例進行悉心研究，精心比較，從多個個別譯例中揭示出的翻譯長句的本質規律，黃龍先生能抓住大量的而獨具特徵的長句譯例並對之進行概括、提煉，進而創造出能表現長句譯法普遍規律的翻譯準則。在每一種方法下，譯者都能舉出一些翻譯實例，並提供長句翻譯的邏輯順序，同時還展示按此順序進行翻譯的具體步驟和操作技巧。如就追溯法而言，黃先生舉了這樣一個例子：

Comrade Liu returned to Beijing the day before from the Daqing Oilfield where he had made a scientific report on the recent development of refinery technique after an exhaustive investigation into the drilling e — quipments and productive potentialities. [7：225]

劉在對大慶油田的設備和生產潛力進行了一番徹底的調查之後，在該處作了一個關於煉油技術最近發展的報告，前一天才回北京。 [7：225]

黃先生接著就英漢語時序的表達特點進行了分析，其實他的分析也昭示出此類英語長句翻譯的具體步驟和操作技巧。他是這樣來分析的：

就時序而言，原文的時序是由近而遠，譯文的時序是由遠而近；就上下文而言，譯文是由下而上，而不是由上而下。因此，這種翻譯手段稱為「時序追溯法」。漢語的時序一般都足由遠到近，由古到今，由過去到現在，由現在到將來，這足漢語的習慣。正是由於這種原因，「時序追溯法」是英譯漢的最重要的譯法之一。 [7：225]

從對每一種方法的分析和解釋中,我們都能看出黃先生處理長句翻譯縝密細緻、絲絲入扣、條理分明的思維過程,看出黃先生對無數個別的長句譯例進行精細分析、敏銳觀察、深透把握、精練總結所獨有的藝術匠心。從這一點而言,我們則又可看到翻譯研究所秉具的藝術性,亦即藝術真實的特點。因此文藝美學對藝術真實與科學真實根本差異的論述啟示我們,翻譯美學其實既是一門科學,又是一門藝術。

二、文藝美學有關「藝術真實在於作家主體體驗評價的真實」與翻譯研究

文藝美學認為:

藝術是一個創造和再創造(二度創造)的過程。這一創造過程的起點即是藝術家的審美體驗和物化。這一階段的藝術真實鮮明地體現在審美體驗中創作主體的情感和意象的真實上。[2:176—177]

根據這一觀點,首先,藝術家在創作伊始,即應尋求一種求真的態度,只有作家審美體驗的真實才能保證作品真實和作品人物形象的真實。作家只有對他所反映的生活和所刻畫的人物形像有著真切、深入的情感體驗,才能對生活進行真正的藝術加工,對人物的思想性格、內心世界進行真實細膩的表現。作家將自己的真實情感體驗凝鑄到人物形象的塑造中,就能創造出以情動人的藝術作品。「情感是詩情天性的最主要的動力之一」[8]。在翻譯中,譯者在動筆翻譯時,亦應具備審美體驗的真情實感,只有如此,譯者才能克服自己的有限性、狹隘性,以真情、真思和真心投入到源語文本世界中,去發現那裡的真理的輝光。譯者的情感虛假浮躁,只能歪曲源語文本的世界,而只有情感真摯,體驗本真,才能再現出源語文本世界中人物生命的真實和鮮活。譯者對文本世界要體驗得深,不應攙雜任何掩飾、扭曲、虛假作偽的成分,當他閱讀源語文本時,要能吃透和把握文本中的一切,如文本的故事的時代背景、環境氛圍、人物形象的性格特徵,文本中的風景描寫所具有的象徵意義等,當他對文本中所呈現的一切瞭如指掌、諳熟於心之時,他應能產生「如骨哽在喉,不吐不快」之感,這時在動筆翻譯時,就能譯出真情、

真思、真境。詩人里爾克曾說過：「創作的前提之一，就是坦白地問自己，如果不讓你寫作，會不會痛不欲生。特別是首先要在更深夜靜、萬象懼寂的時候捫心自問，我非要寫嗎？要從你自己身上挖出一個深刻的答覆來。」[2:180] 譯者的翻譯不應是受外界物質環境迫使的一種行為，而應是其內在的一種心理需求，其情感的體驗必須率真誠摯、發自肺腑，出於心靈。譯者要達乎此，還不僅僅只深入文本世界，他還應著力深入現實生活，應體會生活中的人生百味，洞察現實中的世態炎涼，時代變遷，並由此產生的人們情感心理上的變化，道德倫理觀念的改變，這是因為文學是反映現實生活的，譯家對現實人生體驗得真切入微，對文本中的人生世界也就能洞幽燭微，對所愛的能愛得真，對所恨的能恨得切。所謂「一情獨往，萬象懼開」，說的就是只要人們情真意切，則一切均能被真切地把握和認知，只要譯者審美體驗真實感人，則定能翻譯出情真意摯的譯品來。岡察洛夫說過：「我只能寫我體驗過的東西，我思考過和我感覺過的東西，我愛過的東西。」[9] 巴金說道：「書中的人物都是我所愛過和我所恨過的。」[10] 岡察洛夫和巴金的創作體會也適用於譯家。譯家只有對現實生活、人物及其內心世界有著深切的感受和理解，並常被其感染、激動，也才能理解和體驗源語文本世界中所呈現的一切，如人物的生活、人物的悲苦和歡樂等等。翻譯時，也才能對之加以忠實的再現，創造出以情動人的偉大譯品來。

上述論點中意象的真實，其實是藝術家以自己特定的藝術審美觀、世界觀及人生觀對生活加以理解進而形成特定的審美意蘊的真實。用於翻譯中，即譯家閱讀源語作品，以自己特定的翻譯美學觀、藝術個性、道德理想對源語作品的藝術意象加以闡釋所形成的翻譯藝術意象的真實。那麼如何做到意象的真實呢？以艾略特為代表的文藝批評家們倡導了一種「主體逃遁式」的真實觀。他認為：「在藝術創作中，藝術家『不是抒發感情，而是逃避感情，不是表現個性，而是逃避個性。』」[2:177—178] 這也就是說，創作中的作家會與現實中的作家沒有絲毫的關聯，作家只不過是生活世界的一個毫無情感的、冰冷、機械的傳聲筒而已，文藝作品中融不進作家的審美理想、精神個性和道德倫理觀念。艾略特的觀點用於翻譯中即譯家只能機械性地複製源語作品，譯家翻譯時，其道德理想、個性特徵、美學旨趣、性情愛好等應與譯作無緣，

這樣，我們可以推想，所譯出來的作品也必定是死譯，硬譯的產物。顯然，這種觀點，於翻譯來說，是極為有害的，其實於藝術創作來說，在實踐中也是不可能的。胡經之先生曾指出：

> 作為兩個世界臨界點上的作家是身在現實世界而又超越其上的。[2：178]

這裡的兩個世界是指生活世界和創作世界。他接著指出：

> 一方面，他的主體能動性使他對生活的認識和體驗常有強烈的主體色彩和個性特徵，而他所反映的生活已不是原生態的形式，而是一種主體化了的生活變形，是一種心理化了的生活折影。……在創作活動中，作家乃是以他自己的眼光、心態、人格氣質、思維方式去統攝、汰變諸多事物，從而使藝術品上鮮明地留下藝術家個人的東西，印上作者本人的影子。[2：178]

對於翻譯來說，譯者在對源語文本的藝術意象進行理解、認識和體驗時，也會將自己的審美觀念、個性氣質、道德理想融注其中，從而生成出已被譯者主體化了的藝術意象。我們可以認為，這一意象會是譯者心理化了的源語作品意象的折影。當這一意象以藝術符號的方式物化凝定下來時就會形成譯作，而譯作中會留下譯家個人的腳印和身影。也就是說，譯家在理解闡釋源語文本時，會發揮主觀能動性，從而將自己的主體色彩和個性特徵印射到所形成的翻譯藝術意象，然後是翻譯作品中，這樣的意象才能達到意象的真實，譯作也才能是原作的忠實再現。

▌三、文藝美學有關藝術作品的本體層次的論述與翻譯研究

文藝作品包含著多種層次結構，它們統一於一個有機的整體中。這一有機整體由四個層次所構成：「1、文藝作品的存在方式（即物化形式）；2、文藝作品中再現客觀世界部分（即藝術家所描繪的對象事物）；3、文藝作品中表現主體情思部分（即藝術家的審美態度、審美體驗）；4、藝術作品中的深層意蘊（即人生感、歷史感、宇宙蒼茫感）。」[2：182] 這四個層次於翻譯研究十分重要，因譯作必須忠實、生動地再現原作品的思想內容、藝術風格

和精神實質，故而翻譯作品也必須相對應地包含上述四個層次的結構。譯者無論是在翻譯前、翻譯中，還是在翻譯後的修改潤色階段，都應時刻注意源語作品以及譯好後譯作的本體層次構成。如果譯作在某一層次構成上遜於源語作品的層次構成，則譯者應進行修改、加工、潤色，以達致完善。下面分而述之。

就第一層次的藝術作品的存在方式而言，按文藝美學觀，它「主要可以歸結為藝術語言問題。諸如：文學語言、音樂語言、繪畫語言、舞蹈語言、建築語言」[2:182]。譯者閱讀藝術作品時，對作品中的藝術世界進行審美體驗，對作品中的審美意象進行理解和闡釋，從而產生翻譯藝術意象，譯者體驗之真和翻譯藝術意象之真，需要用準確生動、鮮明獨特的藝術語言加以精確的傳遞。譯者的藝術語言是否具有這樣的特質是衡量其譯品美不美，它所傳達的藝術形像是否真實的重要標誌。清代詩人袁枚及西方當代美學家、文學家路易斯在論及文藝創作的語言特點時發表了如下的看法。袁枚指出：「一切詩文，總須字立紙上，不可紙臥字上。人活則立，人死則臥，用筆亦然。」[2:182]西方當代美學家路易斯說道：「語言不像鋼鐵和木頭，不像煤和水，它們的特性是不變的，它們的種種作用，可以計算出來。語言的功能卻極容易改變，哪怕由於詞的位置極小的移動，它們就會獲得力量，以及力量的種種微妙的變化。置於它們前面的詞，正給它們抹上色彩，而位於它們後面的詞，卻已經將它們渲染了。」[2:182]袁枚和路易斯對藝術語言特質的描繪其實也是對譯作語言特質的一種要求，它要求譯家在翻譯時要尤其注意譯作語言的準確生動性，因這是傳達源語作品藝術真實性的重要因素和條件。

第二層次為藝術作品的再現客體層。自然主義作家對藝術作品再現部分的真實性非常強調，他們認為，作家要按現實生活本來的樣子來描述現實生活[2:182]。作家要以「可然律或必然律」的原則在文藝作品中再現現實中「類」的生活。然而，在創作實踐中，作家們往往難以做到。這是因為文藝作品的本體真實並不等同於生活真實，也不完全是模仿、再現的真實，「藝術並不要求人們把它的作品當作現實」[11]。文藝作品不是機械般地複製現實生活，翻譯也不是被動、機械性地複製源語作品。因此，第二層次的再現客觀世界部分應包含作家的主觀創造部分，即他的個性特徵、審美理想、世界觀、人

生觀等，對於翻譯來說，第二層次的再現客體層應指譯家將自己的創造性、主觀能動性調動發揮起來，將自己的審美個性、思想觀點等融注到翻譯的作品中來，以產生出既富有自己獨特的審美理想，又忠於原作精神內容的譯品來。

藝術作品的第三層次論及了藝術家主體情思的再現問題。主體的審美體驗是由主體對物有所感而引發的，故而，也可謂主客體關係中的一種真實體驗。作家創作時，往往激情澎湃，直覺敏銳，能充分調動主體的能動性，進而產生出藝術作品來，這作品中積累著主體深厚的審美體驗，具有較強的主觀真實性。「這主觀真實性在於作家借助自己的情感和想像創造出不同於現實的，但卻是可能存在的或應該存在的藝術世界和藝術形象」[2：183]。這裡的藝術世界與生活世界是不可等同的，此處的藝術形像在現實生活中也是沒有等值物或等值的人物形象的。這是因為作家創作時，可以「寂然凝慮，思接乾載；情焉動容，視通萬里」，[12] 雜取生活中的種種，進行重新組合，進而創造出富有藝術魅力的藝術世界或藝術形象。魯迅先生曾說過：「所寫的事跡，大抵有一點見過或聽到過，但絕不會用這個事實，只是採取一端，加以改造，或生發開去，到足以幾乎完全發表我的意義為止。人物的模特兒也一樣，沒有全用一人，往往嘴在浙江，臉在北京，衣服在山西，是一個拼湊起來的角色。」[2：183] 作家創作時所做的主觀體驗，以及他對原生態的人與事所作的變形與翻譯中譯家閱讀源語文本時所經歷的審美體驗以及發揮翻譯藝術創造性是有區別的，這一點，譯家在翻譯時是應牢牢記取的。譯家在閱讀源語文本中的風景描寫、人物形象描繪、或故事情節時，也往往會心潮起伏，思緒萬千或激動異常；有時甚至會憑著自己敏銳的直覺能力頓悟到一些深刻的哲理，他此時能充分調動發揮自己的能動性和藝術創造力，對源語文本的藝術世界做出嶄新的解讀和認知，但有一點要記住，即譯家不同於作家，他對源語文本的解讀和翻譯不可天馬行空，也不可「精鶩八極，心游萬初」，或「觀古今於須臾，撫四海於一瞬」[12：13]。譯家的解讀和翻譯始終離不開作家在源語文本中所設置的圖式性框架，他的主觀能動性的發揮要受文本圖式性框架的影響和制約。因此作家在作品中所積累的審美體驗的主觀真實性與譯家在翻譯時將自己的本質力量對象化於源語文本中進而在譯作中

所產生的主體審美體驗的主觀真實性是有區別的。譯作中的主觀真實性要顧及到原作中的主體審美體驗的真實性，這兩種真實性會因作家與譯家在生活背景、知識素養、認識能力、審美個性等方面的不同而呈現出一定的差異，但在本質上應具有等值性，否則，譯家與作家的關係，誠如前文所說，便是一種不正常的關係，不合理的存在。郁達夫認為，「翻譯比創作難，而翻譯有聲有色的抒情詩，比翻譯科學書及其他的文學作品更難。」[13] 郁達夫之所以認為翻譯比創作難，是因為源語文本中存在著一個圖式性框架，譯家的翻譯要受其限制。翻譯抒情詩之所以要比翻譯科學書及其它的文學作品更難，是因為抒情詩的文學性強，意義朦朧、模糊、不確定，其中的圖式性框架較難把握，而科學書籍，尤其是自然科學作品，因其闡述一定的科學真理，其意義恆定不變，單一明晰，其中的圖式性框架清晰可察，較易把握，因而翻譯起來要比翻譯抒情詩簡單得多。翻譯文藝作品，儘管需要譯家發揮主觀能動性，但其最終目的還是要以再現作家在作品中所積累的審美體驗的主觀真實性為旨歸，唯有如此，譯家與作家的關係才能成為一種正常的關係，其實也正因此，翻譯才會比創作更難。

文藝作品的第四層次觸及到文本的深層意蘊問題，亦即它的深層結構。美學家帕克認為，大凡文藝作品，皆有一種「深層意義」，它是「藏在具體的觀念和形象的後面的更具有普遍性的意義」[14]。這種深邃的意蘊是在藝術的感性形式下所潛藏的一種抽象性，它富有深厚濃釀的生命底蘊，「成為作品更為深層、更具有普遍性的成分」[2：184]。這種成分，胡經之先生稱為「意蘊」，他認為，「這是由感悟、體驗人生而昇華出來的人生意味。」[2：184] 羅曼．英伽登認為，作品的深層結構具有形而上的品質，黑格爾認為，藝術可以在有限的形象中展示無限的理念內容，而謝林則指出：「藝術作品唯獨向我反映出其他任何產物都反映不出來的東西，即那種……絕對同一體。」[15] 作家們會透過文本的藝術語言符號來表達一種對歷史的感悟、人生的參透、生活世界的理性直觀。譯家在閱讀文本的語言時，應能透過藝術語言的表層形式，捕捉到源語文本中所積累的審美意蘊，歷史內容。如英國女小說家和詩人 V. 薩克維爾—韋斯特（V.Sackville—West）在她的小說「No Signposts in the Sea」（《海上無路標》）中描寫了一位年屆五十，仍然單

身的政論述評家艾德泰．卡爾，當他得知自己將不久於人世時，乘座巡洋艦
遠渡遠東，以此消磨時光，並充分地享受一下以前從未感受到過的人生樂趣。
途中，當他看到海上的一些海島時，遂產生豐富的想像。有一段描寫包含了
卡爾對人生意義的深切領悟。請看：

　　If we have seen a skiff sailing close inshore，I follow the
fisherman as he beaches his craft in the little cove and gives a cry like
a sea － bird to announce his coming.His woman meets him；they
are young，and their skins of a golden － brown；she takes his catch
from him.In their plaited hut there is nothing but health and love. [16]

　　卡爾作為政論述評家，整日忙於撰寫政論文章和采聞採訪，很少有閒暇
觀光旅遊，休閒娛樂。當他在船上瞥見遠處的海面上漂浮著的朦朧的海島
時，不禁逸興遄飛，遂展開想像的羽翼。他想像自己見到了年輕健碩的漁夫，
那漁夫推船靠岸，發出一聲海鳥似的鳴叫，報導他的凱旋而歸。於是，他見
到了出門迎接他的美麗的妻子，他們一同走進了那間茅草編就的棚屋，那屋
簡陋古樸，但卻充滿了健康、溫馨的氛圍，洋溢著濃濃的情愛和幸福。上文
的語言非常簡單，用詞淺顯平易，句子結構也很簡短，但在這簡單的藝術形
式下，卻蘊含著卡爾對人生意義的深刻感悟。他以前一直勤勉工作，辛勤寫
作，信奉絕對的實用主義，並將其視作人類進步的自然法則。每當人們在生
活中不講究實際，他就對他們嗤之以鼻，認為他們應該屬於月球居民 [16：288—
291]。在海上航行的日子裡，透過與勞拉（Laura）等人的接觸和交談，透過
對美妙的大自然風光的領略、欣賞，透過自己的心靈感悟，他突然意識到自
己以前信奉的一切是多麼地單一、幼稚，他認識到人生的意義應是豐富多樣
的，簡單應是生活意義之根本，這種對生命意義之深刻感悟就是透過原文準
確鮮明、生動逼真的藝術語言傳達出來的。譯者在翻譯時要將原文的深邃的
意蘊再現出來，就必須譯出上述語言的藝術特徵。因為文學藝術的價值就在
於它能借助物質的外在形式，進而「顯現出一種內在的生氣、情感、靈魂、
風骨和精神，這就是我們所說的藝術作品的意蘊」 [6：142]。同時，還應注意
語言的詩化色彩，因上段場景出自於卡爾浪漫主義的想像，請看下面譯文：

假如我們看見一葉扁舟靠向海島的岸邊，我的想像便隨著那扁舟上的漁夫而去，看著他把船推上小海灣的海灘，接著發出一聲海鳥的叫喚，向家中人通報他的歸來，他的女人馬上出門迎接他。他們都很年輕，皮膚是金褐色的。她從他手中接過捕撈的魚，他們那間茅草編成的棚屋裡充滿著健康和愛 [17]。

譯文完好地再現了原文的語言的藝術特色，另外，譯文遣詞用語也很有詩意美感，如將「a skiff」，譯為「一葉扁舟」，把「I follow the fish － erman」譯成「我的想像便隨著那扁舟上的漁夫而去」。這些譯語詩味濃厚。應該說，上述譯文將原文中的美學意蘊也很好地傳譯了出來。

綜上所述，我認為，譯作的四個層次是構成譯作的本體，譯作之所以具有真實性的原因在於它能忠實生動地再現原作四個層次的藝術真實性，在於譯者能將自己的情感體驗與作家的情感體驗相融相通，努力捕捉作家蘊含在源語文本中對人生和人類歷史的深邃而神祕的理性直觀意義，並用忠於原文的藝術語言將這意義加以準確生動的再現。

▌四、小結

在上文中，我探討了翻譯的藝術真實性問題。文藝美學認為：

藝術真實與否，藝術真實的程度和水平，歸根到底是由藝術家這個主體同周圍世界這個客體的關係是否符合全人類社會發展要求而決定的，藝術家與周圍世界的關係越豐富，越符合人類發展的必然要求，越是自由的關係，他的藝術越符合真實。[2：186]

翻譯的藝術要做到具有真實性，譯作必須滿足原作藝術真實性的要求和條件。同時，譯家作為主體，同周圍世界這個客體的關係應當符合人類社會的發展要求，譯家應懂得人類社會的發展規律，應從個人的狹窄的自我世界中走出，匯入生機勃勃的洋溢著青春活力的社會世界中去，理解社會，接觸群眾，這樣他就能較好地理解源語作品中的藝術真實性。

參考文獻

［1］繆靈珠美學譯文集．第一卷．北京：中國人民大學出版社，1987：245．

［2］胡經之．文藝美學［M］．北京：北京大學出版社，1999：168．

［3］呂俊，侯向群．英漢翻譯教程［M］．上海：上海外語教育出版社，2001：76．

［4］陳傳才．當代審美實踐文學論［M］．廣州：暨南大學出版社，2002：62—63．

［5］馬克思恩格斯選集．第 4 卷．北京：人民出版社，1976：463．

［6］黑格爾．美學［M］．第 1 卷．北京：商務印書館，1979：232．

［7］黃龍．翻譯技巧指導［M］．瀋陽：遼寧人民出版社，1986：205—234．

［8］外國理論家作家論形象思維．北京：中國社會科學出版社，1979：74．

［9］古典文藝理論譯叢．第 8 冊．北京：人民文學出版社，1961：189．

［10］彭立勛．審美經驗論［M］．北京：人民出版社，1990：201．

［11］列寧論文與藝術（一），第 41 頁．轉引自胡經之．文藝美學［M］．北京：北京大學出版社，1999：183．

［12］文心雕龍．神思，轉引自狄兆俊．中西比較詩學［M］．上海：上海外語教育出版社，1992：14．

［13］郁達夫．讀了璫生的譯詩而論及於翻譯［A］．郁達夫文論集［C］．杭州：浙江文藝出版社，1985 年 12 月第 1 版：103．

［14］帕克．美學原理［M］．北京：商務印書館，1965：47．

［15］謝林．先驗唯心論體系，第 274 頁，轉引自胡經之．文藝美學［M］．北京：北京大學出版社，1999：185．

［16］張漢熙主編．高級英語第一冊［Z］．北京：外語教學與研究出版社，1995：294．

［17］張鑫友．高級英語修訂版學習指南第一冊［Z］．武漢：湖北人民出版社，2000：322．

後記

在這本論著中，我從中國古代闡釋學理論、中國古代美學中的一些重要的思想概念，如超象表現觀和意境理論、美感論、符號論哲學思想、審美範疇論及文藝美學中的「藝術真實觀」的角度探討了翻譯研究問題，在這種平行式的橫向研究中，我注重不同的理論觀點間的縱向的聯繫，它們之間的銜接、過渡、發展以及彼此之間的前後相繼性，力圖使本課題的研究成為一個有機統一、前後關聯貫通的整體。透過學習和研究，我深深地為中西方美學史上一些哲人聖賢們睿智的思想、富有哲理性的論述所折服，同時內心也不時地對他們湧起一股股深深的敬意，因為正是由於他們的不懈探索、銳意創新和辛勤耕耘，才使本課題的研究能有一個嶄新的視角和方法，也才使我在前人的研究基礎上能提出一些創新性的思想。

創新是發展的靈魂，一門學科的發展也同樣離不開創新。我們在將中西方美學思想引入到翻譯研究領域後，要能結合翻譯理論研究，翻譯實踐研究及翻譯實踐的實際創生出嶄新的、對翻譯實踐研究和翻譯實踐均具有指導意義的翻譯理論出來，使翻譯學的構建能突破原有的研究模式，走出一條具有自己鮮明特色的自主創新道路，在原有研究的基礎上實現跨越式的發展。翻譯同很多學科都有著千絲萬縷的聯繫，除了同哲學、美學、文藝理論有聯繫外，它還同系統科學、人類學、倫理學、文化學、數學及其它一些科學有著緊密的關聯。在譯學構建領域，進行跨學科學研究究，提倡理論創新，可使翻譯學擁有其它多種學科的理論資源的優勢，並永遠保持科學發展的良好勢頭和旺盛的青春活力和生機。時代在進步，社會在發展，各門學科也在不斷地發展著。翻譯學的建設和發展應在不斷地汲取其他學科的理論營養的基礎上發展著，因此翻譯學的學科建設和發展將永遠是一個動態的不斷發展的過程。

我在「前言」部分及每章的開頭對每一部分研究的目的、意義及必要性做了詳細的說明，還闡明了各大部分之間的關係。在「前言」部分，我對本書各章各節的主要內容做了較為細緻的介紹，這就好比一篇論文的「摘要」

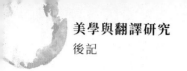

一樣，以簡潔的文字展示了該項課題研究的精髓。我這樣做的目的主要是方便讀者在閱讀該書之前對各部分的主要內容能有一個大致的瞭解和掌握。

在本書的寫作過程中妻子林青女士在工作和生活上給予了我無微不至的關懷和幫助，她承擔了本書大部分內容的電腦打字工作，同時她的溫柔體貼使我能排除一切外界乾擾，專心致志地完成本書的寫作任務。這是我應深表謝意和感激的。感謝出版社的責任編輯茹新平，正是由於他的辛勤勞動才使本書得以順利出版。

國家圖書館出版品預行編目（CIP）資料

美學與翻譯研究 / 董務剛 編著 . -- 第一版 .
-- 臺北市：崧燁文化，2019.10
　　面；　　公分
POD 版

ISBN 978-986-516-067-8(平裝)

1. 翻譯學 2. 中國美學史

811.7　　　　　　　　　　　　　　　　108016866

書　　名：美學與翻譯研究

作　　者：董務剛 編著

發 行 人：黃振庭

出 版 者：崧燁文化事業有限公司

發 行 者：崧燁文化事業有限公司

E - m a i l：sonbookservice@gmail.com

粉 絲 頁：　　　　　　網 址：

地　　址：台北市中正區重慶南路一段六十一號八樓 815 室

8F.-815, No.61, Sec. 1, Chongqing S. Rd., Zhongzheng

Dist., Taipei City 100, Taiwan (R.O.C.)

電　　話：(02)2370-3310 傳　真：(02) 2388-1990

總 經 銷：紅螞蟻圖書有限公司

地　　址：台北市內湖區舊宗路二段 121 巷 19 號

電　　話:02-2795-3656 傳真 :02-2795-4100　　網址：

印　　刷：京峯彩色印刷有限公司（京峰數位）

定　　價：400 元

發行日期：2019 年 10 月第一版

◎ 本書以 POD 印製發行